Herbjørg Wassmo:

Das Haus mit der blinden Glasveranda

Roman

Knaur®

ISBN 3-426-08008-7 580

Frauen & Literatur

Herausgegeben von Ellen Politzky

Tora, das dreizehnjährige Besatzungskind, ist »Überbleibsel« der deutschen Okkupation Norwegens im Zweiten Weltkrieg. Ihre Mutter Ingrid arbeitet in einer Fischfabrik; der Stiefvater Henrik, Kriegskrüppel und verbittert, bedrängt Tora sexuell.
Herbjørg Wassmo hat in ihrem ersten Roman die Sehnsüchte und Schwierigkeiten einer Heranwachsenden in den Mittelpunkt gestellt. Gleichzeitig schildert sie in ihrer klaren Sprache mosaikartig das dörfliche Milieu eines Fischerortes.

Herbjørg Wassmo, 1942 in Norwegen geboren, hat viele Jahre als Lehrerin an einer Volksschule gearbeitet. Schon als Kind schrieb sie Lyrik, und bis heute sind bereits zwei Sammlungen in Buchform erschienen, dazu kommen Veröffentlichungen in Zeitungen und Zeitschriften. Ihr erster Roman »Das Haus mit der blinden Glasveranda« wurde bereits für einen Literaturpreis in Norwegen vorgeschlagen. Heute studiert Herbjørg Wassmo Philologie an der Universität von Tromsø.

In der Knaur-Taschenbuchreihe *Frauen & Literatur* sind außerdem erschienen:

Sarah Bernhardt: *»Mein doppeltes Leben«* (Band 8003)
Irmela Brender: *»In Wirklichkeit ist alles ziemlich gut«* (Band 8006)
Margaret Johansen: *»Du kannst doch nicht einfach gehen«* (Band 8001)
Käthe Kratz: *»Lebenslinien«* (Band 8004)
Anja Meulenbelt: *»Kleine Füße, große Füße«* (Band 8007)
Natalie Rogers: *»Ich hab ein Recht auf mich«* Band (8005)
Fay Weldon: *»Die Decke des Glücks«* (Band 8002)

Deutsche Erstausgabe

Titel der Originalausgabe »Huset med den blinde glassveranda«

Aus dem Norwegischen von Ingrid Sack
Umschlaggestaltung und -foto Rambow, Lienemeyer, van de Sand
Satz IBV Lichtsatz KG, Berlin
Druck und Bindung Ebner Ulm
Printed in Germany · 1 · 10 · 384
ISBN 3-426-08008-7

1. Auflage

1

Sie wußte nicht, wann sie sich ihrer zum erstenmal bewußt geworden war: der Gefahr. Es war, lange nachdem sie in die kleine Speisekammer hinter der Küche gezogen war, weil die Mutter meinte, sie solle einen Raum für sich haben. Es war, lange nachdem sie angefangen hatte, nachts von den lauten Stimmen in der Stube, in der Henrik und die Mutter schliefen, aufzuwachen. Sie wachte nachts auf und fühlte sich verschwitzt. Als ob sie Fieber bekommen würde. Und sie wollte nach der Mutter rufen, sie nahe bei sich haben. Aber sie brachte keinen Laut hervor. Es war alles zusammen unmöglich und fremd, und die Dunkelheit war unsicher. Das war sie immer öfter. Besonders wenn die Mutter Abendschicht in der Fabrik hatte und erst spät nach Hause kam.

Dann mußte sie sich ganz wach machen, obwohl sie es nicht wollte. Setzte sich im Bett hoch und war wie eine leere Schale. Sie hatte das Gefühl, daß der Kopf angeschwollen war und die leere Schale hielt, die im Raum schwamm. Die Ohren waren wie die Türen von Almars Bootsschuppen in Hestvika: in den Angeln kaputt, so daß der Sturm an ihnen riß und zerrte.

Sie war einmal oben auf dem Hesthammeren gewesen. Ganz oben auf dem Gipfel. Da war nichts anderes als Stein und Heidekraut. Henrik hatte sie an der Schulter genommen und sie bis an den Abgrund geführt. Der Abhang führte steil hinunter ins Meer und war bedeckt mit Steinen und Geröll.

Während sie da stand, hatte es so in ihrem Kopf zu sausen begonnen, wie wenn der Wind durch die Türen von Almars Bootsschuppen fuhr. Sie konnte sich nicht rühren. Mutters Stimme klang ängstlich, als sie Henrik bat zurückzukommen. An die Worte konnte Tora sich nicht mehr erinnern.

Damals hatte sie verstanden, daß Henrik sehr stark war. Denn er lachte. Wenn er die Luft einzog und eine Lachsalve in die Tiefe schickte, hallte es Schlag auf Schlag unten im Geröll wider.

Die Kinder in der Schule riefen ihr ab und zu nach, daß man es rieche, wo ihre Mutter arbeite.

Aber nach Fisch roch jeder, meinte Tora. Sie kümmerte sich nicht weiter darum. Wenn man sie nur sonst in Ruhe ließ.

Hände. Hände, die in der Dunkelheit kamen. Das war die Gefahr. Große, harte Hände, die grapschten und drückten. Nachher schaffte sie es kaum, noch rechtzeitig aufs Klo zu kommen. Manchmal wußte sie nicht, ob sie es wagen sollte, in der Küche zu pinkeln, wo der Eimer stand.
Da schlüpfte sie lieber in die Stiefel, zog den Mantel über das Nachthemd und sprang in den Hof, ob es nun Sommer oder Winter war. Der Hof war groß und sicher, und es gab einen Haken an der Klotür. Dort unten konnte sie lange sitzen bleiben. Manchmal bis sie vor Kälte ganz steif war oder Mutters Schritte auf dem Grusweg hörte.

Henrik war an den Abenden, an denen die Mutter arbeitete, auch meistens fort. Tora wachte auf, wenn die Tür ging und einer von ihnen kam. Die Mutter hatte müde, aber leichte Schritte. Sie öffnete die Tür vorsichtig, als ob sie Angst hätte, sie könnte kaputtgehen. Henrik dachte weder an den Türrahmen noch an die Tür. Er hatte keinen Schritt, er schlurfte nur herein. Aber in der Wohnung hatte Henrik andere Schritte, wenn er wollte. Schritte, die man fast nicht hörte. Lautlose, mit einem rauhen Atem verbunden.

Ingrid begann eines Tages, Tora plötzlich auszufragen. Fragte, wann Henrik nach Hause komme. Wie er sei. Tora atmete den ekelhaften Geruch von Nelken, und ihre Hände wurden ganz feucht.
Von da ab stand sie auf und half ihm ins Bett, wenn er kam, die Mutter sollte ihn nicht auf dem Sofa in der Küche finden. Es ging ein scharfer Geruch von ihm aus, und manchmal war er wirklich schwer. Aber er berührte sie niemals, wenn sie ihm half. Fuhr nur ab und zu mit dem Handrücken unter der Nase entlang. Er sah Tora nicht einmal an, starrte nur angestrengt in den dunklen Raum.
So war es ruhig und ordentlich, bis die Mutter kam.

Eines Abends ging es aber trotzdem schief.
Henrik hatte kein Licht angemacht, als er um elf Uhr nach Hause kam. In der Dunkelheit stieß er an die Gläser und Tassen, die umgedreht auf dem Küchenschrank zum Trocknen standen. Mehrere Gläser und Tassen zerbrachen auf dem Schrank und auf dem Fußboden.
Tora wachte auf, als es polterte und klirrte. Sie hörte ihn hinfallen und fluchen. Sie wagte nicht, sofort hinauszugehen. Ihr Herz schlug gleichsam außerhalb ihres Körpers. Sie brauchte eine gewisse Zeit, um es wieder hereinzuholen.
Aber dann rief er leise und röchelnd, und Tora bekam Angst, daß Eli-

sif vom Dachgeschoß heruntersteigen und den ganzen sündigen Raum entdecken könnte. Da würde die Mama vor Scham sterben.
Sie spürte, wie die feinen, kleinen Glassplitter sich in die Fußsohle hineinfraßen, als sie durch die Küche ging. Sie mußte durch die ganze Küche, um an den Schalter neben der Flurtür zu gelangen.
Er saß mitten auf dem Boden und weinte.
Eine fremde Gestalt mit Henriks Haut drum herum.

Tora nahm Schaufel und Besen und fegte eine Art Weg bis zum Ausguß. Sie konnte die Blutspur von ihrem Fuß sehen, als sie zurückging.
Sie holte einen Küchenstuhl und hievte ihn hinauf.
Die verstümmelte Schulter hing noch mehr herunter als sonst. Es sah so aus, als ob jemand den Jackenärmel mit Wolle ausgestopft hätte und nicht sehr sorgfältig dabei gewesen wäre. Den verkrüppelten Arm hielt er dicht an seinen Körper, wie einen Schatz, der vor Stößen und Gefahren geschützt werden mußte. Die gesunde Hand blutete, aber darum kümmerte er sich nicht.
Das Weinen hatte aufgehört. Der Kopf war auf die Brust gesunken. Er schien Tora gar nicht zu bemerken.
Sie wusch das Blut ab, das aus der Stirn lief. Er hatte über der rechten Augenbraue eine klaffende Wunde. Das Rieseln des Wasserhahns und die Reste seines rauhen Weinens waren die einzigen Geräusche, die man hören konnte.
Plötzlich wurde die Flurtür geöffnet, und Ingrid stand da. Die Augen waren wie zwei Löcher im grauweißen Fjordeis.
Tora schrumpfte unter dem Blick gleichsam zusammen.
Der ganze Raum schwankte leicht.
Sie begriff, daß die Mama sie beide *sah:* Henrik und sie. Tora sah sich selbst und Henrik vor Mutters Augen in Auflösung begriffen. Wie geplatzte Seifenblasen zum Küchenfenster hinaus. In tiefem Fall, gewichtlos und ohne Wert.
Mama war Gott, der sie sah. Mama war der Pfarrer oder die Lehrerin. Mama war Mama – die *sah!* Tora war schuldig. Sie war in Henriks Bild. Sie war gefangen in Henriks Stärke. Sie war verloren.
Ingrid setzte sich auf den alten Küchenhocker, der ständig quietschte. Das Geräusch ging durch Mark und Bein.
Da überwand sich Tora, zerrte Henrik vom Stuhl hoch, schwankte einen Augenblick leicht, zusammen mit ihm. Sie gab ihm einen energischen Ruck, stellte sie beide mühsam auf die Beine und bewegte sich langsam mit ihm in die Stube.
Als sie wieder zurückkam, saß Ingrid immer noch da. Sie hatte die

Augen auf den Boden gerichtet, und das war beinahe noch schlimmer, als wenn sie einen ansah, so schien es Tora.
»So geht's hier also zu, wenn ein armer Schlucker auf Arbeit ist?«
Die Stimme klang plötzlich fremd von da unten aus dem Mantelkragen.
»Das ist doch nur heut abend so«, antwortete Tora.
Sie war schrecklich froh, daß die Mutter redete. Aber Ingrid sagte nichts mehr. Sie hängte ihren Mantel in den Flur und schloß sorgsam die Tür hinter sich, wie sie es immer tat.
Den Kaffee, den Tora für sie in die Thermosflasche gefüllt hatte, rührte sie nicht an, und die Brote auf dem Teller würdigte sie keines Blickes. Sie schüttelte den Kopf, als Tora die Scherben aufkehren wollte, und nickte nur stumm zur Kammertür hin.
Da erst bemerkte Tora das Weinen in ihr. Hohl und qualvoll wie von einer zerstörten Hoffnung.
Sie schlich sich in die Kammer, zog einen gebrauchten Socken über den verletzten Fuß, um die Bettwäsche nicht mit Blut zu verschmieren, und dann rollte sie sich unter der Decke ganz zusammen. Zitternd strich sie mit klammen, kalten Händen über ihren Körper. Diese Nacht war so merkwürdig still. Wie eine stumme Warnung. Dann war sie allein auf der Welt. Nur sie, Tora, existierte.

Geruch von dunkler Nacht, Staub und Bett. Es war, als ob man nach einem langen Tag draußen im Regen hereinkam und Fleischsuppe aß. Der Schlaf wollte sich nicht einstellen, und der Fuß tat ein bißchen weh. Sie spürte, daß noch eine kleine Glasscherbe drinsteckte.
Gegen Morgen kroch endlich die Wärme in sie hinein, sie wandte das tränennasse Gesicht gegen das blaue Licht. In ihrem Kopf rauschte und sauste es – wie in der großen Espe, die im Pfarrgarten stand.

2

Tora konnte sich noch gut daran erinnern, daß sie einmal auf einen Hocker geklettert war und einen schwarzen Knopf neben dem Türrahmen angefaßt hatte. Eine ungeduldige Stimme hatte gesagt:
»Nein, du mußt drehn. Du mußt drehn – so!«
Die Stimme war tief und hart und machte alles um sie herum so merkwürdig leer, machte die ganze Welt tot. Die große Hand preßte sich um ihren Handrücken. Die Finger taten weh, als die große Hand

drehte, daß sowohl ihre Hand als auch der Schalter gehorchen mußten.
Dann flammte grelles Licht in dem Raum auf. Füllte alle Ecken aus, schmerzte hinter den Augen, schmerzte so, daß es im Kopf rauschte. Da dachte sie an die große Muschel, die sie öfter ans Ohr gehalten hatte, um das Meeresrauschen aus dem Märchen zu hören, so wie die Großmutter es ihr gezeigt hatte, bevor sie starb. Es war aber nur eine Art Pfeifen darin, ein klagender, schmerzlicher Laut, der in keiner Weise dem entsprach, was sie sich vorgestellt hatte. Das Märchen war weit entfernt von dem pfeifenden Geräusch, das sie in der Muschel hörte.

Ähnlich war es mit dem Licht, das von dem Schalter und der großen Faust beherrscht wurde. Es war auf keinen Fall so warm und nah wie das Licht von der Petroleumlampe, die auf einer Kuchenbüchse hoch oben auf dem Tisch stand. Tora wußte nicht, ob sie nach der Geschichte mit dem Schalter das Licht, das aus der Birne an der Decke kam, leiden konnte oder ob sie es nur hinnahm, weil es für manche Dinge nötig war. Die Mutter packte die Petroleumlampe weg.

Licht! Sie fühlte es im Frühling auf den Augenlidern, wenn noch Schnee lag. Es funkelte und flirrte. Und sie schien noch auf dem Hokker zu stehen, mit der kleinen Hand an dem Knopf, ohne zu wissen, daß man seine ganze Kraft gebrauchen mußte, wenn man klein war und doch Licht haben wollte. Sonst kam die große Faust und nahm einem alles weg. Machte es fremd und unangenehm wie der Sonnenschein im April, nachdem man eine ganze Woche mit Fieber im Bett gelegen hatte und plötzlich wieder kräftig genug sein sollte, um hinauszugehen.

Wenn die uralten Vogelbeerbäume vor dem Küchenfenster rot wurden und voller Beeren hingen, so daß man die Hand nur durch das Ausstellfenster zu strecken brauchte, um sich ein Büschel zu holen, dann war die Zeit für die Fleischsuppe gekommen. Jedes Jahr lag dann eine umgedrehte Zinkbütte auf dem Schrank im Flur. Darin holte die Mutter Kartoffeln und Gemüse. Sie ging in abgeschnittenen Stulpenstiefeln die Treppe hinunter, zur Haustür hinaus und hinter das Haus, von wo der Pfad zu den Fischtrockengestellen und zum Gemeinschaftsacker führte.
Manchmal ging Tora mit. Sie sah die Hacke zwischen Mutters Beinen. Die Hacke ragte deutlich heraus und war doch auf sonderbare

Weise ein Teil der Mutter. Der Schaft bewegte den Rocksaum und grub seine Eisennase tief in die Erde. Hie und da traf die Hacke unerwartet eine Kartoffel und spaltete sie in zwei Teile. Da seufzte die Kartoffel, und die Hacke hielt einen Augenblick inne, als ob sie sich ärgerte. Und die Mutter sagte: »Ach, haste das gesehn!« Dann machte sie weiter.

Die Möhren waren nach Toras Geschmack, wenn die Zähne sie zermahlen hatten und sie als ein süßlicher, grober Brei in der Mundhöhle lagen.

Sie nagte auch an den Kartoffeln. Mit Schale und Sand. Da mußte sie wohl schrecklich klein und dumm gewesen sein. Aber sie konnte sich deutlich daran erinnern.

Der Suppentopf auf dem Tisch. Das Fett, das in Ringen und Blasen herumschwamm. Die Farben waren schön.

Am liebsten *sah* sie das gekochte Gemüse, denn es schmeckte abscheulich. Die tiefe Stimme drohte trotzdem soundso viele Bissen gekochte Möhren und wenigstens ein Kohlblatt in sie hinein. Mit den Kartoffeln ging es, die war sie gewohnt.

Mit dem Fleisch ging es auch. Aber es war ekelhaft anzusehen. Es stülpte sich beim Kochen vor ihren Augen gleichsam um und verdarb alles. Und im Mund war es zäh. Aber bevor es in den Topf kam, war es braunrot, mit einem Häutchen in allen Regenbogenfarben. Nichts anderes hatte eine so schöne rote Farbe wie das rohe Fleisch auf dem Brett.

Manchmal war noch Blut daran. Die Mutter schnitt das Fleisch vorsichtig in mäßig große Stücke. Und die Farben wechselten mit ihren Handbewegungen und den Schatten.

Das Messer blinkte immer so schön und gefährlich, wenn die Mutter damit schnitt.

Anschließend nahm sie das Brett zum Herd hinüber und schob die Fleischstücke schnell und geschickt in den Topf. Dann war Schluß.

Tora wußte, daß die Fleischstücke nun grau und ausgelaugt und unansehnlich würden.

Möhren, Kohl und Kohlrüben indessen würden in der Fleischbrühe erglühen und sich gegenseitig die Farben erhalten, so daß eine schöne Verwandtschaft daraus wurde.

Sie durfte eine Weile still bei Tisch sitzen und nur schauen und riechen, während sie darauf wartete, daß die Suppe abkühlte. Dann würde ihr die Stimme befehlen, alles aufzuessen, und sie würde das verhaßte Kohlblatt Löffel für Löffel vorbeisegeln lassen, bis sie es endlich hineinbekam.

Die Tobiashütte hatte schon immer da gestanden, das wußte Tora. Sie war alt und kalt, mit Säcken in den Fensterlöchern und einer schiefen Tür, die grauenhaft jammerte, wenn man kam und ging. Die Hütte wurde zu nichts anderem benutzt, als Kisten und Gerümpel dort zu lagern oder um sich samstags zu einem Kartenspiel zu treffen, falls es warm genug und man ein Mann war.
Die Hütte stand für sich allein, hatte ein niedriges Dach und keine so steile Treppe wie andere Fischerhütten. Es war leicht hineinzukommen und auch wieder herauszutorkeln.
Einmal hatte Henrik sie in die Tobiashütte mitgenommen, weil die Mutter bei irgend jemandem, gegen Bezahlung, waschen mußte. Das war vor langer Zeit, als man Tora noch nicht allein lassen konnte und die Mutter noch nicht in die Fabrik arbeiten ging.

Henrik hatte mit einem Glas dagesessen und Geschichten erzählt. Der Schweiß perlte auf seiner Stirn, wie immer, wenn er etwas zu trinken und zu erzählen hatte.
Er war in der Welt draußen gewesen, der Henrik – da, wo einiges *geschah.* Wenn er davon erzählte, schien er seine schiefe Schulter zu vergessen, die er gewöhnlich unter der Jacke zu verbergen suchte.
Die anderen Männer saßen breitbeinig da, den Oberkörper auf den Tisch gelümmelt. Henrik saß immer vornübergebeugt und ließ die verkrüppelte Schulter herunterhängen wie ein flügellahmer Kormoran.
Aber erzählen konnte er.
Manchmal war es, als ob er sich aus den erwartungsvollen Gesichtern um ihn herum Kraft holte, so daß er die Schulter plötzlich hochzog und sie für einen Augenblick auf den kraftlosen Ellenbogen stützte.
Das Sonderbare und Erschreckende an Henriks Oberkörper war indessen nicht die verstümmelte Schulter. Es war die gesunde!
Sie quoll enorm unter den Kleidern hervor. Die Hand und der Arm waren ein einziges Bündel trotziger Muskeln, in ruheloser Bewegung. Aber auf der linken Seite hingen Arm und Hand völlig unterentwickelt und passiv herunter und sprachen Henriks ganzem Wesen hohn.

Dichter Rauch aus den Pfeifen und den selbstgedrehten Zigaretten hatte damals in der Tobiashütte um die Petroleumfunzel gelegen, die wie ein müdes, gereiztes Tier oben zwischen den Balken zischte. Der Glühstrumpf leuchtete bösartig in dem Glas und warf Blitze auf den blanken Metallgriff.

Tora merkte, daß sie aufs Klo mußte, und zupfte an Henrik, um es ihm zu sagen. Aber sein Gesicht war so weit da oben, und sie war so klein und ganz unten auf dem Fußboden. Er hob mit der gesunden, großen Hand das Glas und erzählte. Er war Samson und sah sie nicht.
Da fing es an zu laufen. Erst war es warm und gut auszuhalten, aber es war fürchterlich schlimm. Einer von den Männern sah, was los war, und sagte es Henrik. Die anderen lachten. Sie zeigten auf Tora und schlugen sich auf die Knie und sagten, daß Henrik sich schlecht zum Kindermädchen eigne. Das Gelächter schwoll immer mehr an, bis es ihren ganzen Kopf ausfüllte und nicht von dieser Welt war.
Sie kroch in ihre Schande hinein und war allein gegen alle.
Aber das war nicht das Schlimmste.
Sie mußte auch ein großes Geschäft machen. Es kam einfach. Sie konnte es nicht zurückhalten. Sie merkte, wie es drückte und herausfloß. Die Männer lachten noch mehr, schnupperten und rümpften die Nase und trieben ihre Scherze mit Henrik, weil er so schlecht auf Ingrids Kind aufpaßte.
Innerlich zitterte sie. Aber nach außen war sie ganz ruhig.
Es lief an den weißen Wollstrümpfen herunter bis auf den Boden. Dünner, dünner Kot.

Sie hatte in der Tobiashütte ihr Gesicht verloren, deshalb ging sie nicht mehr gern dorthin. Es kam allerdings vor, daß sie dazu gezwungen war, wenn jemand sie mit einem Auftrag hinschickte. Da konnte sie noch spüren, wie es knackte, als ob sie etwas in sich hätte, was niemals aufhören würde zu zerbrechen. Noch hatte sie den Geruch in der Nase und sah die braunen Flecke auf den Strümpfen. Und die Erinnerung an das derbe Lachen aus den weit aufgerissenen Mäulern erfüllte sie immer noch mit Scham.
Elisif, die im Dachgeschoß wohnte, war sehr fromm, und sie hatte Tora erklärt, daß die Scham von Gott erfunden sei. Das machte das Ganze so hoffnungslos, denn unter diesen Umständen war nicht daran zu denken, von der Scham loszukommen. Gott hatte es so eingerichtet, daß man sich schämen *sollte*, das tat den Menschen gut, sündig wie sie nun einmal waren.
Und Tora verstand, daß sie solch ein Mensch war.
Sie log, wenn sie glaubte, daß es der einfachste Weg war, und sie nahm ohne zu fragen mehr Pflaumen, als die Mutter erlaubt hatte.
Aber es wunderte sie trotzdem, daß einige Menschen so aussahen, als ob sie sich über nichts in der ganzen Welt schämten, obwohl sie nicht zu ertragen waren.

3

Tora stand mit bloßen Füßen am Kammerfenster und sah, daß das Heidekraut braun und verblüht war. Die Überreste einer regenreichen Nacht hingen wie ein ausgewaschenes Gespenst über dem Veten und dem Hesthammeren. Ganz draußen an der Fjordmündung, hinter Dahls Kai, lag dichter Nebel, leblos und ewig. Die kleinen Boote in der Bucht waren wie mit einem weichen Bleistift skizziert, und Tora wußte, daß an den dicken Johannisbeeren im Pfarrgarten große Tropfen hingen. In der Dachrinne gluckerte es.
Sie sah die scharfe Kurve, die der Weg unterhalb des Veten um die obersten Höfe machte, bevor er den Hang herunterlief, um erst ganz draußen am Kai zu enden.
Eine Handvoll Häuser lagen längs des Weges verstreut am Hang. Meist alte Häuschen mit niedrigem Dachstock und kleinen, verschämten Fenstern. Die Farbe blaß wie bei verblichenen Papierblumen und zum Teil auch abgeblättert. Ein paar funktionale Klötze mit grellem Anstrich erhobenen Hauptes dazwischen. Einige hatten unverputzte Mauern, die sich in dem Lehmboden mit einer Sturheit festkrallten, die man bewundern mußte.
Wie eine Verkündigung und wie eine Erinnerung an den Quell alles Guten brach plötzlich ein Strahl durch einen Spalt in der Wolkendecke. Die Sonne. Sie ließ die Zweige der Birkenallee, die zum Hof des Lehnsmanns hinaufführte, golden aufleuchten.
Tora verfolgte den Grusweg mit den Augen. Fing ganz oben in Bekkejordet an und dann vorbei an den Feldern und dem fröhlichen herbstbunten Heidekraut, vorbei an den Mooren und dem Birkenwäldchen, vorbei an den Trockengestellen und dem großen Stall, der nicht mehr benutzt wurde – wo verwahrloster, brachliegender Boden überging in kleine, kahle Felsen und Tang und lebendiges, nasses Meer. Links, dort wo der Weg sich zu den Kais teilte, flog ihr Blick zurück in ihr eigenes Kammerfenster und war daheim. Im Tausendheim.
Noch war es für einen Augenblick still im Haus.
Dann brach es über ihrem Kopf los. Das waren Elisifs Kinder, die aufstanden und über den Boden polterten.
Die Geräusche waren weder angenehm noch unangenehm. Scharren, Trippeln, Elisifs gottesfürchtige Stimme, die Tora beigebracht hatte, daß es nicht das geringste Böse gab, auch wenn es noch so sehr nach dem Jüngsten Gericht aussah.
Sie hörte, wie die Mutter draußen in der Küche den Kaffeekessel mit Wasser füllte. Henrik würde noch nicht aufstehen. Bevor Tora in die

Schule ging, gab es nur die Mama und sie. Wenn die Mutter in der Fabrik war, dann war Tora mit den Brotscheiben und der Wanduhr allein.
Tora wußte, daß der Stärkste bestimmte und in allen Dingen recht hatte.
Es war wichtig zu wissen, wer am stärksten war.
Henrik war am stärksten.
Auch wenn er eine Schulter hatte, über die die Leute ein wenig lachten und die keine richtige Schulter war, so war er doch furchtbar stark in der anderen. Und er sprach hastig und stoßweise mit großem, offenem Mund.
Wenn er lachte, war es kein richtiges Lachen. Es hörte sich so an, als ob er traurig wäre. Wie eine Art Blubbern oder wie ein Unwetter in den Bergen. Henrik hatte oft schlechte Tage. Dann ging er nicht zu Dahl aufs Lager.
Mamas Tage waren weder gut noch schlecht, glaubte Tora. Sie sah immer gleich aus, nur manchmal etwas blasser. Gewöhnlich waren Mamas Augen groß und grünlich, mit einem dünnen Schleier davor, genau wie die Sommergardinen bei Tante Rakel. Aber plötzlich konnten sie die Farbe wechseln, die Gardinen wegziehen und Tora hineinsehen lassen.
Sie füllten sich mit Leben. Glichen Laubbäumen im Sommer, mit vielen kleinen Vögeln und schnell wechselnden Schatten. Es flatterte und lebte da drinnen in dem Grün. So war es fast immer, wenn Tora und die Mutter allein waren.

Henrik schlug härter als jeder andere, von dem Tora wußte. Mit der gesunden Hand. Es kam schon mal vor, daß Mama ihr eins mit der flachen Hand hintendrauf gab. Einen kleinen Klaps. Sie wollte Tora zu verstehen geben, daß sie betrübt war. Die Klapse taten nicht weh. Mama schlug auch nicht oft. Nur wenn es sein mußte. Tora durfte weinen, wenn die Mama schlug.
Wenn Henrik schlug, schrumpfte Tora ein. Wand sich gleichsam um seine Hand wie ein Lappen.
Sie hatte das Gefühl, keine Füße mehr zu haben, und es drückte so, daß sie beinahe pinkelte. Bis jetzt war es immer gutgegangen, denn sie erinnerte sich noch an die Tobiashütte.
Sie war wie die schlotterige Katze, welche die Jungen von Vaeret zu Tode gequält hatten, weil sie keinem gehörte.
Sie hatten sie an einem Zaun gekreuzigt.
Die Katze schrumpfte ein. War zum Schluß nur noch Fell und Tatzen.

Die Krähen hackten ihr schon am ersten Tag die Augen aus. Tora überlegte oft, ob die Katze genauso gefühlt hatte wie sie, daß sozusagen kein Platz zum Weinen da war. Es war alles zum Zerplatzen gespannt, aber es kam nichts heraus. Es war alles zu eng.
Die Mutter pflegte zu sagen, daß Henrik nicht böse sei. Tora hatte niemals gedacht oder gesagt, daß Henrik böse sei, deshalb verstand sie nicht, wieso die Mutter darauf kam.
Es war, als ob sie Tora streng ansah und sie ermahnte: »Henrik ist nicht böse!«
Aber für Tora war Henrik weder böse noch gut, er war Henrik.

Tora zog die Strümpfe und den Rock an. Es war kalt in der Kammer, obwohl die Herbstsonne tat, was sie konnte. Aber es war noch früh am Morgen. Tora mußte das Gesicht noch unter den kalten Wasserstrahl halten. Sie paßte den Augenblick ab, da die Mutter mit irgend etwas draußen auf dem Gang beschäftigt war, dann brauchte sie nicht die Blechschüssel zu füllen. Ingrid war damit so genau.
Sie sprachen nicht viel, während sie frühstückten. Aber die Stille war nicht bedrohlich, wie sie es wurde, wenn *er* dabei war.
Frühstückte Henrik mit ihnen zusammen, hielt Tora immer die Augen auf den Tisch gesenkt. Sie wußte, daß er sie beobachtete. Darauf wartete, daß sie etwas umstieß oder sonst etwas anstellte.
Sie hatte sich angewöhnt, nur das Allernötigste zu essen, wenn er dabei war. Und sie tat niemals Zucker oder Marmelade aufs Brot. Die konnte sie verkleckern. Käse war gut. Der klebte an der Butter fest, auf den konnte man sich verlassen.
Das Milchglas war eine Heimsuchung. Sie hatte das Gefühl, es fiel schon um, wenn sie nur daran dachte. Als ob Henriks Augen ihre Hand dazu bringen konnte, alles mögliche umzuwerfen.

Aber heute waren die Mama und sie allein, und da nahm Tora sich Zeit und ließ ihre Augen wandern, wohin sie wollten.
An einem solchen Morgen konnte Ingrid ihre Hand behutsam über Toras Schulter gleiten lassen, wenn sie mit dem Pappranzen fertig für den Schulweg dastand. Später sah Ingrid vom Fenster aus das magere kleine Madchen mit den roten Zöpfen, die hinter ihr herwippten, an der Wegkreuzung verschwinden, zusammen mit den Kindern von Elisif und mit Rita vom ersten Treppenaufgang.
Und Ingrid fühlte etwas wie Ohnmacht gegenüber allen Dingen.

Tora und Sol saßen im Laufe des Nachmittags in dem blaugestriche-

nen Klo, wenn die Erwachsenen Mittagsschlaf hielten oder mit ihren Dingen beschäftigt waren, so daß die Klobesuche nachließen. Die Mädchen schwätzten oder lasen Zeitung.
Das Phantom reitet auf seinem weißen Pferd durch den Dschungel, um Sala zu suchen. Die Trommeln haben gesagt, wo sie ist.
Sol murmelt halblaut, während sie den gestreckten Zeigefinger gegen das Zeitungspapier und die Natur, direkt unter dem molligen Hintern, drückt. Es bläst oft sehr frisch dort unten. Wenn Flut ist, kommen kleine Wellen schmatzend den Hang hinauf, und der Kot fällt direkt ins Meer.
Bei Ebbe gibt es kleine Plumpse zwischen dem Lesen, und das Papier flattert heimatlos herum, bis es sich besinnt und seewärts zieht.
Tora kann es nicht über sich bringen, sich mit Zeitungen abzuwischen, die nicht mehr als eine Woche alt sind. Sie können bei vielen Klobesuchen gelesen werden. Es sind etliche Sphären und Welten in den Zeitungen, die noch ergründet werden müssen, bevor die Zeitungen kassiert werden.
Hygieneartikel in geheimnisvollen Annoncen. Gabardinemäntel zu herabgesetzten Preisen.
Aber vor allem sind da das Phantom und Sala.
Und Tora faltet die Zeitungen sorgfältig zusammen und legt sie zuunterst in den Stoß der Ablage. Unter die uralten Wochenzeitschriften, die zu steif sind, um sich damit abzuwischen. Unter die glitzernden Sommertitelseiten und eine Nummer von »Allers« von vorigem Ostern, wo das Küken auf dem Titel in zwei Teile zerrissen ist.
Ab und zu reißen sie ein Bild heraus und befestigen es an der Wand. Aber es gibt zuwenig Reißnägel.

Das Klo war in grauer Vorzeit einmal weiß gewesen. Es hatte zwei Türen mit dreieckigen Fenstern, um Licht und Luft hereinzulassen, aber die Fenster waren in ehrbarer Höhe angebracht, die einen Einblick unmöglich machte.
Ursprünglich waren das Pfarrhausklo und das Tausendheimklo beide weiß gestrichen und majestätisch gewesen. Nun lag über letzterem eine wehmütige, abgeblätterte Größe – wie jemand, der schon auf bessere Klos gegangen war, schnell feststellen konnte.
Die eine Klotür war für Männer, die andere für Frauen und kleine Kinder.
Das Männerklo wurde gelegentlich mit dem Schlauch von dem Fischereibetrieb abgespritzt. Er wurde mit großer Aufregung und viel Geschrei den leicht geneigten Hang von der Anlegestelle bis zum

Tausendheim hinaufgezogen. Das geschah nicht oft. Erst wenn es so fürchterlich war, daß die Männer freiwillig nicht mehr aufs Klo gingen.
Die Frauen hatten ein Stück von einer alten Gardine vor dem Dreiecksfenster und einen Sack auf dem Boden. Im Sommer standen manchmal Glockenblumen und Margeriten in einer Blechbüchse auf dem Brett über den Sitzen. Es gab ein kleines Loch und zwei große. Ab und zu waren alle drei gleichzeitig besetzt. Besonders an späten Herbstabenden und wenn die Winterstürme und die Polarnacht Körper und Seele am schlimmsten belasteten.
Es war, als ob die Kälte einen weniger zu fassen kriegte, wenn man in der Dunkelheit ein entblößtes Hinterteil und eine Stimme neben sich hatte. Es war der gleiche menschliche Geruch und der gleiche warme Dampf aus dem Inneren und Versteckten; das tröstete und schuf eine gewisse Gemeinschaft, über die man nicht zu reden und von der man kein Wesen zu machen brauchte.
Man klopfte diskret an die Tür auf der gegenüberliegenden Seite des Flurs, flüsterte ein paar Worte durch den Türspalt zu der einen oder anderen. Und schon war die schwesterliche Gemeinschaft besiegelt, und der Gang zum Klo war klar. Geflüsterte Weltanschauungen, vertrauliche Mitteilungen über Innersekretorisches oder über die unbändige Bosheit des Herzens gehörten dazu. Da wurden nicht nur die Abfallstoffe der Natur ausgeschieden. Auch Seelsorge und Trost wurden in dem kalten Kloraum während der Dunkelzeit vermittelt. Die Menschen spürten den Luftzug, der vom Meer her in die offenen Löcher wehte, nicht so sehr, wenn sich mehrere Hinterteile dort niederließen.
Die Männer dagegen hatten einen einsamen Klogang. Aber sie hatten eine andere Gemeinschaft, von der die Frauen ausgeschlossen waren. Nämlich den Schwatz und das Schnäpschen auf den Dachböden der Fischerhütten und den Spaziergang in Vaeret an Sonn- und Feiertagen.
Sie zeigten ihre Angst vor der Dunkelheit nicht so offen, die Männer.

An dem Tag, als Einar in die Dachstube über der Veranda gezogen war, hatte er kritisch die eine sowie die andere Klotür geöffnet. Und nachdem er festgestellt hatte, daß das Frauenklo gemütlicher und einladender war, ging er dort hinein und verriegelte vorsichtshalber die Tür. Das war ein großer Fehler, den Einar da im Tausendheim machte. Er wurde ihm nie richtig verziehen.

Als er wieder auf die Klotreppe hinaustrat, ohne sich noch die Hose anständig zugeknöpft zu haben, waren bereits drei Fenster zum Hof hin aufgeflogen.
Drei Frauengesichter kamen zum Vorschein. Das eine hitziger als das andere. Elisif war die erste gewesen. Sie hielt die Strickjacke mit einem festen Griff über der üppigen Brust zusammen und öffnete den Mund zu einem spitzen Trichter. Die weißen Ersatzzähne schimmerten gefährlich, und die Worte kamen wie Peitschenhiebe an diesem lichtblauen Tag.
»Was machste auf'm Frauenklo, wenn ich fragen darf?«
Einar stand halb abgewendet auf der schiefen Holztreppe, die rechte Hand am Hosenlatz und die linke am Türhaken. Sein Unterkiefer klappte einen Augenblick herunter, als er den Kopf drehte und die drei Frauenköpfe an der unsauberen Hauswand entdeckte. Drei unversöhnliche, weißgemeißelte Gesichter gegen den gespenstisch grauen Hintergrund.
Einar schluckte. Dann faßte er sich, zog blitzschnell die rechte Hand aus dem Hosenlatz und nahm sie hinter den Rücken. Er wagte sie nicht einmal in die Tasche zu stecken, so verdutzt war er über diese enorme Kuckucksuhr von einem Haus, wo gleichzeitig drei Köpfe mit weit aufgerissenen Schnäbeln draußen waren und schrien. Einar schluckte noch einmal, bevor ihn der Zorn wie ein stechender Frostschmerz überfiel und er schweratmend und mit rauher Stimme rief:
»Was zum Teufel krähste da oben? Ist es hier verboten zu scheißen?«
»Du warst auf'm Frauenklo! Ich hab' dich gesehn!«
Elisif kannte keine Gnade. Eine strafende Donnerstimme in hoher Tonlage.
Aber Einar hatte sein Selbstvertrauen wiedergewonnen: »Ist da ein Unterschied zwischen Männer- und Frauenklo? So fein wie hier in Stranda war's nicht mal beim Pfarrer, wo ich herkomm'. Dem Pfarrer seine hatte keinen so piekfeinen Arsch, daß sie ein Klo für sich haben mußte wie die Weiber hier im Tausendheim.«
Und ohne sich weiter um das Gekeife von Elisif zu kümmern, schritt er über den Hof und ging in den mittleren Eingang hinein. Er schloß die Verandatür mit einem Knall und stapfte wütend die alte Holztreppe hinauf, so daß die Messingbeschläge ganz außen an jeder Stufe leicht zitterten.
Kurz darauf saß Einar auf seinem Sofa und blinzelte unfreundlich die Wand an. Der Teufel sollte die Weiber holen. Er wollte sich selbst nicht eingestehen, daß er immer noch Herzklopfen hatte.

Er benutzte das Frauenklo nie mehr. Trotzdem guckt er jedesmal noch böse auf Elisifs Fenster, wenn er über den Hof geht, um seine Notdurft zu verrichten. Und wenn er irgendwo im Haus ihre hohe, dünne Stimme hört, bekommt er ab und zu ein ganz unangebrachtes Herzklopfen, dessen er nicht Herr wird. Das macht ihn rasend. Denn Einar ist ein Mensch, der in jeder Beziehung allein im Leben zurechtkommt. Er fürchtet weder Pfarrer noch Weiber.

4

Das Tausendheim! Der große Holzbau aus der Zeit der Jahrhundertwende zeigte Reste aus stolzer Vorzeit und menschlicher Dummheit.
Man konnte beides deutlich an den alten, verwitterten Dachvorsprüngen sehen. Von dem mit Steinen beschwerten Dach mit Moos und Möwendreck bis zu den dicken Grundmauern aus handbehauenen Steinen und bis auf einen Meter tief in die Erde hinein roch es nach einem Fischereibesitzer alten Stils und nach Großkapital.
Das Haus hatte drei Etagen und einen Keller und eine Menge hohe, zugige Fenster.
Das Lusthaus war eine vermooste Fallgrube geworden, in die Elisifs Fünfter eines Sommers hineinfiel und sich den Fuß brach. Aber an klaren, kalten Tagen lag der Rauch noch wie in alten Zeiten über dem geflickten Dach und kam aus drei Schornsteinen gleichzeitig.
So flößte das Haus noch immer Respekt ein.
Aber Großverdiener gab es keine mehr. Sie waren bereits in den schwierigen dreißiger Jahren verschwunden. Und danach blieb das Haus allein mit dem Verfall und den Wunden, die ihm das gemeine Volk zufügte.
Denn in das Tausendheim kamen die Armen. Die, welche schwer zu tragen hatten und arm waren an irdischen Gütern. Der eine oder andere war auch arm an Geist.
Sie drängten sich um die drei Treppenaufgänge zusammen, und manchmal brauchte man sie noch, wenn in der Gesellschaft eine Lücke entstanden war. Ob das nun an den Kais war, bei den Hausbesitzern oder unter den verschmutzten Zimmerdecken bei anständigen Leuten zum Hausputz.

Die Leute im Tausendheim dachten nicht daran, daß sie das Erdreich

wegen ihrer Sanftmütigkeit besitzen sollten. Daran dachten sie am allerwenigsten.
Aber wenn im Spätherbst der Mond über dem Veten und dem Hesthammeren stand und die Mütter ihre Ältesten beauftragt hatten, die kärglichen Kartoffeln vom Gemeinschaftsacker zu ernten, mit dem jährlichen Streit, wo Elisifs Grenzen aufhörten und Arnas und Peders Grenzen begannen, beruhigten sie sich auf ihre Weise unter den Lampen. Wenn sie jung waren, lungerten sie in Vaeret herum, und wenn sie noch jünger waren, spielten sie in dem dunklen Keller Verstecken.

Der Mond streute sein prächtiges Silber über den alten Drachenkopf am Südfirst (am Nordfirst war er bereits vor dem Krieg heruntergefallen), und die Gemüter im Tausendheim erhoben sich über ihre eigene graue Sanftmut.

Wenn die Sonne endlich wiederkehrte und auf das schneebedeckte alte Dach schien, kamen die Männer mit Kabeljau und Rogen heim. Die mandelförmigen Kartoffeln wurden aus dem Keller geholt, und ein schwerer, friedlicher Dunst von gekochter Leber durchzog das Haus.
Da riefen sie sich durch die offenen Fenster zu, daß die dunkle Zeit vorbei sei, und die Frauen halfen einander mit den Schubkarren bis zur Flußmündung, wo sie die wintergelben Laken zum Bleichen auf den Felsen und den alten Schneewehen ausbreiteten.

Die Poesie lag in den Details. In den segensreichen Tropfen aus der abgebrochenen Dachrinne zum Beispiel. Aber sie war scheu, und sie wurde kaum beachtet, wie ein armes Kind, das keiner stillen wollte oder dem keiner Liebe geben wollte.
Das Geheimnis des Lebens ging einem armen Schlucker selten auf. Das begriff er erst bei Sturm und Schiffbruch. Das kam vor.

In der Dachstube über der Veranda im Tausendheim wohnte viele Jahre eine alte Witwe. Sie strickte für die Kinder im Haus und verprügelte sie der Reihe nach, wenn sie Unfug trieben.
Sie warf Steine auf streunende Hunde und putzte die Treppen, ob sie dran war oder nicht. Da hatten die im mittleren Treppenhaus Glück. Aber dann fing sie an, die Küchentücher im Nachttopf zu waschen, und vergaß sich selbst und die Treppe. Schließlich mußte sie ins Altersheim nach Breiland gebracht werden. Da war sie genau einen Tag und eine Nacht. Dann war es aus mit ihr.

So wurde die Dachstube frei für Einar, der von dem neuen Pfarrer aus dem Pfarrhof gejagt wurde, weil er die Eier unter den Hühnern wegstahl und den Speck aus dem Vorratsspeicher. Die Dachkammer befand sich oberhalb der alten Glasveranda. Da war übrigens nicht mehr viel Glas. Der Südwestwind hatte gewütet und die kleinen Glasscheiben eine nach der anderen kaputtgemacht. Die Männer hatten Holzteile und Platten an der Südwestseite davorgenagelt, um Wind und Wetter abzuhalten.
Wenn die Außenlampe eingeschaltet war und in dem schaumgekrönten, jähzornigen Meer glitzerte, sah die ganze Glasveranda wie ein blindes Auge aus. Es waren nur zwei kleine Scheiben davongekommen. Sie schielten trotzig und verwundert in den Himmel.

Die Dachstube war ziemlich fußkalt.
Dagegen zog es kaum durch das Fenster. Das kleine Dachfenster ließ nämlich nicht den Wind durch, sondern weinte.
Es tropfte und rann, wenn Schnee und Regen das Fenster blind machten.
Einar hatte schnell denselben Trick raus, den auch die Kalla-Witwe angewandt hatte. Er setzte eine Waschschüssel darunter.
Auf dem Boden unter dem Fenster war ein verschwommener, rostiger Kreis von der Witwenschüssel. Einar begriff den Sinn dieses Kreises sofort und setzte beim ersten Unwetter seine Schüssel dorthin.
Durch das segensreiche Guckloch im Dach kam Gottes uralter und launischer Himmel herein – falls das Wetter das zuließ. Man brauchte keine Gardinen gegen neugierige Blicke, und es gab kein Fensterbrett für Topfpflanzen. Das war Einar nur recht.

Tobias A. Brinch und Waldemar E. Brinch besaßen einstmals jedes Lebewesen und jede Bewegung auf Öya. Sie steuerten aus der Ferne jedes Fischerboot südlich von Vågen und steuerten den Überschuß in die eigene Tasche.
Von zwei Herrschaftshäusern mit Dienstboten, Gesellschaften und Festlichkeiten aller Art gingen die Befehle über Leben oder Verhungern hinaus in ferne Zeiten. Der Pfarrhof war der dritte Machtfaktor, und der konnte wohl mithalten, auch wenn hier nicht von Kronen und Öre die Rede war.
Gegen Ende der dreißiger Jahre geschah das Unbegreifliche: Die Dorfbesitzer Brinch gingen in Konkurs. Die Kais, das Geschäft, der Grund und Boden, alles war beliehen und gepfändet. Schlechte Zeiten und Spekulation, sagten die, die mit so etwas Bescheid wußten.

Das Haupthaus war das größere und gehörte dem älteren der beiden Brüder, Herrn T. A. Brinch. Mit seinen geschnitzten Dachfirsten und der Glasveranda bot es unten in Stranda einen prächtigen Anblick.
Zuerst war ein Herr aus Bergen gekommen und hatte einen Winter und einen Sommer lang die Konkursmasse verwaltet. Er wurde von einer Firma in Bergen bezahlt, um die Räder in Gang zu halten, aber es schien dem wohlhabenden Mann und Junggesellen da oben unter dem Nordlicht und bei Möwengeschrei allmählich zu einsam zu werden. Jedenfalls verschwand er an einem schönen Frühlingstag und kam nie mehr wieder.
Jetzt beherbergte das Hauptgebäude so viel Menschengewürm und Dreck, daß es wohl zu Recht Tausendheim hieß.
Weiter oben am Hang stand der Gården, der Hof, etwas kleiner im Grundriß als das Tausendheim, aber stärker geachtet, nachdem die Fassade ein paarmal weiß angestrichen worden war. Er diente als Schule und wurde beheizt und instand gehalten von dem alten Almar aus Hestvika.
Während des Krieges entdeckten die Deutschen den Hof. Die kaputten Tür- und Fensterangeln wurden in Ordnung gebracht, und die verblichene Seidentapete wurde übermalt. Derbes Gelächter und Gegröle erscholl unter dem Dachgebälk, und es setzte sich ein unausrottbarer Geruch nach Leder und Uniformjacken für immer in den Räumen fest.
Es verging ein Friedensjahr, bis man es für moralisch vertretbar hielt, unschuldige Kinder in dieses Haus hinaufzuschicken, aber die Leute vermehrten sich wie verrückt, und das alte Schulhaus unten auf der Landspitze wurde zu klein. So kamen die Kinder und Almar und machten den Hof zu dem ihrigen. Aber für die alten Leute mit großem Respekt vor den Mächtigen früherer Zeiten war es ein schlimmes Zeichen, daß der Hof von Hand zu Hand ging. Und sie nahmen in Verbindung mit dem Hof auch niemals das Wort Schule in den Mund, ebensowenig wie sie das Wort Kaserne oder Deutschenlager gesagt hatten.
Aber Almar war nicht von der Nostalgie ergriffen. Endlich hatte er einen sicheren Lebensunterhalt. Kinder produzierten die Leute bereitwillig drauflos, und geheizt werden mußte, wenn die Rasselbande sich im Winter nicht zu Tode frieren sollte.
In den wunderbaren Sommermonaten hatte er dann seine Ruhe draußen im Fjord und konnte fischen.
Während der Schulmonate heizte Almar den meterhohen Ofen, leerte die Aborte und sammelte Abfall auf.

In dem großen, zugigen Klassenzimmer im zweiten Stock stand ein wackliger, schwarzer Ofen und grübelte über die wahre Größe der guten alten Zeit.

Am Fußboden zog es vom Meer her, und in Gesichtshöhe schlug einem die Hitze entgegen wie glühendes Eisen. Den Kindern lief die Nase, wenn sie in der Nähe des Ofens saßen, und der Kopf schwitzte, aber die an der Tür saßen, froren am ganzen Körper. Öfen hätten keinen Verstand, deshalb könnten sie nicht nach unten wärmen, sagte Almar, wenn die Kinder sich, selten genug, beklagten.

So tauten sie die Füße in den Schultaschen auf.

Tora hatte ihren Platz direkt vor dem Katheder.

Fräulein Helmersen hatte große Filzpantoffeln an und saß da oben wie eine rosa oder gelbe Blume über dem lackierten Tisch.

Fräulein Helmersen hieß Gunn und war sehr jung. Jünger als einige von den Eltern. Sie hatte Grübchen und viele große weiße Zähne. Sie sahen ganz echt aus.

Gunn war schön, fand Tora. Schöner auch als die Mutter, weil sie fröhlicher war.

Das Haar war blond und gelockt, wie bei dem Engel auf dem großen Glanzbild, das Tora eingerahmt über dem Bett hängen hatte.

Die Kinder nannten Fräulein Helmersen Gunn und bekamen einen ganz sanften Blick, wenn sie von ihr sprachen.

Bei vielen Vätern war das auch so.

Sie war fertig ausgebildete Lehrerin, obwohl sie noch so jung war. Man schuldete ihr großen Dank dafür, daß sie aus dem milden Süden und von frommen Eltern hierherauf nach Öya gekommen war, zum Meer, zu Kälte und Dunkelheit.

Elisif meinte, es sei eine göttliche Fügung, daß sie Gunn noch ein zweites Jahr behielten.

Die Kinder suchten einen Vorwand, um auch am Nachmittag hinauf zum Hof zu gehen, sie stellten neugierige Fragen und brachten Kabeljauzungen und selbstgebackenes Brot mit.

Tora sah Gunn vor sich, wenn sie abends allein in ihrer Kammer lag und nicht schlafen konnte.

Sie sah sie immer mit großem, offenem Mund und mit tiefen Grübchen in den Backen. Es war so, als ob jemand den Zeigefinger in ihre Backen gedrückt hatte und die Druckstellen nie mehr fortgegangen waren.

Tora träumte, daß sie Gunn war. Sie löste manchmal die Zöpfe und kämmte sich die Haare nach oben, damit es so aussehen sollte wie bei Gunn. Aber ihr Haar hatte eine ganz andere Farbe, und sie hatte einen

ganz anderen Kopf. Sie kletterte auf einen Stuhl und betrachtete ihr Spiegelbild über dem Ausguß.
Es half nichts, wieviel sie auch bürstete und wie sehr sie auch lächelte. Toras Gesicht war und blieb schmal und grau mit dünnen Lippen und einer allzu großen Nase. Diese Nase war übersät mit Sommersprossen. Die Haare waren dicht und widerspenstig und gänzlich ohne Locken. Sie umrahmten das kleine Gesicht wie die Borsten von einem abgenutzten Besen.
Sie war Tora. Da war nichts dran zu ändern.
Elisif hatte ihr mehr als einmal gesagt, daß sie nicht verstehen könne, daß eine so schöne und gutgebaute Frau wie Ingrid sie bekommen habe. Das müsse das fremde Blut sein und der Sünde Sold, die das bewirkt hätten.
Tora verstand allmählich, was sie meinte, und wurde rot bis zu den Ohrläppchen.
Das fremde Blut war das schlimmste, das gehörte zum Krieg, von dem die Mutter niemals sprach. Der Sünde Sold nahm Tora nicht so schwer. Da konnte man schummeln, das hatte sie gesehen.
Aber wenn auch der Spiegel über dem Ausguß Tora erzählte, wer sie war, so lebte sie doch ihr eigenes heimliches Leben unter dem Federbett in ihrer Kammer. In der Dunkelheit und allein mit sich war sie die, die sie sein wollte. Da streifte sie unter dem kleingeblümten Bettbezug ihre Haut ab, wärmte sich mit ihren eigenen kalten Händen, liebkoste sich selbst, während sie eine andere Tora heraufbeschwor. Wenn sie allein zu Hause war, konnte sie die eigentliche Tora vollständig vergessen.
Für eine Weile konnte alles, was am Tage an ihr nagte, verschwinden, als ob es nie dagewesen wäre.
Die Gefahr?
Sie verschwand auch.
Sie war lieb zu ihrem eigenen mageren Körper, bis er glühte und zitterte und die Füße warm wurden. Sie war frei von allen Stimmen und Augen und bestimmte selbst, wer sie sein wollte. Sie wußte, daß sie »so etwas« mit sich eigentlich nicht machen durfte. Aber wenn sie es tat, ohne sonderlich viel dabei zu denken, dann konnte es wohl nicht so gefährlich sein.

5

Seit dem Tag, als Ole Vaeret ihr erzählt hatte, daß sie aus der Fotze von ihrer Mutter herausgekommen sei, mußte Tora beinahe brechen, wenn sie daran dachte, daß die Leute so etwas machten...
Daß die Mutter und Henrik... Oder der Pfarrer!
Der Pfarrer hatte vier Kinder!
Und Elisif, die so fromm war, ließ sich von Torstein hereinlegen, so daß jedes Jahr ein neues kam.
Da war es besser, es selbst zu machen und die Gefahr zu vergessen.
Trotzdem konnte sie lange im Dunkeln in der Kammer liegen und darüber nachgrübeln, wie sie es eigentlich machten, was Ole da erzählte.

Sie war einmal mit Jörgen und einigen anderen Kindern hinter dem Hügel gewesen, und sie hatten die Pferde beobachtet, die dort weideten.
Der Hengst vom Pfarrer wurde ganz wild und kam in die Einzäunung herein, um eine Stute zu bespringen. Tora konnte nicht verstehen, daß ein Hengst vom Pfarrer sich nicht besser benahm. Aber gleichzeitig wurde sie von dem seltsamen Wunsch ergriffen zuzusehen.
Der Hengst zeigte sein großes Glied, und Tora spürte die Gefahr und gleichzeitig eine quälende Neugier.
Die Pferde rasten eine Weile an der Einzäunung entlang, und als Tora merkte, daß es ernst war, tat sie so, als ob sie die Augen im Ärmel versteckte. Aber sie hätte sich die Mühe sparen können. Keiner hatte Zeit, darauf zu achten, was sie machte. Alle standen mit offenem Mund und feuchten Augen da und starrten auf den Pferdepimmel.
Als der Hengst ihn in der falben Stute verschwinden ließ und wieherte und schnaubte, konnte sie deutlich sehen, daß Elisifs Jörgen gleichsam in den Knien zusammensackte und Ritas Zungenspitze in dem einen Mundwinkel erschien.
Blitzartig wußte Tora, daß sie alle, hier am Zaun, auf den Hengst starrten, wie er bei der Stute pumpte, und daß alle das seltsame heimliche Ziehen im Unterleib verspürten wie sie selbst. Sie erlebten etwas gemeinsam, ohne daß sie es wagten, sich anzusehen.
Tora versuchte sich vorzustellen, wie es wohl wäre, gerade jetzt die Stute zu sein. Erst hatte sie gezittert. Dann stand sie nur da. War gleichsam gar nicht beteiligt. Vielleicht schämte sie sich? Das mußte es sein!
Sie mochte es wohl nicht, daß die Kinder zusahen. Es mußte auch schrecklich weh tun mit dem großen Pimmel.

Nein, so sah es nicht aus. Dann hätte die Stute nicht stillgestanden. Es gingen warme und kalte Schauer durch Tora hindurch.
Es war, wie wenn man schnell und lange lief, so daß man einen Blutgeschmack im Mund hatte, wie wenn man an dunklen Herbstabenden Versteck spielte. Ja, das hier war beinahe aufregender, als auf den Eisschollen in der Bucht zu segeln.
Schließlich knickte der Hengst über der Stute zusammen und schnaubte. Er schleuderte den Kopf in die Höhe, daß die Mähne nur so flog.
Dann glitt er ermattet von der Stute herunter, der Pimmel mit. Das ging Tora zu schnell. Erst hatte sie geglaubt, daß alles schön war. Der Hengst, der den großen braunen Kopf hochwarf, und die Mähne, die im Winde flatterte.
Nun schien der Hengst nicht mehr viel zu taugen. Der Pimmel schlenkerte schlaff von einer Seite zur anderen und schrumpfte vor den Augen der Kinder ein. Er tropfte etwas.
Rita glotzte noch eine ganze Weile, nachdem alles vorüber war, dann brach es aus ihr heraus: »Das Schwein! Hat in die Stute gepinkelt!«
Jörgen sah sie verächtlich an, spuckte aus und schleuderte ihr ins Gesicht: »Das ist Samen, kapierste, du doofe Nuß!« und spuckte noch einmal.
Und dann hielt er einen kurzen Vortrag sowohl über das eine wie auch das andere. Und Ole mischte sich ein und sagte, daß sie alle aus der Fotze von ihrer Mutter gekommen seien und daß man sich deswegen nicht zu schämen brauche.
Sie sprachen übrigens mit keinem Erwachsenen über dieses Ereignis. Und sie fragten niemals nach dem, was sie so gerne wissen wollten.
Aber gelegentlich saßen sie auf der Kirchhofsmauer und stritten sich, was sie denn nun wirklich damals auf der Weide aus so kurzer Entfernung gesehen hatten.
Jörgen wollte den Pimmel des Hengstes immer noch größer machen, als er eigentlich gewesen war.
Rita beschuldigte ihn, daß er Lügen verbreite. Sie zeigte mit gespreizten Fingern in der Luft die Größe, aber Jörgen beharrte auf seinem Standpunkt. Schließlich schubste Jörgen sie von der Mauer herunter.
Es hätte ein Ende mit Schrecken nehmen können, wenn nicht die wortkarge und bescheidene Lina plötzlich gesagt hätte, daß sie einen richtigen Männerpimmel gesehen habe. Die Münder öffneten sich entzückt und erschrocken zugleich.
»Ne-ee«, kam es ungläubig.

»Wem seinen haste denn gesehn?« fragte Ole.
»Das sag' ich nicht. Aber er war blau.«
»Wer? Der Mann?« fragte Tora zweifelnd.
»Der Pimmel doch, du blöde Ziege!«
Lina warf triumphierend den Kopf zurück und entfernte mit einem Hölzchen den Dreck aus den abgetretenen Profilen ihrer Stiefel. Sie spitzte den Mund, daß er aussah wie ein kleiner Schnabel, und schaute in die Luft und wollte die anderen nicht ansehen.
»Bah, du lügst! Die sind kein bißchen blau. Du bist verrückt!«
Jörgen war entrüstet. Ole und die Mädchen sahen ihn an. Es ging ihnen auf, daß er sich für sein Geschlecht schämte und daß er sich verbat, mit einem blauen Pimmel versehen zu werden. Ole unterstützte Jörgen vorsichtig und winkte Lina ab. Aber sie behauptete: »Jungenpimmel sind eben nicht das gleiche wie Männerpimmel, verstehste das nicht?«
Nein, Ole und Jörgen verstanden das nicht.
Allmählich gingen sie jedoch zu einem anderen Gesprächsthema über, denn die Argumente waren verbraucht, und sie wollten eigentlich auch lieber über die Sache reden als darüber in Streit geraten.

Tora grübelte trotzdem über das nach, was Lina gesagt hatte. Am Abend, unter dem Federbett, bekamen alle ihre Traumgesichte eine blaue Farbe, und die Fantasie kroch ihr sozusagen unter die Haut. Über dem Ganzen lagen der Ekel und die Gefahr und Zerstörung. Alle Flüstereien zwischen der Mutter und Tante Rakel, alle Geräusche aus dem Zimmer, wenn die Mutter und Henrik glaubten, daß sie schlief.
Alle nicht zu Ende erzählten Witze unten in den Fischerhütten, alle Geschichten, die nicht für ihre Ohren bestimmt waren.
Sie konnte das nicht voneinander trennen, konnte nicht wissen, wo sie hingehörte. Sie wußte nicht, ob sie Ekel empfand oder...

Manchmal schämte sie sich über sich selbst und war froh, wenn niemand sie in der Dunkelheit sah.
Sie hatte das Gefühl, daß sie nicht mehr sie selbst war. Die empfindlichen Kuppen auf der Brust schienen gar nicht richtig zu ihr zu gehören. Sie machte den Rücken krumm, damit niemand sie sehen sollte. Wollte sie gewissermaßen in sich verstecken.
Aber das half wenig. Sie waren schuld daran, daß ihr alle Kleider obenrum zu eng wurden. Sie wünschte, sie wäre ein Junge. Lina und Rita waren noch flach. Sie konnten im letzten Sommer bei Ebbe unten

am Strand nur in der Unterhose hüpfen und springen. Tora erfand alle möglichen Entschuldigungen, um nicht dabeisein zu müssen. Sie hatte nicht nur die kleinen Knospen, derentwegen sie sich schämte. Es schienen auch überall Haare zu wachsen. Und manchmal roch es nach alten Nelken, der Geruch kam sowohl von ihr als auch aus den Kleidern. Er erinnerte sie an Beerdigung. Ein widerlicher, süßlicher Geruch, jedesmal wenn es ihr warm wurde oder sie nervös wurde. Sie hielt sich jetzt meist an Sol, die beinahe zwei Jahre älter war und die hier und dort reichlich dicker geworden war.

Samstags machte Tora in ihrer Kammer Feuer und trug das Waschwasser und die Handtücher hinein.

Im letzten Winter hatte sie noch in der Zinkwanne vor dem Küchenofen gebadet. Aber dann hatte sie sich ihrer Mutter widersetzt und sich geweigert. Es konnte ja jemand kommen. Einmal war Henrik gekommen, während sie in der Bütte saß. Er betrachtete sie. Es war nicht auszuhalten. Sie blieb sitzen, wo sie saß, bis er wieder ging. Er hatte den Körper gesehen, der nicht der ihre war.

Dann hatte sie wochenlang nicht gebadet. Die Mutter wurde böse und sagte, daß die Würmer sie noch auffressen würden.

Schließlich ließ sie dann durchblicken, daß Tora in ihrer Kammer heizen und dort baden könne, wenn sie wolle.

Tora fühlte eine weiche, warme Zuneigung für die Mutter, als sie das sagte. Sie hätte sie am liebsten umarmt, konnte sich aber nicht dazu überwinden. Es war wie ein Meer zwischen Mama und ihr – in diesen Dingen.

Während des ganzen Frühlings und Sommers hatte sie sich in der Kammer gewaschen und ein Messer zwischen Tür und Türrahmen gesteckt. Das war das einzige Schloß, das sie besaß. Man konnte das Messer gut von außen wegdrücken, aber es war doch eine Art Verschluß, eine Ankündigung, daß sie allein sein wollte, ohne daß sie etwas zu sagen brauchte.

Vor dem großen Katheder in der Schule konnte sie auch allein sein. Da hatte sie nur Gunn vor sich.

Alle Augen waren hinter ihr. Sie konnte so tun, als ob sie Gunn zuhörte, und dennoch ihre eigenen Gedanken denken. Sie konnte seelenruhig die wunderlichsten Dinge fantasieren. Gunn war sehr darauf bedacht, daß Ruhe im Klassenzimmer herrschte.

Sie hatte eine seltsame Macht über die Kinderschar, um die sie sogar der alte Lehrer hätte beneiden können. Und sie ließ solche Kinder wie Tora mit ihren Gedanken in Frieden.

Ihre Autorität war nicht faßbar, weil sie so ganz anders war als die, welche die Kinder in Form von Ohrfeigen und Prügel von ihren Vätern kannten, wenn sie sich nicht anständig benahmen. Gunns Methode verwirrte vor allem die älteren Jungen. Sie *sah* sie an. Ließ sie mit dem Blick nicht los.
Manchmal legte sie ihre Hand auf den Nacken des Missetäters. Dann hob sie mit einer bestimmten Bewegung seinen Kopf und *sah* ihm in die Augen, bis es ganz still im Klassenraum wurde und der Schlingel aufgab.
Aber es dauerte nicht lange, bis Gunns Grübchen wieder zum Vorschein kamen, und alles war gut.
Tora ging gern in die Schule. Sie liebte den Geruch von Staub und Kreide. Man mußte nur seine Arbeit ordentlich erledigen, dann hatte man seine Ruhe. Jedenfalls während des Unterrichts.
Man konnte Gunn alles fragen – beinahe alles.
Und man bekam eine Antwort.
Aber des Pfarrers Hengst und die Gefahr gehörten zu den Dingen, nach denen keiner irgendeinen Erwachsenen fragen konnte. Es war auch nicht so, daß man immer draußen auf der Straße fragen konnte. Das ging nur, wenn es sich gerade ergab. Wie damals auf der Weide.

Im Herbst war Tora in dieselbe Klasse gekommen wie Sol. Die beiden letzten Jahrgänge wurden zusammengefaßt.
Sol hatte ein Jahr Vorsprung vor Tora, aber sie triumphierte nicht deswegen. Eine vom Tausendheim konnte es sich nicht leisten, eine Freundschaft für Bagatellen zu opfern.
Tora fand, daß Jörgen nicht mehr so aufregend war, wie er es die ganzen Jahre gewesen war. Der Alltag und die Jahre veränderten sie alle. Und Jörgen schlug sein Wasser in ihre Schuhe ab und versteckte Sols Schulbücher, er fluchte, wenn die Mutter nicht in seine Richtung hörte, und es zog ihn immer wieder hinunter zu den Kais.
Sol war schweigsam, aber sie kannte sich in den meisten Dingen aus, die zwischen den vier Wänden vor sich gingen und die in vielen Irrgängen des Lebens verborgen waren. Sie war die älteste von sieben Elisif-Kindern, und sie hatte mehr oder weniger unfreiwillig Geburt und Empfängnis mitbekommen, in den Nächten all der Wochen und Jahre im Tausendheim.
Aber Tora konnte Sol nicht nach dem fragen, wovon auf der Straße gesprochen wurde, sonst glaubte Sol am Ende, daß sie ein kleines Kind sei.

Deutschenkind! Sie hatte das Wort oft gehört. Es lag etwas Schlimmes darin. Ein Urteil.
Henrik hatte das Wort auch gebraucht, nicht direkt ihr gegenüber, aber es war durch die dünnen Holzwände gedrungen.
Sie hatte die Mutter fragen wollen, aber das Wort blieb ein Teil der Gefahr. Deshalb verdrängte sie es absichtlich, sie hätte es sonst nicht ausgehalten. Es konnten Wochen und Monate vergehen, ohne daß sie das Wort hörte.
Aber es kam immer wieder. Da hatte sie ein Gefühl wie damals, als die Jungen von Vaeret sie hinterlistig dazu überredeten, einen steilen Hang auf Skiern hinunterzufahren, und sie nicht wußte, daß die Jungen mitten im Hang eine Schanze gebaut und den Aufsprung mit mehreren Eimern Wasser schön vereist hatten.
Es gab keinen anderen Weg, wenn man erst einmal in der Luft war. Nur viel Sog und leeren Raum rundum. Das einzige, was man wußte, war, daß man gezwungen war zu landen.
Auf der Straße draußen galt ein eigenes Gesetz. Es war nicht immer das gleiche wie das der Erwachsenen. Und es war auch nicht das gleiche wie drinnen in der Küche.
Aber der Schmerz war von kurzer Dauer. Wie bei einem eingeklemmten Finger oder einer Schürfwunde. Es tat weh, so daß die Tränen liefen, egal. Das ging vorüber. Man brauchte sich nicht zu grämen, denn es kam jeder dran.
Ole war der Stärkste und Größte, aber nicht der Schlimmste. Er hatte seine Schwächen. Er pinkelte nachts ins Bett. Und ab und zu roch es so, als ob er nicht genügend Zeit hätte, sich sauberzumachen, bevor er in die Schule ging. Der große Junge!
Tora sammelte Schwächen – von anderen.
Sie sagte es ihnen nicht, denn das hätte nur zu Unfrieden geführt. Aber sie dachte daran.
Manchmal träumte sie davon, daß sie es ihnen zurückgeben würde, genau an der Stelle, wo sie am meisten verwundbar waren. Aber es wurde nie etwas daraus. Tora war dünn und unansehnlich und klein. Das einzige, wofür sie Kraft hatte, war der Ballweitwurf.
Sie lief auch schneller als irgendeiner, wenn es sein mußte. Oder sie schlich sich fort, ohne daß jemand es merkte.
Dann stieg ihr die Schamröte ins Gesicht. Sie bekam ihren Anteil von all den Schlägen, die auf der Straße ausgeteilt wurden. Aber die waren anders als die Prügel, die sie von Henrik bezog.

Auf der gegenüberliegenden Seite der Bucht, wo Heidekraut und niedriges Gehölz beinahe bis an den Wegrand wuchsen, konnte Tora das alte Jugendhaus sehen. Es war *eigentlich* nicht alt, nur sehr verwahrlost. Einst war es rot angestrichen. Vor dem Krieg.
Der Krieg war schon sehr lange her, aber Tora wußte, daß sie ein Teil von ihm war.
Sie hatte viele Geschichten über den Krieg gehört.
Aus allem, was sie hörte, wuchs die schreckliche Erkenntnis, daß auch Mama ein Teil von ihm war.
Wenn Henrik vom Krieg sprach, ging Mama ans andere Ende des Zimmers und drehte denen, die gerade anwesend waren, den Rücken zu. Henrik verfluchte den Krieg mehr als jeder andere, denn er hatte ihm beinahe die linke Schulter abgequetscht und sie halbwegs in die Lunge gedrückt.
»Die verdammten deutschen Teufel!« sagte er und bekam tiefe Furchen zwischen den buschigen Augenbrauen.
Alle waren einer Meinung mit ihm, trotzdem sahen sie weg und warfen Ingrid verstohlene Blicke zu, wenn sie Zeuge von Henriks Ausbruch wurden. Mama sprach niemals vom Krieg.
Tante Rakel hatte einmal angedeutet, daß es die Großmutter das Leben gekostet habe, daß Tora geboren wurde. Das war nicht für Toras Ohren bestimmt gewesen, deshalb konnte sie auch nicht fragen.
Tora fand es seltsam, daß ihre Geburt an Großmutters Tod schuld sein sollte, denn sie konnte sich noch deutlich an sie erinnern, an ein bleiches und mageres Gesicht in einem weißen Kissen, drinnen in der Kammer bei Tante Rakel und Onkel Simon auf Bekkejordet.
Tora wußte, daß alles rationiert gewesen war, so daß die Menschen wenig zu essen und anzuziehen hatten. Vielleicht hatte sie sich verhört, und die Tante hatte gesagt, daß dieses die Großmutter das Leben gekostet habe.

Tora stellte sich öfter vor, wie Almar aus Hestvika während der Rationierungszeit auf dem Deck seines etwas eckigen Fischkutters nackt und ausgehungert umhergewandert war. Das mußte ein kalter und wunderlicher Anblick gewesen sein. Tora sah immer Almar vor sich und keinen anderen.

Auf der Heide stand also das Jugendhaus. Es war auch ein Teil vom Krieg.
Dort hatte man einmal Mamas Haar bis zu der schneeweißen Kopfhaut abgeschnitten.

Tora hatte oft davon gehört und aus vieler Munde. Aber sie vertraute meist auf Sols Geschichte: Sie hätten der Mutter das Haar abgeschnitten, weil Tora im Krieg geboren wurde.
Tora dachte indessen, daß sie es sicher deshalb getan hatten, weil sie neidisch auf Mama waren. Denn sie konnte gut sehen, daß auch die neuen Haare ungewöhnlich dunkel und dicht waren. Mama hatte das schönste Haar in ganz Vaeret.
Aber daß die Leute so gemein sein konnten?
Einmal hatte sie Tante Rakel gefragt.
Da hatte die Tante sie in den Arm genommen und gesagt, daß der Krieg viele Menschen schlecht gemacht habe und daß Tora die Mutter nicht quälen und nicht danach fragen solle.
Aber jedesmal wenn Tora an dem Jugendheim vorbeiging, war es ihr, als ob sich unsichtbare Hände nach ihr ausstreckten und ihr Böses tun wollten. Das Haus hatte ängstliche, kleine Fensteraugen und ein schiefes Muster auf den ausgeblichenen Gardinen, deshalb war es seltsam, daß sie solche Gefühle hatte. Und sie konnte sich nicht vorstellen, daß irgendeiner von den Menschen, die sie auf der Straße, in Ottars Laden oder auf dem Kai sah, es fertiggebracht haben sollte, der Mutter so übelzuwollen, daß er ihr das Haar abgeschnitten hatte. Da mußte eher das Haus die Schuld tragen.
Dort war es passiert. Und dort konnte es nun stehen, allein mit seinem zu dem lästigen Moor hin niedergedrückten Drahtzaun und seinen ungestrichenen Wänden, sichtbar für jedermann!
Die Mutter ging niemals mit ihr dorthin. Am 17. Mai und an den Weihnachtsfeiern nahm Tora nicht wie die anderen Kinder teil, bevor sie in die Schule ging.
Tora bildete sich ein, wenn »das Haus« der Mutter nicht die Haare abgeschnitten hätte, dann würden sie bis zu den Hüften hinunter reichen. Sie konnte die Mutter vor sich sehen, im Wind über den Fluß gebeugt, während sie die Wäsche ausspülte. Das Haar schwamm zwischen den Steinen im Fluß direkt hinaus ins Meer.
Sie erzählte es Sol.
Aber Sol war zwei Jahre älter und nahm das nicht ernst: »Keiner bekommt so lange Haare. Das gibt's nur im Märchen.«

Sol und der Rest von Elisifs Kindern wohnten genau über Toras Kopf. Morgens rauschte es lange und kräftig in den Rohren da oben. Es waren eben viele, die die Waschschüsseln füllen und sich waschen mußten, gebückt über die Torfkiste beim Ofen und bewacht von Elisifs strengen Augen.

Es scharrte und klopfte und hustete und weinte da oben. Und das mußte auch so sein.
Aber es gab natürlich genug Leute, die meinten, es sei doch zu verrückt mit den vielen Kindern bei Elisif. Sie waren erzeugt von einem kleinen grauen Mann, der nie die Türen zuschlug oder zur Unzeit ein tadelndes Wort sagte. Ein sanfter Schatten, mit dem keiner an der Seite der starken, dominierenden Elisif rechnete.
Indessen standen die Männer rundum an den Wänden in Ottars Laden und grinsten und überlegten, ob bei Elisif auch in diesem Jahr wieder vor Weihnachten etwas Kleines ankommen würde. Das war nicht immer so. Jörgen war jedenfalls am 18. Mai geboren. Tora schien es ein Trost, daß die Leute es für verrückt hielten, daß Elisif jedes Jahr ein Kind bekam. So war sie im Unglück nicht allein.

Als Tora klein war, saß sie bei Ebbe öfter unten am Strand und sah das Licht aus dem Grau und Blau aufsteigen und seinen Schein direkt in den Himmel hineingeben.
»Es ist der Himmel, der dem Meer und der Erde Licht gibt«, sagte Ingrid, als Tora versuchte, ihr verständlich zu machen, was sie sah.
Sie pflegten an der Flußmündung zu sitzen und zu essen, während die Wäsche in dem mächtigen Waschkessel zwischen den Steinen kochte. Kaffeemulde nannten die Leute die Stelle. Dort konnte man im Kessel frisches Wasser aus dem Fluß holen und außerdem auf das Meer hinausschauen.
Tora glaubte nicht richtig, was die Mutter vom Licht und vom Himmel sagte. Denn das Meer war doch so unendlich tief. Ganze Schiffe und zahlreiche Menschen konnte es verstecken wie nichts. Und doch war es so groß, daß es noch Platz hatte für alles andere, Fische und Tang, Netze und Steine.
Aber sie widersprach der Mutter nicht, sah nur verwundert auf das Glitzern dort unten im Brackwasser, folgte mit den Augen den Strömungen und Wirbeln bis dorthin, wo es das graue Salzwasser erreichte und grünschimmernd wurde mit zitternden Schaumkronen.
Tora hatte einmal Salzwasser getrunken, weil sie nicht verstanden hatte, daß ein Unterschied ist zwischen Meer- und Flußwasser. Seitdem vergaß sie den Geschmack nie mehr.
Deswegen hatte sie Angst, im Meer zu baden. Sie zog die Vertiefungen im Fluß vor, auch wenn sie kälter waren. Und wenn sie hörte, daß jemand im Meer ertrunken war, hatte sie immer den salzigen, widerlichen Geschmack im Mund.
Somit wußte sie ein wenig vom Sterben.

7

Der Herbst war die Zeit des Reisig- und Torffeuerns.

Die Leute bereiteten sich auf den Winter vor und waren im Haus beschäftigt.

Alle warteten mehr oder weniger auf die große Aktivität, wenn der Fisch an Land kam.

Da waren Nerven und Glieder angespannt, und man fragte nicht nach Tag oder Nacht, nach Arbeitslust oder Müdigkeit. Einige standen mittendrin in der Fischverarbeitung und in der Gischt. Andere standen am Küchenfenster oder mit dem Ohr dicht am Radio. Kinder weinten, und das Vieh mußte gefüttert und der Stall ausgemistet werden, auch wenn die Frauen allein waren. Sie beklagten sich nicht. Es war wichtig, möglichst viel aus der Fischsaison herauszuholen. Da bekamen viele diese Chance zum Geldverdienen. Das war aber auch alles.

Ottar und Gröndahl mußten ihr Geld für die Nahrungsmittel bekommen, die vielleicht schon als Mist ausgebreitet auf den kleinen, steifgefrorenen Äckern lagen oder an heimlichen, versteckten Stellen zwischen Tangbüscheln in der Hochwasserlinie schaukelten.

Die Kinder brauchten neue Stiefel und Skihosen und Kleider für drinnen, damit sie sich sehen lassen konnten, wenn es Weihnachten wurde.

Den Torf nahm man nur zum Feueranmachen, dann mußte der Kohlenhändler sein Geld bekommen. Wer später im Jahr schlachtreife Schafe im Stall hatte, dem ging es gut, wer aber das Fleisch kaufen mußte, der konnte bluten. Es blieb ihm nichts anderes übrig, als den Kopf über Wasser zu halten und das Leben weitergehen zu lassen. Schweinefleisch sollte der Teufel essen. Denn nur bessere Leute und solche, die eine tüchtige Frau im Hause hatten, die ein Schwein zu mästen verstand, konnten sich diesen Luxus leisten.

Simon auf Bekkejordet behauptete, daß eine ordentliche Frau der halbe Lebensunterhalt sei.

Damit habe er recht, meinten diejenigen, die Rakel kannten.

Alle wußten, daß sie das Zeug zu mehr in sich hatte, als sich nur völlig zu verausgaben.

Rakel verwaltete Simons Besitz und seine Schulden. Ab und zu beschummelte sie ihn nach Möglichkeit ein wenig. Aber niemals aus Böswilligkeit. Nur um ihm das Bitten und Betteln um Geld zu ersparen, für Dinge, von denen er ganz und gar nicht verstand, daß sie nötig waren.

Rakel hatte ihre Notgroschen in einer Schatulle. Mit der Zeit waren das übrigens nicht gerade wenige.
Wenn sie etwas davon nahm, so *mußte* das sein, und sie trauerte dem Geld nicht nach. Aber sie war nie blank. Sie hatte schon schlechtere Zeiten am eigenen Leib erfahren als jetzt bei Simon.
Simon erlaubte es sich, über Rakels Schatulle zu lächeln, er mischte sich jedoch in ihre Angelegenheiten nicht ein. Sie ihrerseits ließ ihn niemals merken, daß sie über Geschäft, Mannschaft und Boot Bescheid wußte.
Es gab auf Bekkejordet auch einen verborgenen Brunnen.
In diesem Brunnen wäre Simon einmal beinahe ertrunken. Da war Rakel aus der Zimmerwärme herausgekommen und hatte ihn aus der Kälte geholt.
In seinem tiefsten Innern wußte Simon, daß Rakel als letzte untergehen würde, wenn etwas Schlimmes passieren sollte und sie Schiffbruch erlitten.
Rakels Stärke verwirrte und überraschte ihn, gerade deswegen, weil sie nicht in den Fäusten lag. Diese Stärke war unantastbar.

Das hatte er vor allem begriffen, als sie aus der Stadt kam und ihm erzählte, daß sie keine Kinder bekommen könne.
Sie hatte in dem neuen, großkarierten Mantel dagestanden und mit den Händen gestikuliert.
Der Doktor hatte es gesagt: nach siebenjähriger Ehe keine Hoffnung mehr auf Kinder. Da hatte sie sich eben einen Mantel gekauft. Sie sagte das ebenso verbissen und tränenlos, wie sie es hinnahm, daß sie noch einmal putzen mußte, wenn die Arbeiter nach der Kartoffelernte dagewesen waren.
Kein Kind! Es lag an ihr.
Sie hatte unten im Betrieb in der blauen Bürotür gestanden. In seinem Reich hatte sie das auf sich genommen, von dem sie wußte, daß es sein Mangel war.
Denn es war kein Leben in Simon Bekkejordets Samen.
Er war oft nahe daran gewesen, es ihr zu sagen, aber er brachte die Worte einfach nicht heraus. Wußte, daß sie sich sehnlichst ein Kind wünschte. Er durchdachte genau, was er sagen wollte. Aber wenn der Augenblick kam, wurde es doch nicht gesagt.
Es ging einfach nicht. Zuletzt bedrückte es ihn so, daß er anfing, sich von ihrem Bett fernzuhalten. Er machte sich mehr und mehr im Betrieb zu schaffen, so daß sie eingeschlafen sein mußte, wenn er nach Hause kam.

Vielleicht hatte sie deshalb die Schatulle aufgeschlossen und war in die Stadt gefahren.
Rakel verwaltete das, was Simon *nicht* hatte, genauso gut wie das, was er hatte, so sah es jedenfalls aus.
Da hatte sie nun in dem neuen Mantel gestanden und hatte ihm mit den ehrlichsten Augen der Welt ins Gesicht gelogen.
»Ich kann keine Kinder kriegen, Simon, Wir müssen uns etwas anderes einfallen lassen oder kinderlos bleiben.«
Am Abend hatte er sie genommen, erst etwas schamhaft wie ein dankbarer Hund. Da hatte sie ihm zu verstehen gegeben, daß sie ihn so nicht haben wollte. Und er hatte sich tief in sie hineingegraben und die Sicherheit gefühlt, einen Menschen bei sich zu haben, der ihm mindestens ebenbürtig war im Körper und im Willen.
Sie waren wach beieinander, bis der Tag kam und die Arbeit mit dem großen Vorschlaghammer vor dem Bett wartete.
Beide lebten voller Wärme und Nähe füreinander. Beide wußten.

Rakel schaffte sich eine Katze an.

Der Regen hatte sie überfallen, und unter den Bergkämmen lag der Nebel, dicht wie alte Bosheit.
Die Berge im Süden gehörten nicht mehr zur sichtbaren Welt.
Die Leute heizten ein, schlossen die Haustüren und maulten über die undichten Fenster. Sie suchten Wolljacken und -hosen hervor und grausten sich vor dem notwendigen Geschäft in dem kleinen Häuschen.
Man knöpfte alles gut zu, wenn man hinausging.
Die Gesichter standen weiß und leuchtend in den Kleiderbündeln, wenn man unterwegs Menschen traf.
Am liebsten hockten sie dicht beieinander in den eigenen vier Wänden. Hielten Abstand zu allem, was außerhalb war.
Da gab es kein Rufen mehr über Gartenzäune, von denen die Farbe abgeplatzt war, und über rostige, quietschende Wäschegestelle.
Die Kartoffeln waren im Haus. Die paar Johannisbeeren, die noch an den Sträuchern hingen, konnten in Gottes Namen die kleinen Vögel fressen.
Einige Laken und Kissenbezüge hingen dort draußen zwischen den Unterhosen und tanzten im Wind. Aber am Morgen knackte es gewöhnlich in ihnen, wie sie da so in Reih und Glied hingen und sich steif hin- und herbewegten. Sie baumelten wie vergessene Leichen in dem eisigen Luftzug.

Es ist ein großer Unterschied, was die Unterwäsche betrifft, zwischen einem Nordnorweger und einem Südnorweger.
Der Wintermensch hat bedeutend weniger innen drin, aber desto mehr Verpackung.

Das Leben am Kai verlief träge. Es war, als ob beim Winterfischfang an Treibstoff gespart würde. Auf ihren Booten gingen die Männer rund um die Ladeluken und hatten nichts zu tun.
Große Hände schlenkerten an der Ölhose entlang oder pusselten ein wenig mit dem Tabak und der Pfeife herum.
Ab und zu rissen die Männer sich zusammen und schlugen in rasendem Tempo die Arme über der mit der Arbeitsbluse bekleideten Brust zusammen, bis die Hände von der stärkeren Durchblutung und vom Frost glühten.
»Was treibst du dich denn hier rum?« konnten die Männer irgendein Kind anschreien, das den Südwest nicht respektierte, sondern einen Spaziergang zwischen den Hütten oder hinter den Bootsschuppen machte.
Aber viele Männer waren auch um diese Zeit gutmütig und hatten nicht vergessen, daß sie selbst einmal jung gewesen waren.
Diese Männer hatten oft ein bißchen Spott im Auge und ein Scherzwort im Mundwinkel, wenn Tora und die Tausendheimbande vorbeikamen.
Regennasse, glühende Gesichter und quatschende Schuhe an dem einen Tag, eiskalte, schmerzende Finger und triefende Nase am anderen. So war das eben.
Galoschen mit einem Einmachgummi über dem Rist an dem einen Tag und dicke Socken am anderen.
Den ganzen Oktober und November war es grau und nebelig, aber die Nächte waren trotzdem eiskalt und schlimm und hatten einen irritierenden Mond, der für den nächsten Tag gutes Wetter versprach und log. Denn lange bevor die Hühner draußen im Schuppen der Kampfertropfen-Anna anfingen zu rumoren und allmählich an den Tag glaubten, goß es von einem lebensfeindlichen Himmel herunter und gluckste und rann in den morschen Dachrinnen vom Tausendheim.
Die Männer trafen sich in dem neuen Laden in Nordvika oder in der alten, dunklen Hütte von Ottar. Sie schwätzten und blieben hängen. Nach ein paar Stunden kam vielleicht der eine oder andere darauf, daß er etwas einkaufen sollte. Das brauchte dann auch seine Zeit und hatte keine große Eile.

Ottar stand hinter dem Ladentisch und wog ein bißchen und maß ab. Er rechnete und beteiligte sich an den Klagen über das Wetter, wenn er gerade nichts anderes zu tun hatte.
»Der Teufel soll das Wetter holen«, konnte er ehrlich überzeugt und mit mühsam unterdrücktem Zorn sagen, wenn er den Südwester nehmen mußte, um nach draußen zum Lager zu gehen und Heringe oder Sirup oder sonstwas zu holen.
Denn Ottar hatte einen »Scheitel«.
Die dünnen Haare von unbestimmter Farbe waren sorgfältig gekämmt, mit einem Scheitel auf der rechten Seite.
Das hätten sie damals in Bodö so gehabt, als er dort als Verkäufer gearbeitet habe, erklärte er stolz.
Bei den täglichen Anforderungen hatte er natürlich nicht die Zeit, sich dauernd zu kämmen, deshalb benutzte er einen großen Südwester, wenn er raus mußte. Dieser hing stets griffbereit auf einem Nähgarnröllchen hinten bei der Tür mit dem abgesprungenen Emailleschild, das die Aufschrift trug: PRIVAT.
Aber lästig war es sowohl mit dem Südwest, der draußen wütete, als auch mit dem Südwester, der drinnen am Haken hing.
Es konnte ihm passieren, daß er schon am Kai war, bevor er sich an seine Kopfbedeckung erinnerte. War es windig, was sehr oft der Fall war, dann war der ganze Scheitel zum Teufel.
Dann mußte er hinauf ins Private eilen und seine Haare in Ordnung bringen, während kostbare Verkaufsminuten sich in Luft auflösten. Denn die heimliche, kleine Glatze mußte vertuscht werden, koste es, was es wolle.

Das Wetter war nicht dazu angetan, daß ein armer Kerl sich wegen eines Mittagessens nach draußen schleichen mochte. Gute Mächte schienen zu meinen, er solle mit den Händen im Schoß dasitzen und sich zu Tode hungern, die Speisekammer gleich vor dem Kai.
Die Männer spuckten in den großen Topf, der an der Tür stand, ob sie nun Tabak kauten oder nicht, und waren sich einig.

Tora saß auf einer Tonne hinten in der dunkelsten Ecke und wartete. Sie hatte eine Liste mit dem wenigen, was sie einkaufen sollte, bei sich.
Die Wollstrümpfe kratzten. Die Mutter hatte sie ihr auch dieses Jahr wieder aufgezwungen.
Jedesmal wenn einer kam oder ging, spürte sie den Luftzug langsam herangleiten und genau die Stelle finden, wo die Hosenkante aufhörte

und die bloße Haut zum Vorschein kam, weil sie im letzten Sommer so gewachsen war, daß die Strümpfe zu kurz geworden waren.
Sie merkte die Kälte nicht sofort, sie kam gleichsam lauernd, wie mit Eisnadeln, die Schenkel herauf.
Ihr graute vor dem Augenblick, da Ottar ihr zunicken würde und sie an der Reihe war, denn sie hatte auch heute kein Geld mit. Nur den Zettel, feucht von den schweißnassen Händen und dem Regen. Auf dem Zettel stand in Ingrids Schrift:

1/4 kg Kaffee
1 kg Margarine
2 kg Weißmehl
100 g Hefe
1 l Sirup
Kannst du das bitte anschreiben, bis ich herunterkomme?

Ingrid

Ottars Gesicht schlug Falten in der verkehrten Richtung und wurde ein wenig dunkler, als sie ihm den Zettel gab. Er räusperte sich und holte ihr die Waren. Danach nahm er das große, dicke Buch, das einmal grün gewesen war mit einem marmorierten Muster in allen Farbschattierungen.
Langsam und traurig suchte er Ingrid Tostes Namen, den Zeigefinger drohend vor sich. Dann fügte er den neuen Betrag zu den vielen anderen, die schon dastanden. Zuletzt schlug er das Buch mit einem Knall zu und seufzte halblaut.
Während dies alles vor sich ging, war Tora von einem Fuß auf den anderen getreten und hatte das Gefühl gehabt, als ob sie Ameisen zwischen ihren Kleidern und dem Körper hätte.
Ständig hatte sie den Drang zu pinkeln. Obwohl sie sich, bevor sie in den Laden gegangen war, noch hinter den hohen Holzzaun gehockt hatte.
Aber die Waren bekam sie, wie immer.
Keiner hatte bisher erlebt, daß Ottar Lebensmittel verweigerte, die man zum Brotbacken brauchte.
Tora schlich sich zwischen den Männern durch, deren Gesichter hoch oben zusammenflossen. Augen und nochmals Augen. Münder, die kauten, Münder, die sich um den Pfeifenstiel, zwischen gelben Zähnen, schlossen oder halboffen und neugierig über ihr standen. Wenn die Messingglocke an der Tür leise klingelte, war das sowohl ein gutes wie auch ein schlechtes Zeichen für Tora. Es kam darauf an, in welche Richtung ihre Nase und ihre Zehen zeigten. Rein oder raus.

Zitternd und außer Atem hielt sie so schnell wie möglich hinter dem Holzzaun an und erleichterte sich. Dann eilte sie die Straße entlang und den Hang hinunter zum Tausendheim. Sie sprang über die Pfützen, und die Waren schlugen ihr gegen die Beine. Der alte schwarze Regenmantel hing wie ein Segel hinter ihr, weil sie sich nicht die Zeit genommen hatte, ihn zuzuknöpfen.
Eigentlich wußte sie nicht, was passiert wäre, wenn sie nicht mehr rechtzeitig aus dem Laden gekommen wäre, nachdem Ottar die Waren im Buch notiert hatte. Hier hörte die Fantasie auf.
Und Ottar vom Laden wurde gleichsam Jesus und Gott und der Pfarrer und der alte Lehrer und Henrik in einer Person.
Das hielt sie nicht aus. Sie mußte irgendwie fliehen.

Als sie nach Hause kam, schimpfte die Mutter nicht, daß sie die Treppe heraufgepoltert war und die Stiefel noch in der Wohnung anhatte. Sie nahm nur den Einkauf entgegen und berührte Tora flüchtig mit der freien Hand. Sie lächelte schwach, als ob sie noch etwas sagen wollte.
Aber Tora sprang die Treppe hinunter, hinaus auf die Straße zu den anderen, die struppigen roten Zöpfe wie gefärbte Sisalstummel hinter sich und eine wunderbare, flüchtige Freude in sich.
Sie war sozusagen gerettet. Auch diesmal. Sie konnte mit gutem Gewissen die nächste Einkaufstour verdrängen. Runter in den Bauch damit!
Gewiß, sie fühlte sie manchmal wie eine Ratte nagen, wenn der Tag sich näherte. Besonders wenn sie in der einsamen, warmen Dunkelheit ihres Bettes lag. Aber in dem Augenblick, wenn der Einkauf vorüber war, gab es keine Sorgen mehr.
Als sie abends mit steifen Händen und roten Ohrläppchen nach Hause kam, roch es im ganzen Treppenhaus nach Brot. Ihr lief das Wasser im Mund zusammen, und sie sauste die Treppe hinauf. Die zwei dünnen, geraden Beine waren unglaublich stark, wenn es darauf ankam. Die Brote lagen noch auf dem Küchenschrank und kühlten ab.
Nichts war dem Geruch von Mutters Brot vergleichbar. Sogar Henrik bekam ein gutes Gesicht, wenn er das Brot witterte. Er konnte sich dann neben den Küchenschrank setzen und seine Finger mit irgend etwas beschäftigen. Er war mit der einen Hand, in der er Kraft hatte, außerordentlich geschickt, und er half mit der anderen, soweit er es vermochte. Aber nur, wenn er wollte.
Tante Rakel meinte, daß er, geschickt wie er war, mit dem Reparieren von Netzen sehr wohl etwas verdienen könnte, wenn er nur nicht eine

Frau hätte, die alles herbeischaffte, was sie brauchten. Aber Ingrid antwortete nie auf solche Bemerkungen. Sie tat geradewegs so, als ob sie sie nicht hörte. Tora wußte, wenn Tante Rakel nicht gewesen wäre, dann hätte es in den Zeiten, als die Mutter arbeitslos war, nicht sehr gut bei ihnen ausgesehen.

Abends waren sie allein, die Mutter und sie. Henrik saß unten in der Arntsen Hütte. Tora hatte seine Stimme durch das offene Fenster gehört, als sie mit den anderen Kindern zwischen den Tonnen Versteck spielte und an dem Fenster vorbeigestrichen war.
Es war Samstag, und einige Männer vertrieben sich dort die Zeit.
Tora hängte ihr nasses Zeug zum Trocknen in die Nähe des Ofens.
Sie legte noch ein paar Schaufeln Kohle auf, nur um der Mutter zu zeigen, daß sie ihr gerne zur Hand ging.
Ingrid nähte. Sie saß über die alte schwarze Nähmaschine gebeugt, die sie von ihrer Großmutter geerbt hatte.
Nun erhob sie sich langsam, streckte den Rücken und stützte ihn mit der rechten Hand. Sie sah blaß und müde aus, aber sie lächelte. Es war ein richtiges Lächeln, als ob sie an etwas Schönes dächte. Dann ging sie hinüber zum Küchenschrank und nahm eines der frischen Brote. Schnitt mit raschem, sicherem Griff in das weiche Brot, welches jedesmal nachgab, wenn sie das Messer durch die goldgelbe Kruste drückte. Die Kruste war knusprig und gab bei jedem Schnitt einen Laut von sich, als ob sie um Gnade bitten würde.
Ingrid schmierte reichlich Butter auf die Brotscheiben und ließ den Zuckerlöffel darüber vibrieren, so daß es weiß und schön auf die ganze Scheibe rieselte.
»Was hat er gesagt, der Ottar?« fragte sie und bestreute eine zweite Scheibe mit Zucker.
»Nee-ee, er hat nichts gesagt... Ich mein', er redete nur mit den Mannsleuten, die da standen..«
Tora zögerte so lange, daß die Mutter sich umdrehte und Tora das Gesicht zeigte, das sie heute abend am wenigsten sehen wollte.
»Warum sagste das? Warum sagste nicht, wie es ist?«
Das klang ärgerlich und ängstlich.
»Was soll ich da sagen?« Toras Stimme war zaghaft, aber sie streckte die Hand nach der Schnitte aus, die die Mutter ihr reichte.
»Setz dich ans Tischende und streu den Zucker nicht überallhin!«
Tora ließ sich am Küchentisch nieder und stellte einen Teller unter die Schnitte, so wie es die Mutter haben wollte.
Daß sie es immer wieder fertigbrachte, die Mutter in schlechte Laune

zu versetzen. Immer machte sie alles falsch. Es war wie verhext! Und das heute abend, wo sie allein waren und es so schön hätten haben können.
»Der Ottar hat nichts zu mir gesagt. Das ist bestimmt wahr. Wenn du meinst, er hätt' was zu mir sagen sollen, daß ich die Sachen hab' anschreiben lassen, so hat er nichts gesagt, Ehrenwort!«
Sie schwiegen beide. Ingrid hatte sich wieder dem Küchenschrank zugewandt. Der Zucker knirschte laut zwischen Toras Zähnen. Sie konnte es nicht ändern, denn es schmeckte so gut, und sie war hungrig.

Es trommelte jetzt gegen die Fensterscheiben. Der Regen schloß sie zusammen dort drinnen ein. Die Mama schien das auch so zu sehen, daß nur sie einander hatten, denn plötzlich drehte sie sich um, sah Tora freundlich an und sagte: »Nein, es ist wohl so. Der Ottar ist nett. Du sollst übrigens nächste Woche mit Geld hingehn. Ich werd' im Lehnsmannshof was kriegen fürs Extrawaschen. Ja, und dann krieg' ich ja auch die Lohntüte, weißte. Du sollst damit gehn, du!«
Tora kaute und lächelte. Im Geiste sah sie mindestens zehn Zahlen in Ottars Buch vor sich. Aber sie sagte nichts. Rutschte nur unruhig hin und her und leckte den Zucker auf, der auf den Teller gefallen war. Sie nahm dazu den Finger, drückte ihn kräftig auf die Zuckerkrümel, so daß sie mit zum Mund hinaufkamen.
»Sitz nicht so da«, sagte die Mutter. »Es ist ekelhaft, an den Fingern zu lecken, wenn man ißt.«
Tora senkte den Kopf und hörte auf, Zucker zu lecken. Sie bekam einen Knoten im Magen, und die Brotscheibe, die ihr gerade gereicht wurde, war zu groß. Sie fühlte sich so elend, daß sie keinen anderen Rat wußte, als die Mutter noch einmal anzulächeln. Aber es gelang nicht recht, und die Mutter sah es auch nicht, denn sie hatte sich wieder zum Küchenschrank umgedreht, um das Essen wegzuräumen.
Dann ging Ingrid zu dem Tisch, auf dem die Nähmaschine stand. Immer mit dem Rücken zu Tora.
Tora fühlte eine Leere.
Mamas Rücken schien ihr die ganze Zeit feindlich gesonnen zu sein.
»Soll ich dir Kaffee kochen?« fragte sie vorsichtig nach einer Weile.
Ingrid wandte sich langsam um und sah das Mädchen an, als ob sie sie vorher nicht richtig gesehen hätte. Blinzelte, als ob sie schlecht sehen würde, nachdem die Augen sich an das starke Licht über der Nähmaschine gewöhnt hatten und nun plötzlich in die Dunkelheit hineinschauen sollten.

»Nein, Tora... Aber du kannst mir helfen, die Jacke anzuprobieren. Ich plag' mich mit den Ärmeln. Die Rakel ist ja kleiner als ich. Schmaler. Deswegen muß ich Keile einsetzen, guck! Aber das Wenden ging gut. Die Jacke sieht wie neu aus.«
Sie hielt Tante Rakels abgelegte und gewendete Sonntagsjacke vor Tora hoch. Tora wischte sich den Mund ab und stürzte zu ihr hin.
»Ja! Was soll ich machen?«
Die Mutter erklärte und dirigierte. Sie zog die Jacke an und drehte sich vor dem Spiegel, den sie aus der Stube geholt und gegen eine Stuhllehne gestellt hatte. Tora steckte die Stecknadeln dorthin, wo Ingrid hinzeigte. Die nackte Birne über dem Tisch legte einen Glorienschein um die beiden einander zugeneigten Köpfe.
Nach einer Weile war die Anprobe fertig, und Ingrid setzte sich wieder an die Nähmaschine. Es summte, wenn sie die Handkurbel in Bewegung setzte. Tora hing über dem Tisch und sah zu. Wagte es jetzt. Sie hatte den Stuhl herangezogen und konnte den ganzen Arbeitsablauf verfolgen.
Die Mutter war zufrieden. Die Jacke sah gut aus, und ein Ende der Arbeit war abzusehen. Die tiefe Falte zwischen den Augen verschwand. Sie glättete sich auf eine so feine Weise, daß Tora innerlich ganz warm wurde.
Dann bat die Mutter sie, doch Kaffee zu kochen. Und sie sprachen davon, wie erstaunt Tante Rakel sein würde, wenn sie sah, wie schön die Jacke geworden war.

Sie waren noch nicht fertig, als Henrik kam.
Hatten nicht darauf geachtet, daß unten die Haustür ging, denn sie erwarteten ihn an einem Samstag erst später.
Er war nicht so fürchterlich voll, das konnte Tora sehen. Setzte sich an den Küchentisch und wollte schwätzen.
Er gab Tora die Schere, die auf dem Tisch liegengeblieben war, nachdem sie für die Mutter Fäden abgeschnitten hatte. Tora schien die Schere nicht mehr dieselbe zu sein. Diese hier war kälter. Fremd. Es war auf sonderbare Weise ekelhaft, sie entgegenzunehmen. Deshalb tat sie es ordentlich und ruhig. Ohne ihn anzusehen.
Sie sagte laut: »Danke!«
Später fragte er, wie es in der Schule gehe. Aber da war er bereits ganz schläfrig geworden, und Ingrid stand von der Nähmaschine auf und half ihm ins Bett.
Als die Mutter und Henrik in die Stube gegangen waren und Tora sie durch die halboffene Tür sehen konnte – zusammen, überfiel sie eine

plötzliche Übelkeit. Sie beeilte sich, in ihre Kammer zu kommen, und schloß sorgfältig die Tür hinter sich.
Es war kalt da drinnen. Alles war still, und keiner sah sie. Sie stand mitten im Raum und hatte Mitleid mit dem Engel, der unter Glas im Rahmen an der Wand hing. Er hatte die eine mollige Hand an der Backe und blickte ins Leere.
Er war ganz allein.

8

Tora hatte am Kiosk von Jenny eine Lutschstange bekommen, weil sie das Lofotpaket geholt hatte, als das Linienschiff kam.
Nun schlenderte sie langsam nach Hause. Sie sah, daß der klare Himmel ein Wunder war und daß die Möwen sich für sie auf den Trockengestellen produzierten. Das gab ein schönes Echo in ihrem Kopf. Sie konnte die Möwen schreien hören, wann sie wollte und wo sie auch war. Sie trug das Geräusch mit sich.
Aber manchmal war es heller und freundlicher als sonst.
Heute war ein solcher Tag. Ein Tag, um von neuem zu beginnen. Ein Tag, um nur an gute Dinge zu denken. Ein Tag, um richtig schnell zu laufen, laut zu lachen – oder nur für sich allein mit einer Lutschstange zu gehen. Auf dem Weg nach nirgendwo, auch wenn es der Heimweg war.
Jenny war nett. Sie konnte auch sehr grob sein und ein dreckiges Mundwerk haben. Aber nett. Das lag sicher an den Augen. Schmale Schlitze mit etwas Grün drin. Quicklebendig, ob sie nun fröhlich oder zornig war.
Jennys Backen waren sozusagen verwandt mit ihren Äpfeln. Rot. Die gelb und braun gestreifte Schürze war nie sauber. Flecken vom Tintenstift auf den Taschen. Immer.

Die Flurtür stand offen. Aber keiner rief, daß sie die Schuhe ausziehen sollte. Tora blieb plötzlich stehen. Ihr Magen verkrampfte sich zu einem harten Knoten. Es war jemand da, und es war niemand da.
Ob Henrik schon am hellichten Tage so besoffen sein konnte?
Ingrid saß am Küchentisch, als sie hereinkam. Hatte den alten braunen Mantel an. Sie sah nicht auf und schien Tora gar nicht zu bemerken. Sie hatte noch das Kopftuch auf und die Handschuhe an.
Das Gesicht war wie ausgelöscht. Die Nase war ein blasser Fleck, den

jemand bemüht gewesen war zu entfernen, aber der Schaden war nur noch größer geworden.
Etwas von dem dunklen, dichten Haar schaute unter dem Kopftuch hervor und nahm sich seltsam lebendig inmitten allem anderen aus.
»Sie können mich nicht länger brauchen. Sie sagen, ich will was Besseres sein, weil ich die Abendschicht nicht mehr nehmen kann. Ich bin arbeitslos, Tora!«
Ingrids Stimme schrillte in den Raum hinein. Es war eine Art ohnmächtiger Wut in der Stimme, die nicht wagte, ihre Stärke zu zeigen, als ob sie Angst hätte, daß sie nicht stark genug war.
»Ich weiß nicht, wovon wir leben sollen«, fügte sie schwach und wehleidig hinzu – diesen Ton kannte Tora schon von früher.
»Soll ich Kartoffeln aufsetzen, Mama?«
Die Worte entschlüpften ihr atemlos.
Wenn sie so tat, als ob sie nichts gehört hätte, dann war vielleicht alles nur erdichtet. Wenn sie es schaffte, bis hundert zu zählen, während sie in den Keller lief, um die Kartoffeln zu holen, dann hatte sie vielleicht nur geträumt, und die Mutter würde dastehen, als ob nichts wäre, und es gäbe braune Soße zu den Fischfrikadellen, wenn sie wieder nach oben kam.
Aber sie hatte vergessen zu zählen, und die Mutter saß noch wie vorher.
»Würdest du abends allein klarkommen«, klagte die Mutter, »könnt' ich arbeiten gehn.«
Tora empfand die Worte wie einen Schlag über den Rücken.
Sie drehte den Wasserhahn voll auf, damit sie nichts mehr zu hören brauchte. Dann rührte sie aus Leibeskräften in der sandigen Schüssel herum. Es drückte irgendwo hinter den Augen. Aber Tora wusch Kartoffeln, als ob es um ihr Leben ginge. Sie konnte es doch allein schaffen, wie viele Abende es auch sein würden!
Trotzdem blieb die Anklage wichtig und wahr, weil die Mama sie ausgesprochen hatte.
Wahr! Wäre nicht sie – Tora gewesen...
Eine seltsame Empfindlichkeit breitete sich in ihrem Körper aus. Und sie wagte nicht sich umzudrehen. Das Gesicht war zu nackt. Es fing bei den Augen an, und dann fühlte sie es bis in die Fingerspitzen. Es breitete sich schnell aus und erfaßte den ganzen Körper. Er fühlte sich kalt und klamm an, so wie sich die Großmutter angefühlt hatte, nachdem sie gestorben war.
Vielleicht fing auch sie an, auf irgendeine Weise zu sterben?
Dieser Geruch nach Nelken?

Wenn sie die Aufgaben abgefragt wurde und vor aller Augen aufstehen mußte: Sie wußte, daß sie die Aufgaben konnte, und trotzdem bekam sie klamme Hände und wurde naß unter den Armen. Und dann kam dieser süßliche Geruch nach Tod und Nelken.

Ingrid hatte sich jetzt langsam gefangen. Sprach, während sie das Essen vorbereitete. Hantierte herum, noch immer in Mantel und Kopftuch. Tora hörte nicht auf das, was sie sagte, oder sie vergaß es absichtlich wieder ganz schnell. Das war am besten so. Für sie beide. Sie suchte bereits nach einem Brett, um für den Rest des Tages darauf zu schwimmen. Sie würde ihre Aufgaben machen und dann direkt zu Jennys Kiosk laufen und beim Preisauszeichnen helfen.
Hatte es schon versprochen.
Sie wollte sich heute unsichtbar machen.
Aber erst wollte sie die Küche aufräumen, damit die Mutter sich hinlegen konnte.
Falls Jenny sie nicht den ganzen Tag haben wollte, konnte sie auch auf den Dachboden von Onkel Simons Fischerhütte gehen, zu ihren Heften.

Auf dem Dachboden gab es ein kleines Fenster mit vier schmutzigen Scheiben. Es ließ das Tageslicht zu ihr herein, sofern es welches hereinzulassen gab. Es zeigte ihr ein gutes Stück Himmel. Anderes Licht gab es nicht.
Manchmal dachte sie daran, einen Kerzenstummel mitzunehmen, aber sie überwand sich, es nicht zu tun.
Ingrid hatte ihr eingetrichtert, wie furchtbar es war, ein Feuer zu entfesseln. So konnte sie weder lesen noch schreiben, wenn es nicht hell war. Aber niemand konnte sie daran hindern, unter dem großen, zerlumpten Segeltuch, hinten in der Ecke unter dem Fenster, die Mäuse zwischen der Holzverkleidung und der Wandpappe rumoren zu hören. Auch das Meer und die Möwen waren immer zu hören.
Auf dem Dachboden gab es Heringskisten, Tonnen und Gerümpel. Man konnte mancherlei komische Möbel daraus machen.
Eigentlich war sie zu groß für so etwas. Aber keiner sah sie.
Tora nahm niemanden mit auf den Dachboden. Nicht einmal Sol. Die war zu erwachsen dafür. Deshalb hatte sie auch nicht das Gefühl, daß sie Sol betrog.
Sie hatte eine alte Wolldecke dort. Für kalte Tage, wenn sie ihren eigenen Atem wie einen unheimlichen und einsamen Rauch aus ihrem Mund kommen sah. Es war, als ob sie ein Ungeheuer wäre oder ein

verwandelter Drache, der aber wieder seine ursprüngliche Gestalt annahm, wenn er allein war. Sie war trotzdem Tora.
Sie hatte mehr Geschichten im Kopf, als sie verarbeiten konnte, wenn sie nur eine Zeitlang dasaß. Einige Geschichten waren unerhört spannend. Einige hatten den gleichen Anfang, endeten aber verschieden.
Ab und zu quälte sie sich selber damit, sie traurig enden zu lassen. Dann weinte sie in ihre Wolldecke hinein, ohne daß Tränen kamen. Sie hatte Schwierigkeiten mit dem Weinen. Die Tränen waren gleichsam fest eingeschlossen und wollten nicht heraus.

Die Geschichten lagen fertig neben den Wänden, in den Schatten der Kistenmöbel, zwischen den Dachstuhlbalken.
Die schönsten hatten immer einen Vater, der zurückkam. Einige hatten eine Mutter, die starb. Und wenn der Vater das erfuhr, kam er aus dem fremden Land und holte seine Tochter, obwohl er sie noch nie gesehen hatte. Schlicht und einfach ließ sie die Mütter sterben. Es war selbstverständlich, daß sie es im Himmel besser hatten.

Allein.
Der Gedanke war ein süßes Geheimnis.
Sie versteckte ihre Kostbarkeiten unter einer umgedrehten Margarinekiste. Drei Hefte, die sie von Gunn bekommen hatte, und einen Kopierstift. Aber sie nahm sich nur selten die Zeit, einige von den Geschichten niederzuschreiben. Oft war es auch zu dunkel, oder die Handlung lief so schnell ab, daß sie keine Zeit hatte, die Worte dafür zu finden.
Mitunter schien ihr das, was in dem Heft stand, so ungeschickt, daß sie es wieder ausstrich.
Da war es besser, die Gedanken schwebten unter der Decke oder hinaus in die Luft. Die Gedanken an sich waren so groß. Sie waren das Schönste, was Tora sich vorstellen konnte. Das änderte aber nichts an der Tatsache, daß manche Gedanken nicht auszuhalten waren.
Tora hatte eine schöne Geschichte, die davon handelte, daß sie mit einem Schlüssel in der Tasche eine Straße entlangging. Einem Schlüssel für ein kleines, verschlossenes Zimmer. Für Menschen verschlossen. Sie kam immer bis zu einem bestimmten Punkt an der Straße, wo sie umdrehte und nach Hause zu dem Zimmer ging, ungeachtet dessen, wohin sie eigentlich wollte. Sie schloß die Tür auf, ging hinein und schloß hinter sich wieder zu.
Dort waren keine Stimmen.
Die Gefahr? Die Gefahr konnte in ein solches Zimmer nicht hinein.

Falls jemand unvorhergesehen *seinen* Namen erwähnte, konnte die Gefahr den ganzen Tag plötzlich grau und dunkel machen, auch wenn sie eine gewisse Übung bekommen hatte, nicht daran zu denken.
Wenn er plötzlich einen Raum betrat, in dem sie allein war, konnte sie plötzlich das Gefühl haben, daß ihr jemand ein dreckiges, klammes Kleidungsstück übergeworfen hatte.
Da blieb sie steif und untätig stehen, bis irgend etwas geschah, was den Bann löste.
Einige Male hatte sie sich damit gerettet, daß sie sich in rasender Geschwindigkeit in ein Märchen hineingedichtet hatte.
Sie war eine verzauberte Prinzessin, der etwas Böses widerfahren war. Aber falls sich *dieses* oder *jenes* ereignete, würde sich der Zauber lösen und die Gefahr gebannt sein.
Daß er seine Kleider im Flur neben ihre hängte oder daß man ihren Teller auf seinen stellte, wenn der Tisch abgeräumt wurde, das konnte manchmal einen guten Tag bis tief hinunter in das Tanggestrüpp versenken.
Wenn sie glaubte, daß sie an etwas ganz anderes dachte, konnte ihr nur beim Anblick seines in der Waschschüssel schwimmenden Rasierschaums plötzlich übel werden.

Draußen war es meist sehr schön.
Dort war eine andere Art Leben. Man konnte laufen. Weglaufen, wovon auch immer.
Bei Sturm oder genügend Wind hatte sie das Gefühl zu fliegen. Sie legte ein besonders scharfes Tempo vor und sprang besonders hoch. So war sie plötzlich Tora, die fliegen konnte.

»Wenn du nur groß genug wirst«, pflegten Tante Rakel und Mama zu sagen.
Tora merkte, daß sie anfing, groß genug zu werden. Denn die Gefahr war so nahe gekommen, näher als je zuvor. Sie war nicht nur Traum und Fantasie, sie war in ihr drin. Und sie mußte damit fertig werden, das war ihre Sache.
So war das.
Indessen flog sie, so schnell sie nur konnte. Und keiner hatte eine solche Geschwindigkeit beim Spiel wie Tora.
Sie spielte mit den großen Jungen von Vaeret Schlagball und schlug den Ball, wie sie wollte. Sie fing den Ball und warf ihn hart und treffsicher. War sie gut gelaunt, gab sie ihm einen Drall, der Bewunderung erweckte.

Keiner warf so fest wie Tora, obwohl sie so aussah, als ob sie jederzeit in der Mitte durchbrechen könnte, und deutlich nach Fisch roch! Sie streckte das spitze, kleine Kinn vor und hielt mit der knochigen, steinharten Hand den Schlagball, einen Augenblick oder zwei, bevor sie ihn fliegen ließ. In dem Augenblick, in dem er ihre Hand verließ, fühlte sie die unbändige Kraft in sich mitzufliegen. Der Körper war wie eine gespannte Feder. Sie wurde von einer jähzornigen Freude erfaßt.
Dann flog der Ball, und sie wurde wieder...
Aber er schmerzte – wo er hintraf.

9

Der Nachmittag lag blau und undurchdringlich vor dem Fenster, als Tora die Gardine zuzog. Sie hatte die größte Blechschüssel bis zum Rand mit lauwarmem Wasser gefüllt. Die stand jetzt auf dem Hocker am Bettende und war eine Freude an sich.
Tora hatte den ganzen Nachmittag, seit die Mutter zur Arbeit gegangen war, eingeheizt. Das war, strenggenommen, nicht erlaubt. Ingrid meinte, es würde genügen, ein paar Stunden bevor sie sich wusch, Feuer zu machen. Kohle war teuer. Sie hatten eigentlich nicht die Mittel, Kohle zu verfeuern, sie sollten sie lieber essen, pflegte Einar von der Verandadachstube zu sagen.
Tora hatte das große, scharf geschliffene Messer aufs Bett gelegt. Sie benutzten es sonst zum Kartoffelschälen. Die Klinge glänzte gutmütig-gefährlich.
Es gab nur einen Schlüssel in der Wohnung, und der war für die große, braune Flurtür. Die Tür hatte zwei solide Felder mit vielen Farbschichten darauf. Der noch solidere Türrahmen hatte noch mehr Farbschichten.
Der große, altmodische Schlüssel wurde nur benutzt, wenn sie wegfuhren. Sonst hing er in der Küche neben dem Lichtschalter. In den Zimmern nahm man irgendein Messer und versperrte damit die Türen. Es war aber mehr eine Ankündigung, daß man für sich sein wollte, als ein Verschluß.

Tora hatte das neue weiße Makkohemd herausgesucht, das sie bisher nur für gut gebraucht hatte. Die Mutter hatte gesagt, daß sie es nehmen könne, denn sie hatte zwei Wochen nicht gewaschen.

Tora freute sich. Natürlich konnte sie das Hemd nehmen!
Alles war ihr übrigens im letzten Jahr zu eng geworden. Der schmächtige Körper war nach allen undenklichen Richtungen hin dikker geworden, es war zum Verrücktwerden.
Es war gemein von ihr, so zu wachsen, daß die Mutter viel Geld für neue Sachen ausgeben mußte, obwohl die alten noch gar nicht verschlissen waren. Es dauerte eine ganze Weile, bis Tora begriff, daß es gar nichts nutzte, den Brustkasten einzuziehen, den Nacken zu beugen und sich zu schämen.
Sie strich mit der Hand über das neue weiße Hemd. Es leuchtete bläulich im Schein der Nachttischlampe. Es war viel schöner und weißer als das alte.
Sie hatte sich ausgezogen, stand neben dem kleinen, schwarzen Ofen und spürte, wie die Wärme ihren Körper einhüllte. Gut.
Wenn man doch immer ohne Kleider gehen könnte! Vor der Ofenwärme. Auf den glatten Felsen am Wasser. In der Sonne. Einfach der sein, der man war, ohne daß jemand das häßlich oder seltsam fand.
Tora hatte das Gefühl, das müßte das Schönste von allem sein.
Die langen, widerborstigen Zöpfe kitzelten auf dem Rücken, wenn sie sich bewegte.
Rund um die Tür klaffte ein deutlicher Spalt, und ein eiskalter Luftzug strich plötzlich über den nackten Körper. Sie fröstelte, steckte die Hände in die Waschschüssel und ließ das warme, nach Seife duftende Wasser langsam über den Körper rieseln. Die Zöpfe wollten ständig ins Wasser fallen, aber die kamen an einem anderen Tag dran. Die Mutter half ihr dann beim Haarewaschen. Es war so schwierig mit dem Spülen. Da brauchte man so viel Wasser, daß sie es am Ausguß in der Küche machen mußten.
Geh nackt... immer... Das war ein beinahe schrecklicher Gedanke. Das durfte sie niemandem sagen. Nicht Sol und nicht einmal Tante Rakel.
An sich war es so, daß Tante Rakel offen über viele Dinge sprach, die die Mutter nie erwähnte.
Wenn sie in der Küche zusammensaßen und schwätzten, die drei, konnte es passieren, daß Ingrid den Mund spitzte und sagte: »Hör auf, Rakel, denk an das Mädchen!«
Tante Rakel war ganz anders.
Aber sie konnte es sich ja leisten, sie hatte einen Mann, der ein Boot und einen kleinen Betrieb besaß, ein kleines weißes Haus unterhalb des Veten und einen Stall mit Schafen. Sie konnte wirklich lachen.
»Tante Rakel ist ein großes Kind«, pflegte Ingrid zu sagen. Aber Tora

konnte nicht ganz verstehen, daß sie es der Tante nicht gönnte, ein großes Kind zu sein, denn auf Bekkejordet gab es keine Kinder.
Tante Rakel konnte lachen. Wie ein ganzer Erdrutsch.
Man war überrascht, wenn man es zum erstenmal hörte. Es war unglaublich viel Lachen, was aus ihrem Mund herauskam und gleichzeitig in ihrem Magen gluckerte. Und das rote, dauergewellte Haar stand wie eine Wolke um ihren Kopf, wenn sie ihn zurückbog und aus vollem Halse lachte. Es ging da eine Geschichte um, daß sie bei ihrer eigenen Hochzeit in der Kirche so gelacht hatte, daß Simon für sie alle beide mit Ja antworten mußte. Und das, weil der Pfarrer ein neues Gebiß bekommen hatte und nicht deutlich sprechen konnte, als er sie fragte, ob sie Mann und Frau werden wollten.

Tora hörte plötzlich Schritte auf der Treppe.
Sie faßte sich blitzschnell und steckte das Messer in den Türrahmen. Es war nicht sicher, daß es jemand war, der zu ihnen wollte. Sie lauschte, während sie die Seife mit beiden Händen an die Brust drückte. Es tropfte gleichmäßig und fast lautlos vom Hals und von der Nase herunter auf den Holzfußboden. Einige Tropfen landeten auf der kleinen Brust, und die Brustwarze zog sich zusammen.
Ein fester Griff auf die Türklinke der Küchentür. Er!
Aber er sollte doch noch für mehrere Stunden unten im Lager bei Dahl sein! Sie kauerte sich in die Ecke am Bettende.
Wenn jemand an die Tür ging, konnte er sie einen Spaltbreit öffnen, bevor das Messer ihn stoppte.
Man konnte das Messer auch von außen wegstochern. Nun ging er an der Küchenwand entlang, das konnte sie hören.
»Ingrid!« rief er in die leere Küche.
Er war also betrunken, und das mitten am Tag.
Jetzt hörte sie ihn in der Ecke bei der Stube. Er stöhnte und versuchte sich die Schuhe auszuziehen.
Wenn er sich nur hinlegte, dann würde er sofort einschlafen. Sie würde durch die dünne Wand das Stöhnen und Schnarchen hören.
Dann konnte sie sich fertigwaschen. Untenrum und die Füße. Aber sie konnte nicht aufstehen und sich waschen, bevor er nicht schlief.
Er schlurfte tatsächlich zum Bett.
Tora saß mucksmäuschenstill in ihrer Ecke. In dem Spalt um die Ofentür herum war es dunkel geworden, aber sie legte nicht nach.
Irgend etwas sagte ihr, daß sie sich nicht bemerkbar machen sollte. Sie sollte nicht dasein. Sie sollte unterwegs sein, bei der Tante, in Vaeret.
Irgendwo. Bis Henrik eingeschlafen war.

Schlief er erst, hatte sie die ganze Wohnung für sich, konnte so tun, als ob er nicht da wäre. Konnte alle Türen schließen und sich auf die Torfkiste in der Küche setzen und sich sauber und gepflegt fühlen, wie neugeboren. Oder sie konnte das Licht über dem Küchentisch anmachen und in dem schönen, traurigen Buch lesen, das Gunn ihr geliehen hatte.
Die Welt konnte doch noch gut werden.
Ihre Beine waren schon ganz steif, das Wasser an ihrem Körper war getrocknet, und sie fror ein bißchen. Noch hörte sie kein Schnarchen. Vielleicht war er so voll, daß er überhaupt nicht schnarchte. Vielleicht war er tot? Würde sie traurig sein? Wahrscheinlich. Weil die Mama traurig sein würde.

Henrik war eine Tatsache. Sie konnte sich keinerlei Verwunderung darüber erlauben. Sie sagte Henrik zu ihm. Andere Kinder sagten Papa zu dem Mann im Haus. Tora war plötzlich froh, daß sie ihn nie Papa genannt hatte. Sie wußte nicht, warum. Es hatte etwas mit harten Händen zu tun, mit Traum und Wirklichkeit, die so dicht und dunkel zusammengesponnen waren, daß es nicht auszuhalten war.
Ein schwerer Knoten, ein wilder Druck ganz unten im Schritt.
Sie wollte, daß es Sommer wäre und Tag und Nacht hell, wenn sie so etwas fühlte. Gleichzeitig wollte sie sich im dunklen Winter in der äußersten Ecke verstecken, die es gab.

Nein, sie legte nach. Henrik schlief jetzt wohl.
Es war nur noch Glut da, deshalb suchte sie etwas Papier zusammen und legte auch noch ein Torfstück darauf, um das Feuer wieder in Gang zu bringen.
Es war kühl im Raum geworden, und sie zitterte und fror, weil sie sich nicht abgetrocknet hatte. Der Seifenschaum schwamm in der Schüssel wie ein eingetrockneter Klumpen Froschlaich. Das Wasser war kalt. Trotzdem wrang sie den Lappen aus und wusch sich im Schritt und hinten. Ganz schnell und leise, beinahe ohne zu atmen. Dort wo der Lappen hinfuhr, bekam sie eine Gänsehaut. Dann waren noch die Füße an der Reihe.
Die Mutter nahm es immer sehr genau mit dem Waschen, es mußte alles in der richtigen Reihenfolge gemacht werden. Gesicht, Ohren, Hals, Brust, Arme, Rücken. Und dann untenrum, wie sie es nannte. Zum Schluß die dünnen Beine und die Füße. Die Beine bis hinauf zu den Knien, auch wenn es Spätherbst war und noch so sehr Stiefelwetter.

Sie wagte niemals zu schummeln.
Es war, als ob die Mutter durch die Kleider hindurch sehen konnte, wie Tora sich gewaschen hatte.

Sie stellte die Schüssel auf den Boden und steckte beide Füße hinein.
Da hörte sie ihn an der Stubentür.
Sie hatte das Gefühl, daß ihr Kopf sich erweiterte. Er wurde groß und unförmig und floß weg, sie hatte keine Gewalt mehr über ihn. Keinen einzigen Gedanken mehr.
Es klopfte in den Halsadern, und die Zunge schwoll gleichsam in den Kopf hinein, der nicht mehr da war. Sie füllte den ganzen Rachen aus.
»Tora...«, kam es unsicher und zögernd.
Sie antwortete nicht. Es gab auf der Welt keinen Menschen, der Tora hieß. Sie war in ein Nichts hineingeflogen. Es herrschte nur eine große Stille.
Das Messer im Türrahmen bewegte sich sachte. Sie sah und sah. Daß die Tür sich öffnete. Dann stürzte er herein wie ein großer, zottiger Berg. Sie drückte das Stück Seife an den Körper. Versuchte, sich mit zwei dünnen Armen und einem Seifenstück zu bedecken.
Dann war da nur noch ein Keuchen im Raum. Keuchen war das Nachtgeräusch im Haus. Jetzt war es Tag, aber...

Der Mann hatte kein Gesicht. Die Schüssel fiel um. Der gesunde Arm war gewillt, für zwei zuzupacken.
Einmal war die Stimme ganz dicht an ihrem Kopf:
»Du brauchst keine Angst haben. Ich werd' nur... ich werd' ihn nicht richtig reinstecken... ich werd nur...«

Die geschundene Katze auf der Straße.
Es nützte nichts mehr, sich in einer Ecke zu verstecken. Es gab kein Versteck.

Es war dieselbe Hand, die sie am Kai gerettet hatte, es war die Hand, die sie am Hesthammeren festgehalten, die die Schaukel zwischen den großen Birken hinter dem Haus angestoßen hatte, die ihr Ohrfeigen gegeben und ihr in manchen Dingen geholfen hatte. Sie wuchs um sie, rundherum, in sie hinein. Wurde zu einer unförmigen, brennenden Masse von Seehundskotze, die an ihr klebte, überall.
Als er mit herunterhängenden Hosen wieder in sein Zimmer ging, hatte er immer noch kein Gesicht. Nur ein starres Grinsen, in der Luft baumelnd zwischen ihm und dem Bündel im Bett.

Tora begriff, daß sie in gewisser Hinsicht tot war.
Trotzdem nahm sie den Waschlappen und wischte die halb angetrocknete Spur, die er auf der Wolldecke im Bett hinterlassen hatte, fort. Sie rieb und rieb, um alles wegzubekommen.
Die geschundene Katze. Der Hund von Bertelsens hatte sie gleichwohl geschnappt. Sie lange durch Schlamm und Dreck gezogen. Später lag sie lange im Graben.
Die Katze war sicher selbst dran schuld. Weil sie keinem gehörte und keiner sich um sie kümmerte. Das wirkte so auf Menschen, daß sie ihr das Fell abzogen. Wirkte so auf Hunde, daß sie sie durch den Dreck zogen.
So war das. Irgendeiner hatte das vor langer Zeit bestimmt. Da kam man nicht dran vorbei.

10

Bekkejordet lag unterhalb des Veten, mit Birkengestrüpp und wilder Heide bis dicht an die obersten Äcker. Die Häuser standen mitten im Hang, weiß gestrichen und gepflegt. Küche und Wohnzimmer hatten große Doppelfenster. Der Stall hob sich deutlich ab, er war rot gestrichen und hatte ein fächerförmiges Fenster oben im Heuboden.
Man erzählte sich, daß Simons Onkel, als er einmal bei seiner Schwester im Gudbrandsdalen gewesen war, den großkopfeten Einfall bekommen hatte, das Stallfenster von dort nachzuahmen.
Simon erbte den Hof und die Äcker und den Kai. Er war nicht gerade reich, aber er brauchte auch niemanden um etwas zu bitten. Bei der Frühjahrsbestellung und bei der Heuernte stellte er Leute ein, und der kleine landwirtschaftliche Betrieb war in bestem Zustand.
Das könne er sich auch leisten, munkelten die Leute. Simon machte gutes Geld. Er ging nicht einmal selbst mit auf Fang, sondern heuerte die Mannschaft und den Bootsführer an. Er beschäftigte sich mit dem Schriftverkehr, dem Fischaufkauf und den Verträgen. Er springe gleichsam allzu leicht und trockenen Fußes von einem zum anderen, meinten die Leute in Vaeret. Simon auf Bekkejordet und der Pfarrer, sie hatten das Geld, um Hilfskräfte bei der Heuernte zu bezahlen. Nun ja, die schlechte, erdige Kartoffel war Rakels Angelegenheit. Außer dem Pflügen machte sie alles selbst. Während der Pfarrer mehrere Milchkühe hatte und einen festangestellten Knecht, hatte Simon den Stall voller Schafe, die er im Sommer auf dem Fjell weiden ließ. Ein

Unterschied mußte ja auch sein zwischen Simon und dem Pfarrer. Das war klar!
Niemand konnte Rakel nachsagen, daß sie nur fein angezogen herumlief und an den Werktagen rundum in den guten Stuben saß und Kaffee trank. Rakel versorgte die Schafe und hatte für jedes einen Namen. Im Herbst bestellte sie den besten Schlachter von Breiland. Sie selbst rührte das Blut, wobei sie leise schluchzte und weinte und alle davonjagte, die in ihre Nähe kamen.
Im Spätwinter lag sie dann auf allen vieren in den gesäuberten Boxen und zog die armen, schleimigen Geschöpfe auf die Welt, wobei sie ebensoviel weinte und sich mit dem Handrücken die Nase abwischte.
Rakel hatte ihre besondere Fastenzeit, die jedem Brauch widersprach, während der Schlachtzeit aß sie kein Hammelfleisch.

Oben im Dachgeschoß, wo eigentlich alle Kinder wohnen sollten, nachdem sie das Licht der Welt erblickt hatten, stand der Webstuhl. Er war groß und grün, und Rakel war völlig von der Bildfläche verschwunden, wenn sie dort oben saß.
Es war jedes Jahr sehr spannend, wer bei der großen Weihnachtslotterie zugunsten der Seemannsmission Rakels Spende gewinnen würde. Die Spende bestand nämlich aus mehreren Ellen Flickenteppich. Alles in einem Stück. In schön aufeinander abgestimmten Farben, nicht in einem grellen Durcheinander von vorhandenen Lumpen, so wie andere Frauen einen Teppich woben. Nein, es war ein Kunstwerk in Farben und Mustern, melierte Felder und Streifen, die mit ebenso vielen Einschlägen genau übereinstimmten.
Bevor es Strom auf der Insel gab, summten zur Winterszeit zwei Petroleumlampen gleichzeitig in der Dachstube. Wer die Abkürzung zwischen Övergården und Vaeret ging, konnte hören, daß es lustig und lebensfroh dort oben klapperte.
Manchmal wurde es still, während es immer noch hell aus den großen Fenstern leuchtete. Dann stand Rakel über ihre Flickenkiste gebeugt und legte ein Knäuel zum anderen und wählte sorgfältig die Farben und die Stärken aus.
Fehlte ihr gerade die Farbe oder die Stärke, die sie sich in den Kopf gesetzt hatte, dann eilte sie von Hof zu Hof und bettelte und tauschte. Oder sie holte den großen Waschzuber aus dem Keller und machte sich mit Feuereifer ans Färben.

Sie hatte den armen Ottar im Laden mehr als einmal beschimpft, weil er sich nicht aufgerafft hatte, die Farben zu bestellen, die sie brauchte.

Er ärgerte sich darüber, aber er sagte nichts, ehe nicht Rakel und ihre Einkaufstasche außer Hörweite waren.
»Ich finde, dem Simon seine Frau hat zu großartige Wünsche«, konnte er sagen.
Wenn zufällig Kunden da waren, die das überhörten, dauerte es trotzdem nicht lange, bis er die Worte wieder zurücknahm: »Sie will ja nicht gerade was Besseres sein. Sie ist ja auch oft hilfsbereit und gut gelaunt. Aber ein ziemliches Mundwerk hat sie. Das gehört sich nicht für eine, der alles so in den Schoß gefallen ist wie der Rakel. Sie kommt ja auch nicht von besseren Leuten. Aber das ist lange her. Ich gehör' auch nicht zu denen, die das ganze Elend mit den Deutschen wieder auskramen. Die arme Ingrid... Aber es ist lange her. Und die Rakel bezahlt *bar*. Aber sie schnauzt die Fischer im Geschäft vom Simon an, das könnt ihr glauben. Daß sie sich nicht die Füß' abputzen, wenn sie ins Büro kommen. Sie beschimpft sie Lappenpack und fragt, ob sie in einer Torfhütte geboren sind. Was sagt ihr dazu? Das schickt sich nicht, sag' ich. Und der Simon steht nur da und lacht und sagt, daß sie sich nach der Rakel richten sollen, denn die ist Chef fürs Saubermachen. Mein Bereich ist nur der Fisch, sagt er. Was sagt ihr dazu?«

Rund um das Haus waren Schneewehen aufgewirbelt worden, und das Licht aus den Fenstern lag einsam und bläulich auf dem harten, glänzenden Schnee, sobald der spärliche Tagesschimmer verschwand.
Der Frost hatte endlich auch das Tausendheim im Griff. Er biß jämmerlich auf den Fluren und wehte einem in heftigen Stößen aus dem Loch vom Klositz entgegen. Alle hatten vergessen, daß sie den Frost herbeigesehnt hatten, als der Nebel im Frühwinter besonders schlimm gewesen war. Alle verleugneten ihn nun, da er gekommen war. Sie krochen in den Stuben in sich zusammen und gingen in die dunklen Kellerlöcher, um mehr Brand zu holen.

Kurz vor Weihnachten heuerte Rakel Tora als Backfrau an.
Tora fettete die Formen für die Sandkuchen ein und glühte vor Eifer und war fröhlich. Es duftete herrlich nach der Biskuittorte, die auf dem Küchenschrank stand und in der Blechform abkühlte. Die sollte es am zweiten Weihnachtstag geben. Da pflegte Rakel beide Platten in den Eßtisch einzusetzen und viel und üppig für Verwandte und Freunde aufzutischen. Während des ganzen Nachmittags war dann ein Kommen und Gehen, je nachdem wie man im Stall zu tun hatte oder wie die kleinen Kinder versorgt werden mußten. Es ergab sich

von selbst, daß es mehr Freunde waren, denn Tora und Ingrid waren ja nur zwei. *Er* kam niemals.
Tora glaubte, daß er Angst vor Tante Rakel hatte und daß er Simon nicht leiden konnte, weil dieser zwei gesunde Arme hatte. Aber ganz sicher war sie nicht.
Tora nahm es sehr genau mit dem Einschmieren der Formen. Sie folgte mit dem fettigen Papier jeder einzelnen Furche, bevor sie die Form wegstellte.
»Ich mein', ich sollt' diesmal auch die Jenny vom Kiosk zu Weihnachten einladen. Die sitzt da in ihrer Dachkammer im Tausendheim und hat niemanden zum Schwätzen, wie ich das so seh'. Sie ist ja schließlich kein Unmensch, auch wenn sie sich einen Bankert angeschafft hat.«
Tora wurde es glühend heiß. Bankert!
»Ich glaub', das Mädchen kommt allein zurecht. Sie nimmt die Fürsorge nicht in Anspruch.«
»Wieso?« Tora fand endlich die Sprache wieder.
»Sie verdient doch selbst, im Kiosk.«
»Wo... wo hat sie denn den Bankert her?«
Rakel lacht und wirft einen schnellen Blick auf Tora.
»Er kommt wohl von ein paar Liebestropfen wie andere Kinder auch. Nur daß der Vater die Jenny halt nicht haben wollte.«
»Warum wollte er sie denn nicht?« fragt Tora unsicher.
»Du kannst fragen! Er war schon verheiratet, glaub' ich. Sie sagen, er ist nicht von hier. Sie sagen, er reist mit einem Kino rum. Kann gut sein. Ich hab' den Tratsch zuletzt erfahren. Zu mir kommt keiner mit so was. Die wissen wohl...«
Rakel hält plötzlich inne und wendet sich energisch den Formen zu, die Tora eingefettet hat.

Die Wohligkeit und die Wärme in Bekkejordet stürzten jäh zum Fenster hinaus, so schien es Tora. Die Worte und die Schande verfolgten sie bis in Tante Rakels Küche.
Schande! Die den Kindern das Recht gab, ihr auf der Straße nachzurufen: »Feuer, Feuer in Toras Haar, Feuer, Feuer, die Mutter hat mit 'nem Deutschen geschlafen!«
»Deutsch« war das schlimmste Wort hier. Es war schlimmer, als aus den Baracken von Nordsund zu kommen. Schlimmer, als während der Fangzeit besoffen zu sein. Schlimmer, als der Bankert von der Kiosk-Jenny zu sein.
Es war die Kälte selbst.
Tora war bestimmt auf ganz Öya die einzige, die deutsch war.

Einmal war Ole wütend auf sie geworden, weil sie ihm ihren neuen Radiergummi nicht lieh. Sie schrieben gerade ein Diktat.
»Du geiziges Deutschenkind!« hatte er ihr ins Gesicht geschleudert. Da hörten sie plötzlich Gunns Filzpantoffeln zwischen den Pultreihen. Sie blieben zwischen Ole und Tora stehen.
Gunn hatte nichts gesagt, und sie hatte Tora nicht einmal angesehen, aber Oles Ohr war nachher feuerrot, und die Nackenhaare standen senkrecht – lange.
Das war seltsam ungereimt, aber Tora hatte damals doch gut verstanden, wie schlimm es war, ein Deutschenkind zu sein. Denn so hatte sie Gunn niemals gesehen. Es konnte einem richtig angst und bange werden.
Ole schrieb dann auch die ganze Zeit bis zum Schluß, ohne aufzusehen und ohne ein falsches Wort auszuradieren.

Rakel beobachtete das Mädchen über den Tisch hinweg.
Dann kam es behutsam: »Ich hab' dir doch nicht weh getan, Kind?... Wegen dem Wort, das ich gebraucht hab'?«
Tora fühlte, daß ihr die Tränen kamen. Das lag an der Behutsamkeit in der Stimme ihrer Tante.
Statt der Tränen stürzten die Worte aus ihr heraus. Es war, als ob sie vor einer verschlossenen Tür gelegen hätten, bereit, herauszuspringen, wenn jemand die Tür nur einen Spaltbreit öffnete: »Wer war er, mein Vater?«
Die Stimme gehorchte ihr nicht, sie klang atemlos und belegt.
Rakel erstarrte in ihren Bewegungen. Sie kam sich wie abgeschaltet vor. Selbst den leisen Atem, den sie immer aus einem Mundwinkel herausblies, wenn sie mit einer Arbeit beschäftigt war, die sie gern machte, hörte man nicht.
»Was – was meinst du?« sagte sie zögernd, vor allem, um Zeit zu gewinnen.
»Ich meine meinen richtigen Vater.«
Tora hatte sich aufs offene Meer begeben, sie mußte sich über Wasser halten. Umkehren konnte sie nicht mehr. Rakel trocknete sich umständlich die Hände an der schneeweißen Schürze ab und sank langsam auf den nächsten Stuhl.
»Hat deine Mutter dir nichts von deinem Vater erzählt?«
Sie blickten einander etwas unsicher an, prüfend.
»Nein... Mama ist immer so beschäftigt – sie hat soviel um die Ohren. Sie hat keine Zeit.«
Das letzte kam überstürzt, als ob sie plötzlich ein Brett gefunden

hätte, auf das sie sich retten konnte. Auch wenn sie die Mutter noch so sehr verriet, sie mußte eine klare Antwort bekommen. Mußte die Kraft haben, die Wahrheit zu wissen – damit sie über der Sache stand, wenn die Schimpfworte auf sie herunterprasselten.
Rakel saß. Sie sah Tora die ganze Zeit an. Sie zwang sich fast dazu, nicht wegzusehen. Dann sagte sie: »Gut. Nimm den Kuchen aus dem Ofen, Tora! Komm dann und setz dich! Das wird mehr als ein Backtag.«
Und Tora tat, was Rakel ihr gesagt hatte, und sie hatte das Gefühl, daß ihre Arme mit schrecklichen Stricken an ihrem Körper festgebunden waren. Die Füße blieben beim Gehen an den Teppichen hängen.

»Dein Vater«, fing Rakel unsicher an, »dein Vater war ein ganz gewöhnlicher Mann mit schwarzen Haaren und blauen Augen und breiten Schultern. Ein schöner Mann. Deine Mutter und er verliebten sich ineinander. Er war kein einfacher Soldat.«
Rakel stockte, sie richtete den Blick auf die Zuglöcher im Ofen. Dann fuhr sie fest und entschieden fort: »Aber er war hierher in unser Land geschickt, um es zu besetzen, deshalb war er ein Feind! Wie er sich auch benahm oder wie er aussah oder ob er Vater wurde! Damals war er ein Feind. Auch wenn er sich in deine Mutter verliebte und... Der Großvater hat später nie mehr einen frohen Tag gehabt. Er starb an Tuberkulose, weißt du. In dem Frühjahr, als der Krieg aus war. Deine Großmutter weinte, und alles war in großer Aufregung, als klar wurde, daß du im Anmarsch warst. Das mußte verstehn, Tora! Es war in vieler Hinsicht eine schwierige Zeit. Es gab soviel Haß. Als Frieden war, suchten sie einen Sündenbock, auf den sie den Haß abladen konnten. Deine Mutter ist in diese Sache hineingeraten, und ich weiß nicht, ob sie schon wieder richtig rausgekommen ist.«
Das letzte war kaum zu hören.
Einen Augenblick war es still in der Küche.
»Aber wer war er? Wo – wo ist er jetzt, Tante Rakel?« flüsterte Tora.
»Wart ab!« Rakel räusperte sich. »Deine Mutter und er wollten nach Oslo reisen, wo er Freunde hatte, bei denen sie wohnen konnte, wenn sie dich bekam. Hier in Vaeret war kein Platz für euch. Sie glaubten auch, daß der Krieg bald zu Ende wäre. Dann wollten sie nach Berlin fahren, wo er zu Hause war.«
»Ja?«
»Sie kamen nicht so weit. In Trondheim machten sie ein Ende mit deinem Vater, Tora...«
»Ende? Wer machte das?«

»Das haben wir nie rausgekriegt. So was aufzuklären war nach dem Krieg nicht mehr wichtig. Wie ein Feind verschwand. Hauptsache, er war weg. Aber es können auch seine eigenen Leute gewesen sein – genausogut...«
»Seine eigenen?«
»Ja, er hatte ja keine Erlaubnis zu dem, was er tat. Er nahm sich frei, um deine Mutter zu seinen Freunden zu begleiten, das war kein Vergnügen für einen Mann in deutscher Uniform. Deine Mutter bekam in der Pension, wo sie wohnte, einen Brief unter die Tür geschoben. Mit vielen häßlichen Worten und mit der Nachricht, daß er – tot war.«
»Tot!« Das schien Tora erst jetzt richtig zu begreifen.
»Ja, Tora. Und dann ging deine Mutter durch halb Norwegen wieder nach Hause. Größtenteils zu Fuß. Denn das Geld hat *er* gehabt. Und du warst in ihrem Bauch, und die Sonne hat nicht oft geschienen, möcht' ich glauben...«
»Aber ist er tot, Tante Rakel? Ist er wirklich *noch* tot?«
Rakel starrt ungläubig auf das Mädchen. Dann erhebt sie sich und geht langsam um den Tisch herum zu Tora.
»Meine liebe Tora, liebe – liebe Tora! Du weißt, daß wir dich gern haben. Der arme Großvater starb damals, aber erinner dich an die Großmutter. Sie war so gut. Nicht wahr? Keiner durft' dir ein Haar krümmen.«
Rakel lächelte zögernd. Sie schien mit dem, was sie sagte, gar nicht anzukommen.
»Er war kein böser Mann, dein Großvater, das mußt du schon glauben. Das war Ingrid selbst, die von hier wegwollte. Sie kannte das Getratsche der Leute zur Genüge. Ich hab' manchmal gedacht, wie es wohl gekommen wär', wenn dein Vater Villars Sohn gewesen wär', so wie der Simon. Wenn er Norweger gewesen wär' und so weiter.«
Tora hörte nichts. Sie sah nur, daß Rakels Mund sich rasend schnell bewegte. Schneller und immer schneller. Sie hatte das Gefühl, schon vom bloßen Zusehen ersticken zu müssen.

So hatte sie oben auf dem Dachboden also nur geträumt. Gedichtet und geträumt. Hatte ihm einen Namen gegeben. Ein Gesicht. Alles. Papa.
Es gab keinen Papa. Hatte niemals einen gegeben. Er war schon tot, bevor sie geboren wurde!
Sollte sie gar nichts haben? War das der Sinn? Der Mund verzog sich zum Weinen, aber es kamen keine Tränen. Dann erhob sie sich, um-

armte Rakel, die neben dem Stuhl stand, und ging schnell zur Tür. Sie dachte nicht an die Jacke, die im Flur hing, wollte nur hinaus in das Schneetreiben und schloß sorgfältig die Tür hinter sich.
Es war eine große Leere in ihr. Es nützte nichts, auf den Dachboden zu kriechen und alles fortzudichten.
Tot!
Für Tora war das schlimmer als die Gefahr. Weil es etwas Gutes war, was sie verloren hatte – für immer. Bei allem Bösen, da konnte man sich zwingen, es zu vergessen. Davon konnte man wegfliegen, über den Pfarrhof laufen wie der Wind, schreien gegen den Wind wie ein Verrückter, Schlagball spielen, den anderen so hart zusetzen, daß sie jammerten – auch wenn man ihnen nur bis zur Achselhöhle reichte. Sie konnte gemütlich, in die Wolldecke gehüllt, zusammen mit allen Gefahren der Welt auf dem Dachboden sitzen, in den grauen Himmel schauen, bis alles verschwand, konturlos und gleichgültig wurde. Aber mit diesem jetzt konnte sie nicht fertig werden. Es war ihre Freude gewesen, die einzige, an der ihr wirklich lag – die tot war und fort für alle Zeit.
Tora hatte ein heftiges, schmerzliches Verlangen, irgend etwas zu haben, wo sie draufschlagen könnte. Treten, das Leben abwürgen. *Dem*, der ihr dieses angetan hatte.
Und mit einemmal wurde ihr klar, daß es nichts nützte, einem alten Jugendheim die Schuld zu geben für das, was war oder nicht war. Die Menschen mußte man fürchten und vor ihnen davonlaufen.
Sie waren es, die alles töteten.

Rakel fand sie zusammengekauert an der Stallwand. Wie einen vergessenen Heusack. Schnee und Hagel taten jämmerlich weh. Peitschten die bloßen Hände und das Gesicht. Legten sich aufs Haar – um im nächsten Augenblick von einer Windbö weggefegt zu werden.
Es war ein richtiges Unwetter. Es biß. Aber sie dachten nicht darüber nach, die zwei. Hatten an andere Dinge zu denken.
Seit langem war Rakel nicht mehr so unsicher über ihr eigenes Verhalten gewesen.
Beide schwiegen. Tora wurde ins Haus geführt, aufgetaut und frisch angezogen. Rakel hielt sie die ganze Zeit im Arm.
Der Weg zum Tausendheim war lang.

»Wir sind drei Frauen in der Familie«, sagte Rakel bestimmt. Sie wußte, wenn jemand etwas sagen sollte, dann mußte sie das tun. »Da ist noch vieles, worüber wir reden sollten.«

Sie schenkte den Kaffee ein, den sie selbst gekocht hatte, und bot den beiden anderen von Ingrids kostbarem Weihnachtsgebäck an – direkt aus der Büchse. Ingrid sagte kein Wort. Als das Mädchen und Rakel zur Tür hereingekommen waren, hatte sie sofort gesehen, daß da etwas nicht stimmte.

Henrik war rausgegangen, wie er es immer tat, wenn Rakel kam. Rakel hatte Tora ins Bett gebracht, Kaffee gekocht und verkündet, daß sie an Toras Bett Kaffee trinken würden.
»Ich weiß nicht, ob ich heut was falsch gemacht hab', Ingrid, oder ob du was versäumt hast. Du hattest doch eigentlich Verstand genug, dem Kind zu sagen, wer sein Vater ist. Aber nun weiß sie alles, was ich selbst weiß. Und ich möcht' gern mit eigenen Ohren hören, ob du einverstanden bist mit dem, was ich gesagt hab', damit du später nicht sagen kannst, daß ich gelogen hätte. Denn du bist ja ihre Mutter. Du mußt ihr erzählen, daß wir uns durch diese Geschichte alle gemeinsam durchgeschlagen haben und daß sie nicht rumgehn muß und sich ihres Vaters schämen, den sie einmal hätte haben sollen, wenn alles gutgegangen wär'. Daß unser Herrgott, die Männer und der Teufel den Krieg und die Leichen in der Welt zu regieren scheinen, dafür brauchen wir Frauen uns nicht zu schämen. Nicht wir sollen den Kopf beugen. Wir müssen nur weiter schauen als bis zur Lüge und zum Verschweigen und auch einander stützen. Hörste zu, Ingrid?«

Als Simon spätabends nach Hause kam, naß und müde, aber mit dem Weihnachtsheilbutt, Boot und Mannschaft geborgen, da war Rakel noch beim Backen. Denn der Nachmittag im Tausendheim hatte sich in die Länge gezogen.
Das rote Haar sah trotzig unter dem Kopftuch hervor. Das Gesicht war voller Mehl, und die Gesichtszüge waren hart. Der kleine, halbmondförmige Mund verzog sich zu einem unfreiwilligen Flunsch, als sie den Mann ansah.
Simon merkte, daß die Stimmung in der Küche gespannt war, aber er schlich sich von hinten an Rakel heran, um sie mit einem Küßchen aufzumuntern. Mit einem solchen Küßchen noch in voller Seemannsausrüstung neckte er sie gerne, bevor er sich umzog.
»Hau ab! Heut muß ich kotzen, wenn ich einen Mann nur seh'! Ich back' jetzt für Weihnachten, und das werd' ich so lange tun, bis ich eine andere Meinung von allem hab'.«
Simon grinste ein bißchen, aber der Ausbruch machte ihn unsicher. Da mußten ja große Dinge im Busch sein. Er kannte Rakel.

Er streifte die nassen Kleider ab, füllte warmes Essen in die große Zinkbütte und trug sie in die Speisekammer, die sie sich zu einer Art Waschraum eingerichtet hatten. Es gab da ein neumodisches Waschbecken mit warmem und kaltem Wasser. Aber wenn sie den ganzen Körper waschen wollten, trugen sie die Zinkwanne hinein. Simon hatte schon vage daran gedacht, im Sommer eine Badewanne einzubauen. Es waren nicht viele in Vaeret, die so etwas hatten. Aber man brauchte es nicht an die große Glocke zu hängen, klar...

Simon schrubbte sich ordentlich ab und hütete sich, Rakel zu bitten, ihm den Rücken zu waschen und andere Kleider zu bringen. Zum Schluß trug er die schmutzigen Sachen in die Kiste im Anbau. Als er wieder in die Küche kam, erzählte er vom Fang und tat so, als ob er von Rakel noch nichts gesehen und gehört hätte, seitdem er heimgekommen war. Aber sie arbeitete mit viel Schwung weiter und stellte sich taub. Dann sagte er noch etwas von der verdammten großen, rostigen Angel, die er so dumm gewesen war, sich in die Hand zu jagen.

Rakel drehte sich zweimal um sich selbst, dann schoß sie zur Tür hinaus, kam mit Jod und einer Mullbinde zurück und legte einen Verband an wie bei einem kleinen Kind.

Die Berliner Kränze brannten an, so daß Simon und die Katze das ganze Ofenblech zum Abendkaffee essen mußten.

Und während dies alles geschah, brach bei Rakel der Damm. Simon bekam die betrübliche Geschichte erzählt und Toras sonderbares Benehmen an der Stallwand.

Und Simon vergab ihr augenblicklich, daß er als Sündenbock hatte herhalten müssen für den Krieg und den Jammer und die Vaterschaft in aller Welt. Obwohl das letztere sein größter Wunsch war.

Als sie endlich ins Bett kamen, war Rakel wie eine vibrierende Wiese nach einem warmen, rieselnden Frühlingsregen – Erde und Blumen. Und Simon nahm das alles zusammen und füllte die rauhen Hände und die verletzte Handfläche mit aller irdischen Herrlichkeit. Und das, obwohl es mitten im Advent war.

Simon war ein glücklicher Mann.

11

Im Tausendheim hatten jeder Laut und jeder Rhythmus irgendein Publikum.
Man wußte nie ganz sicher, welche Wendung die Geräusche nahmen. Da waren immer überraschende Momente und unsichere Faktoren. Oft lagen versteckte Impulse und verborgene Meinungen in den Abend- und Nachtgeräuschen. Man konnte sich ab und zu gründlich irren, wenn man versuchte, die Geräusche zu deuten, die nicht für einen bestimmt waren.
Lachen und Weinen waren klar. Ebenso Fluchen und Singen von frommen Liedern. Aber schwieriger war es, aus Wasserhähnen und Schritten, gedämpften Geräuschen und Scharren auf Fußböden und an Wänden klug zu werden.
Einige von den Bewohnern hatten wenig zu verbergen, jedenfalls sah es so aus. Sie ließen den Geräuschen in den Treppenhäusern und aus den Fenstern freien Lauf. Das waren typische Tagesgeräusche.
Wenn an den langen Vorweihnachtsabenden die Lichter gelöscht wurden, lag gleichsam eine dämpfende Wolldecke über den Geräuschen.

Eines Abends, so um elf Uhr, wurde plötzlich die Haustür energisch geöffnet, und jemand kam mit festen, schnellen Schritten die Treppe herauf. Der Betreffende machte keinen Versuch, leise zu gehen. Es war mitten in der Woche, und viele Männer waren nicht da, sie hatten irgendwo eine Gelegenheitsarbeit, oder sie saßen unten in Vaeret.
Tora und Ingrid waren allein zu Hause. Ingrid nähte für Tora ein neues Kleid. Sie sollte es als Weihnachtsgeschenk haben. Es war ein abgelegtes Kleid von Rakel, und Ingrid hatte es gewendet. Es hatte einen warmen Grünton, und Tora glaubte, daß sie es sicher gern anziehen würde, auch wenn es kratzte.
Den ganzen Abend war es bei Elisif sehr ruhig gewesen. Deshalb hatten sie sich darüber unterhalten, daß Elisif wohl zu einer Versammlung gegangen war und daß Sol die kleine Gesellschaft zeitig ins Bett befördert hatte, wie sie es immer tat, wenn sie mit den Kindern allein war.
Tora steckte die Nase vorsichtig zur Tür hinaus, obwohl Ingrid sagte, sie solle sich reinscheren. Sie erkannte die alte Hebamme an ihrem Mantelsaum und an den Gummischuhen, die sie über die Pantoffeln gezogen hatte.
Also sollte Elisif wohl ihr jüngstes Kind bekommen. Torstein – der

Vater werden sollte, war kurz vorher weggegangen. Aber das hatte keiner beachtet.
Ingrid seufzte und sah ängstlich gegen die Decke, sooft das Stöhnen da oben lauter wurde. Elisif hatte sonst bei der Entbindung nie viel gejammert. Sie habe Routine, die Arme, meinte Ingrid.
Seit der letzten Schwangerschaft hatte sie sich sehr verändert. Sie war Anhängerin der Pfingstgemeinschaft geworden und durch Gottes Gnade in die Gemeinschaft aufgenommen, was nur Auserwählten vergönnt war. In Herrlichkeit und Freude getauft im Hestvikafluß. Auf der alten Eichenkommode, die sie von einer Verwandten geerbt hatte, stand eine grüne Glasschale, in der sie ihr »Mannakorn« aufbewahrte, in sicherem Abstand von den Kleinen, die ständig auf dem Boden herumtobten. Jeden Tag zog sie ein »Mannakorn« mit einem aufgedruckten Hinweis auf eine Bibelstelle heraus und behandelte die ganze Familie so, wie das Bibelwort befahl. Am schlimmsten war es, wenn es sich um eine Stelle im Alten Testament handelte. Elisif versuchte ab und zu, dem Herrn zu erklären, daß sie den armen, unschuldigen Kleinen doch nicht von Huren, Steinigung und Teufelswerk vorlesen könne. Manchmal sah es so aus, als ob der Herr Gnade vor Recht ergehen ließ, denn sie nahm ein neues Korn zu seiner Ehre und schlug ganz schnell eine andere Bibelstelle auf.
Tora hatte Elisif oft sagen hören, daß sie alles in Gottes Hände lege. Aber Tora konnte gut sehen, daß, wenn Sol nicht gewesen wäre, Gott viel Dreckarbeit hätte leisten müssen. Denn es war genug zu tun – bei Elisif.
Tora konnte auch nicht verstehen, daß man solche unappetitlichen Sachen wie eine Geburt in Gottes Hände legte und selbst nicht weiter darüber nachdachte.
Ingrid war offensichtlich auch der Meinung, daß das etwas für Frauenhände war, denn als die Hebamme heruntergestürzt kam und um Hilfe bat, zog sie eine saubere Arbeitsschürze an und sprang die Treppe hinauf.
Wer Elisif in dieser Nacht half, konnte erzählen, daß sie sich durch viele Stunden und durch noch viel mehr Wehen hindurchgebetet hatte. Gebetet um einen tüchtigen Jungen, groß und gut gewachsen zu Gottes Ehre, damit sie ihn als Missionar zu den Unerlösten schikken könne.
Etwa um sechs Uhr morgens wurde die Luft von einem tierischen Schrei zerrissen. Es ging durch aller Mark und Bein im ganzen Tausendheim.
Elisif hatte es nicht mehr geschafft, sich noch länger an das Himmli-

sche zu halten. Sie mußte zu dem einzigen flüchten, womit sie sich helfen konnte. Dem Urschrei. Das ist der erste wirkliche Schrei in der Weltgeschichte. Luft, die von einem Wesen in großer Not herausgepreßt wird, von einem von Gott verlassenen Menschen, allein mit seinen Schmerzen. Dieser Kampf ist nirgends als etwas Besonderes aufgezeichnet, weil Heerführer niemals wegen eines neuen Lebens schreien.

Sie gebar ein totes Mädchen, blau und mit schiefem Kopf.
Alle verhielten sich ganz still, als es bekannt wurde.
Denn Pfingstler oder nicht, Elisif war eine der Ihren. Sie hätten ihr nach dem Kampf mehr Glück gegönnt. Sie holten die sieben, die noch lebten, zu sich herein, kochten ihnen Wasserkakao und fragten sie, ob sie Pullover oder, was sie sonst für Weihnachten brauchten, bekommen hätten. Und die armen Kleinen schüttelten allesamt den Kopf und aßen und tranken und ließen sich mit dem einkleiden, was in den Schränken und Pappschachteln an Überschuß da war.
An dem Morgen, als Torstein aus dem Haus ging, den kleinen Holzkasten, der als Sarg dienen mußte, auf der Schulter, da folgten ihm die Kinder und die Frauen, die abkömmlich waren. Sie schwiegen. Es wurde kein einziges Lied gesungen, bevor nicht der Pfarrer eines anstimmte. Er stand auf dem gefrorenen Erdhügel in allzu dünnen schwarzen Schuhen und sang die ersten Strophen mutterseelenallein. Dann schienen sie sich zu besinnen, die Frauen, und fielen mit einem leisen, murrenden Ton ein, der mehr wie eine ohnmächtige Drohung gegen eine zu große Übermacht klang als wie ein Kirchenlied.

12

Ingrid wusch die Küche ab. Tora saß bei offener Tür in ihrer Kammer und beantwortete 25 Fragen über »Asiens Menschen, Tiere und Kultur«. Der Dampf von dem kochendheißen Wasser zog durch die Türöffnung herein. Sie vernahm den scharfen Geruch von Salmiak und den schönen, beruhigenden Geruch von Schmierseife.
Ingrid hatte einen Hocker auf den Küchentisch gestellt und stand auf dem Hocker. Ihre Hände lagen flach an der Decke, den grauen Putzlappen zwischen sich und der schmutziggelben Fläche. Man sah deutlich den großen Unterschied zwischen den Feldern, wo Wasser und Seife das Ihrige schon getan hatten, und denen, wo noch Tabaksrauch,

Essensdunst und Kohlenfeuerung von einem halben Jahr klebten. »Nicht zu fassen, daß drei Menschen soviel Dreck machen können.« Ingrid seufzte und streckte mal kurz den Rücken. Der Küchentisch und der Hocker wackelten gefährlich, als sie einen kleinen Schritt vorwärts tat. Dann beruhigte sich alles wieder, und sie gewann das Gleichgewicht zurück, für sich und das Gerüst. Man hörte nur das Klatschen des Putzlumpens, gleichmäßig und schmatzend. Von Zeit zu Zeit wrang sie den Lumpen aus, vertauschte ihn gegen einen anderen und fuhr mit klarem Wasser über die gesäuberte Fläche. Dann waren ihre Bewegungen rascher und behender und hatten gleichsam einen Seufzer der Erleichterung in sich, weil wieder ein Stück sauber und in Ordnung war.

Tora kam mit Asiens Land und Volk und Kultur nicht voran. Schließlich guckte sie verstohlen zur Mutter und zog das große Nachschlagewerk aus ihrem Pappranzen. Gunn hatte es ihr geliehen. Es beinhaltete die Buchstaben A und B, deshalb hatte es so gut gepaßt, gerade heute zu fragen, ob sie es ausleihen könne.
Aber Tora schlug nicht Asien auf. Sie hatte bereits ein kleines Zeichen bei B reingelegt.
Das Buch lag vor ihr und war seltsam lebendig – und gleichzeitig fern und fremd.
Der Zeigefinger folgte den herausgehobenen Buchstaben, bis sie fand, was sie suchte. Das Stichwort mit mehreren Spalten, Karten und Bildern und einer Menge winzig kleiner Buchstaben. Berlin. »Die Hauptstadt des früheren Deutschen Reiches liegt in Brandenburg, an den Flüssen Havel und Spree«, las Tora.
Die Karte war ein unruhiges Muster in drei Grautönen mit vielen fremdartigen Namen. Sie setzte den Finger entschlossen auf ein Gebiet in der Außenzone – Schönhausen – und siedelte sich dort an, mit allem, was sie besaß. Dort war Großmutters Haus. Genau *dort* war ein unsichtbarer Punkt auf dem Papier. In der Mitte zwischen der Frankfurter Allee und der Greifswalder Straße. Tora lächelte.
Die schwierigen, fremden Namen formte sie vorsichtig im Mund, aber es kam kein Laut heraus.
Sie ließ den Finger an den Textzeilen entlanggleiten. Las, was da stand über Gebäude und Straßen. Sie machte sich die Mühe und suchte sie auf der Karte. Dann schloß sie die Augen und dachte an etwas anderes. Nach einer Weile öffnete sie die Augen und versuchte die Namen auf der Karte schnell wiederzufinden und sagte sich im Geiste auf, was in dem Text gestanden hatte.

Die Großmutter war gestern zu ihr gekommen, als sie auf dem Dachboden saß und an dem Kopierstift kaute. Sie hatte gerade an den Abend gedacht, an dem sie erfahren hatte, daß Papa tot war. Da war ihr eingefallen, daß er aus Berlin stammte und daß er von einem Bruder und von einer Mutter gesprochen hatte. Sonst wußte Ingrid nichts von seiner Familie und auch nicht seine Adresse. Er hatte sie ihr gesagt, aber Ingrid konnte sich nicht mehr daran erinnern.
Rakel hatte vorgeschlagen, daß sie seine Verwandtschaft ausfindig machen sollten. Sie wußte, daß andere Leute das getan hatten. Nach zehn Jahren Frieden sei es wohl an der Zeit, meinte Rakel.
Aber Ingrid schüttelte den Kopf und sah auf ihre Hände herunter.
»Die leben ihr Leben, ich lebe meins!«
Das kam hart und bitter und ohne Hoffnung.
»Der Henrik ist nun zusammen mit mir«, fügte sie hinzu. »Es ist nicht sicher, daß er das will.«
»Ja, aber Ingrid, das ist doch verständlich, daß das Mädchen was von seinen Verwandten von Vaters Seite wissen will. Von was für Leuten sie kommt. Ich mein', wir könnten ihr helfen, daß sie Bescheid weiß.«
»Nein!« Ingrids Stimme war wie ein Ruf.
Rakel richtete sich auf und kniff den Mund zusammen.
»Daß du es nicht eines Tages bereust!«
Tora hatte im Bett gesessen und die beiden Frauen angesehen. Sie konnte es nicht ändern, daß sie mehr Freude daran hatte, die Tante anzusehen als die Mama.
Sah sie die Mutter an, arbeitete sich ein Klumpen hoch, vom Magen bis in den Hals. Etwas wie Mitleid.
Das machte sie ratlos und unsicher.
So kam es, daß Tora mit der Unsicherheit leben mußte, denn an der Mutter war nicht vorbeizukommen. Aber wenn das Mädchen ein bißchen Sicherheit auf seinem Weg fand, dann hob es sie mit vorsichtigen Händen auf – und wußte, daß sie nur für ein oder zwei Stunden geliehen war.

An dem Abend, im Bett, als sie alles erfuhr, war es Rakel gewesen, die sie ins Meer gestürzt hatte, aber Rakel war es auch, die sie in eine Art offenes Boot der Sicherheit gezogen hatte.
Denn mit Tante Rakel konnte man reden.
Und die Großmutter existierte!
Sie kam quicklebendig zwischen den Dachbalken herein und fing an, mit Tora zu sprechen. Sie trauerte auch um Papa. Sie hatte ihn nie

vergessen. Sie würde Tora eine Fahrkarte nach Berlin schicken, sobald Tora mit der Schule fertig war. Denn es war das beste, daß sie dort die Volksschule besuchte, wo sie die Sprache verstand. Tora war damit einverstanden. Außerdem mußte noch viel geregelt werden. Das waren die schönsten Augenblicke, die sie jemals auf dem Dachboden erlebt hatte.

Als sie im Dunkeln nach Hause ging, wußte sie genau, was Elisif meinte, wenn sie vom Seelenfrieden sprach.

Sie dachte nicht daran, Gott miteinzubeziehen.

Tora half der Mutter bei den Wänden. Sie spülte mit klarem Wasser nach und rieb trocken nach Mutters kurzen Anweisungen. Asiens Land und Volk waren gemacht, wenn auch nicht gerade mit Eifer.

»Tante Rakel hat gesagt, ich soll zu Weihnachten eine Fleischrolle bekommen!« schwatzte sie.

Die Mutter drehte sich um. Es war jetzt nicht mehr viel zu tun. Der Schweiß lief ihr von der Stirn.

»Sie sagt, ich soll das als Lohn fürs Backen haben!«

Zu spät merkte Tora, daß sie *den* Abend erwähnt hatte.

Ingrid hatte seitdem nichts mehr über den Vater gesagt. Es hatte sich gleichsam Schorf über der Sache gebildet. Und Tora konnte sich nicht dazu überwinden, weiterzufragen. Sie hatte Angst, der Schorf könnte aufplatzen und die Wunde von neuem anfangen zu bluten.

Aber niemand konnte Tora verweigern, »Wilhelm« zu sagen – in ihrem tiefsten Innern. Sie verbarg den Namen nahe, nahe bei sich, als ob er eine verletzte kleine Möwe wäre, von der niemand wissen durfte, weil sie sonst totgetreten würde.

Ingrid und Tora saßen nach getaner Arbeit an der herausgezogenen Platte vom Küchenschrank und tranken Tee. Schweigsam und zufrieden mit steifen, roten Händen und müden Augen. Indessen zog der Dampf aus dem frisch abgewaschenen Raum zum Fenster hinaus, das einen Spaltbreit offenstand. Floß hinaus in den kalten Abend und verwandelte sich unter dem Dachvorsprung in kunstvolle, bucklige, kleine Zapfen. Es klang spröde und wehmütig, wenn der Wind vorsichtig daran rüttelte, und die Zeit verging.

Die Lichter im Tausendheim wurden gelöscht, eines nach dem anderen. Tora hob das spitze, kleine Gesicht Ingrid entgegen. Sie hatten viel geschafft. Es roch sauber, und da lag ein ehrlich verdienter Krapfen auf einer goldumrandeten Untertasse vor Tora. Es war genug für heute abend. Denn es war ja so ewig weit bis Berlin.

13

Elisif schien das mit dem Kind nicht zu begreifen. Sie weigerte sich, die Milch aus ihren Brüsten abzupumpen. Sowohl Ingrid als auch andere Frauen aus dem Tausendheim waren der Reihe nach bei ihr oben und wollten sie zur Vernunft bringen. Die Hebamme versuchte geradezu mit Gewalt, ihr die Milch abzupumpen. Aber Elisif wimmerte leise vor sich hin und hielt mit beiden Händen den sauren Lappen fest, den sie unter dem Nachthemd hatte, damit die Milch sie nicht überschwemmte. Gottes Gaben dürften nicht verschleudert werden, jammerte sie. Aber die Worte hatten keinen Sinn, denn die Gaben flossen reichlich. Andererseits gab es für die Kinder, die leben mußten, eher zuwenig von den Gaben Gottes.

Sie wollte auch nicht gewaschen werden. Und wollte nicht aufstehen. Die Hebamme war ärgerlich und versuchte sie damit zu erschrecken, daß sie ihr erklärte, sie würde im ganzen Unterleib Brand bekommen, falls sie sich nicht ordentlich pflegte. Aber Elisif meinte, daß der Herr gebe und nehme und sein Name in Ewigkeit gelobt sei.

Inzwischen wurde der Wollappen immer saurer, und das Haar klebte unschön um das weinerliche Gesicht. Im Inneren schien der Körper sich selbst reinigen zu wollen, mitten in diesem Elend. Sie blutete von neuem. Die Bettwäsche wurde zuerst rot. Das Blut zog sich über das ganze grauweiße Laken, das allmählich eine dunkelbraune Farbe annahm. In Körpernähe war stets eine Quelle von frischem Blut. Es war, als ob der Körper verzweifelt versuchte, die Fahrrinne offenzuhalten. Elisif wurde wund und sie pries Gott. Sie weinte nicht eine Träne. Und sie behauptete, daß sie nicht zu essen brauche.

Nach einer Woche kam die Hebamme wie eine Furie in Ingrids Küche gestürzt.

Elisif hatte da, wo sie genäht worden war, eine Entzündung. Die Hebamme hatte sie gewaltsam halten müssen, um überhaupt so viel sehen zu können, daß sie die Fäden ziehen konnte.

Sie bemächtigten sich ihrer mit Gewalt – Ingrid, Johanna und die Hebamme. Es gab keine andere Möglichkeit. Die Hebamme versorgte sie nun ordnungsgemäß, und die Matratze mußte am Strand verbrannt werden.

Als es vorüber war, weinten sie alle zusammen, außer Elisif. So ein Kindbett hatte noch keine gesehen.

Torstein ging herum wie ein geprügelter Hund. Nach einer gewissen Zeit vermochte er den Raum nicht mehr zu betreten, in dem seine Frau lag.

Sol ging hinein, mit Essen und Trinken, und redete ihr gut zu und brachte sie dazu, so viel zu essen, daß sie nicht starb. Jedesmal wenn Sol die Tür nur einen Spalt öffnete, schlug ihr der süß-widerliche Geruch von frischem und altem Blut entgegen. Er war außerdem noch vermischt mit einem ekelhaften Geruch nach Urin und saurer Milch.

Am Weihnachtsabend saßen Sol und Tora zusammen auf dem Klo. Der Feiertag wurde gerade eingeläutet, während sie dort saßen. Sol weinte ein bißchen, aber sie hatte keinen Mut, die Tränen wirklich fließen zu lassen. Tora hockte auf ihrem Loch und sagte nichts. Das war zuviel für sie, daß Sol weinte.
Endlich fertig, schneuzte Sol sich in eine alte Zeitung, wobei sie sich nicht einmal die Mühe machte, die Zeitung vorher zwischen den Händen weich zu knüllen.
Als sie im Schneetreiben über den Hof gingen, berührte Tora den Arm der ganz durchgefrorenen Sol. Und als sie sich in der Veranda den schlimmsten Schnee abbürsteten, sagte Tora entschieden: »Kommt heut runter, du und Jörgen – wenn die Kleinen im Bett sind. Ich werd' in der Kammer eine Kerze im Engelsleuchter anzünden.«
Sols Gesicht erhellte sich für ein oder zwei Sekunden, erlosch aber gleich wieder. Sie schüttelte langsam den Kopf und ging schnell die Treppe hinauf. Als sie bei der Biegung des letzten Absatzes angekommen war, drehte sie sich jäh um und sah hilflos auf Toras bleiches Gesicht herunter. Die grelle Deckenlampe fraß sich in jeden einzelnen von Toras Gesichtszügen, während sie Sols Gesicht allein da oben im Schatten stehenließ.

Das Gerücht über Elisif erreichte auch den Pfarrer.
An einem Donnerstagvormittag war ein deutlicher, weicher, südnorwegischer Dialekt im Treppenhaus zu vernehmen. Tora erkannte den Pfarrer sofort an der Stimme. Sol auch. Einar von der Verandadachstube knallte die Tür zu seinem Zimmer demonstrativ hart zu, denn auch er kannte den Tonfall zur Genüge.
Elisif lag nun bald drei Wochen, und der Kalender war schon weit in den Januar hinein abgerissen. Als Elisif jung und diesseitig gewesen war, hatte sie ein Mädchen geboren, das sie kurz und bündig Sol, Sonne, nannte.
Aber es war schlecht bestellt mit dem Sonnenschein für die Vierzehnjährige. Dunkel war es draußen und pechschwarz zu Hause.
Der Pfarrer grüßte und schickte Jörgen nach dem Vater. Beschämt, schweigend und die Mütze zwischen den Händen drehend blieb Tor-

stein mitten in der Küche stehen, als er sah, welch hohen Besuch sie bekommen hatten. Er kam noch nicht einmal auf die Idee, dem Pfarrer einen Stuhl anzubieten. Die Mütze drehte sich jetzt schnell wie ein Rad. Torstein hatte soviel auf dem Herzen, was er dem Pfarrer gerne gesagt hätte, wo der doch in ihr Elend heraufgestiegen war. Aber die Worte schafften es nicht, sich einen Weg hinauf und hinaus zu bahnen. Außerdem war er sich auch nicht sicher, ob so ein kluger und belesener Mann ihn überhaupt verstehen würde.
»Es war halt diese Religiosität, diese Umkehr. Ihr könnt es glauben, das war die Verrücktheit – Pfarrer.«
Nun hatte er es gesagt, aber es ging genauso, wie er gefürchtet hatte. Der Pfarrer verstand die Anspielung nicht.
»Deine Frau ist sicher ein guter Mensch und ein guter Christ, daran zweifle ich nicht«, antwortete der Pfarrer zerstreut.
Er war kurz im Krankenzimmer gewesen. Da mußte eine Frau sich drum kümmern. Gewiß machte er seine Seelsorge nach bestem Wissen und Gewissen. Aber diese Frau hier war kaum zur Zusammenarbeit bereit. Sie sang die ganze Zeit Kirchenlieder. Das verwirrte den Pfarrer, wie man sich denken konnte.
Schließlich ging er mit Torstein hinaus in den Flur und schloß die Tür hinter ihnen. Er wollte mit Torstein unter vier Augen reden.
Die Kinder müßten fort, behauptete der Pfarrer.
»Wohin denn?« erdreistete sich Torstein zu flüstern.
Das wußte der Pfarrer auch noch nicht, aber es würde sich wohl eine Möglichkeit finden. Das war eine Sache für den Fürsorgeausschuß. Er, der Pfarrer, konnte nur einen Hausbesuch machen und feststellen, daß die Not groß war und daß es an einer starken erziehenden Hand fehlte. Die Erziehung in einer anderen Familie war für eine gewisse Zeit unumgänglich.
Dann begab er sich wieder in die Küche und sprach ein paar freundliche Worte zu der Kinderschar, tätschelte Sol den Kopf und fragte, wann sie zur Konfirmation gehe.
Der Flur hatte weit geöffnete Türspalten gehabt und Ohren und Augen in jeder Ecke, deshalb dauerte es keine halbe Stunde, bis Torsteins und des Pfarrers Gespräch im ganzen Tausendheim bekannt war. Torstein ging zurück zu seinen Netzen und war grau bis zu den Bartwurzeln vor Erregung.
Tora und Sol machten sich ans Spülen. Sie hatten eine Zinkwanne auf einem Hocker plaziert und auf einen Schemel neben dem Hocker einen großen Deckel gelegt, verkehrt herum. Sol stellte mit ruhigen, langsamen Bewegungen die brühheißen Tassen in den Deckel.

Tora trocknete das einfache Geschirr mit einem hauchdünnen Küchentuch ab. Es war schon längst naß, aber sie machte sich so unsichtbar wie möglich und wollte nicht nach einem trockenen Tuch fragen. Irgend etwas sagte ihr, daß sich hier kaum ein kleines Lager in der Küchenschublade befand, so wie unten bei der Mutter.
Sols Gesicht war ausdruckslos, was oft der Fall war, wenn sie besonders viel zu denken hatte. Ernste Gesichtszüge unter strähnigem Pony, der beinahe ganz oben am Haaransatz abgeschnitten war. Die Hände waren unnatürlich groß. Aber das war auch nötig.
Sol brauchte Ewigkeiten allein für die Wäsche. Sie war die Älteste, ein Mädchen – und obendrein gefällig. Das war ihr Los in der sündigen Welt. Sie konnte nicht nein sagen. War nicht imstande, sich wirklich aufzulehnen.

Tora stellte einen von den Kleinen zum Auskehren an.
Er machte das auf seine Art, aber niemand beschimpfte ihn deswegen.
Tora schnitt hinten auf der Küchenschrankplatte das stark gesalzene Hammelfleisch in kleine Stücke.
Es wurde fast kein Wort gesprochen.
Der Gesang in der Stube drinnen war verstummt. Sie schlief wohl.
Jörgen und Tor kamen herein, beschämt und schweigsam, weil alle im Tausendheim wußten, daß der Pfarrer bei ihnen gewesen war. Schließlich veranlaßte Sol die Kleinen, mit der Schachtel, in der das Feuerholz lag, zu spielen, und die fünf Großen setzten sich an den Küchentisch und teilten die Scham miteinander über dem großen selbstgemachten Mühlebrett. Sie nahmen Knöpfe und abgebrochene Streichhölzer und spielten gegeneinander. Tora und Sol gewannen ständig, und Jörgen wurde ärgerlich. Sein Gesicht bekam Farbe und er hatte an etwas anderes zu denken, als daran, daß die Fürsorge ihn holen würde.
Tora fühlte sich erstaunlich wohl. Beinahe froh. Sie war nicht die einzige, die einen Makel hatte.

Als Tora und Sol abends, mit ihren Milchkannen schlenkernd, nach Vaeret gingen, um Milch zu holen, sagte Sol mit sicherer Stimme:
»Da wird nichts draus!«
»Was meinste?«
»Wir werden nicht fortgeschickt.«
»Nee?«
Tora war unsicher und antwortete zögernd.
»Da ist niemand, der uns haben will. Wir sind viel zu viele.«

»Da haste sicher recht«, sagte Tora.
Sie sahen einander an. Dann fing Sol an zu lachen. Es war ein fast herzhaftes Lachen, über das Tora sich wunderte. Aber sie lachte mit. Das wenigstens konnte sie tun. Und sie schlenkerten mit den Milchkannen und eilten den Hang hinunter.
Das Milchauto war noch nicht da, denn die Straße über Skaret war wieder verweht.
Sie standen in dichtem Haufen. Lauter Kinder und ein paar Alte. Eng an die Wand gedrückt, um einen Schutz zu haben. Über ihren Köpfen war ein selbstgefertigtes Schild angenagelt: »MILCHVERKAUF«. Die Kinder schubsten einander und fröstelten allmählich und heckten auch allerlei Unsinn aus, um sich die Zeit zu vertreiben. Es waren viele. Sechs allein vom Tausendheim.
Sie warteten und froren – alle zusammen.
Endlich kam das Auto. Die Kinder vom Tausendheim hatten eine besondere Geschicklichkeit, als erste in der Schlange zu stehen, denn es wurde von oben aus den großen Transportkannen abgemessen. Und zuoberst, da war die fette Milch. Das wußten die Kinder vom Tausendheim, ohne daß es ihnen jemand ausdrücklich gesagt hatte.
Sie bezahlten mit steifen Fingern oder wurden in dem großen Buch aufgeschrieben, das auf einer Ablage aus rohem, ungehobeltem Holz direkt über der Milchrampe lag.

14

Sol hatte recht. Es gab keine Möglichkeit, Pflegeeltern für so viele zu finden. Jedenfalls nicht im Winter und nicht so kurzfristig.

Vier erwachsene Frauen drehten Elisif um und wuschen sie mit Gewalt. Aber aufstehen wollte sie nicht.
Ingrid setzte sich eines Tages an ihre Bettkante und versuchte, mit ihr über das tote Kind zu sprechen. Elisif bekam glänzende Augen und lobte die Weisheit des Herrn in allen Dingen, so daß es Ingrid kalt den Rücken herunterlief. Die einzige, die gewissermaßen unter die heilige Oberfläche dieses armen Menschenkindes drang, war Sol.
Ende Januar setzte ein plätscherndes Tauwetter ein. Im Frühjahr und im Herbst gab es immer ein großes Gedränge um die Schuhe.
Aber in diesem Jahr mußte man bereits im Januar wasserdichte Schuhe anziehen.

Elisif war glücklich unwissend. Torstein versuchte verschiedentlich, am Morgen die Schuhe zu verwalten, aber mit ziemlich schlechtem Ergebnis. Während des Tauwetters waren sie nie alle vier gleichzeitig in der Schule, die Elisif-Kinder. Denn die vier Ältesten verfügten nur über ein Paar hohe Schuhe und zwei Paar abgeschnittene Stiefel. Die Kleinen hatten das Glück, daß sie die ausgewachsenen Schuhe von den Großen erbten, deshalb konnten sie vor die Tür. Aber die Großen hatten vier Paar gleich große Füße und zusammen nur drei Paar Schuhe. Drei von ihnen gingen jeden Tag in den »Hof« und zu Gunn Helmersens roten Korrekturstrichen.
Sol paßte auf, daß der Mangel einigermaßen gleichmäßig verteilt wurde und nicht immer der mit der Schande zu Hause bleiben mußte, der zuletzt aus dem Bett stieg. Und sie paukte mit dem begriffsstutzigen Jörgen, damit auch er seinen Teil von Gunns Weisheit bekam.
Schließlich verzichtete Sol freiwillig auf den Schulbesuch, um die Arbeit zu Hause zu erledigen und die drei Kleinen zu versorgen. Torstein war ständig beim Netzeflicken und selten im Treppenhaus zu sehen. Gunn sagte nie etwas über Sols Abwesenheit. Aber eines Tages kam sie unangemeldet mit einem Rucksack voller Bücher und Aufgaben zu Sol. Dieser Besuch sollte eine Lösung bringen, die sich auf die Dauer als die beste erwies.
Gunn blieb lange in dem stinkenden Zimmer bei Elisif.

Am nächsten Tag erklärte sie vor Pfarrer, Fürsorgeausschuß und was es sonst an wohlmeinenden und gesetzeskundigen Männern in Vaeret gab, daß nicht die Kinder fort mußten, sondern daß Elisif krank war und Hilfe brauchte.
Was die Hebamme »Zauberei« und der Pfarrer »zu große Nachgiebigkeit einer guten Frau gegenüber ihren Kindern« genannt hatte, das nannte Gunn »Zusammenbruch« – ohne auch nur einmal die Augenbrauen hochzuziehen. Sie schrieb offizielle Briefe, telefonierte – und erreichte, was sie wollte.
Sie bekamen einen Platz an irgendeiner Stätte in Bodö. Keiner sagte den Namen dieses Ortes laut.
Aber in Ottars Laden stellten die guten Leute fest, während sie ein bißchen Margarine und Kaffee kauften, daß Elisif verrückt geworden war und weggeschickt werden mußte.
Sie machten den Laienprediger dafür verantwortlich. Er hielt sich jetzt wohl an einem anderen Ort auf und brachte dort einfältige Weibsleute um ihren Verstand. Es war eine Schande, daß so etwas frei herumlief.

Der Tag kam. Und Elisif mußte gewaltsam angezogen und auf die Beine gestellt werden. Über Torstein, Gunn und Ingrid ließ sie ein Donnerwetter herniedergehen, gellende Drohungen mit des Herrn Strafgericht über den, der die Hand an eine seiner Geringsten legte. Der Pfleger von Bodö hatte sicher schon schlimmere Dinge gesehen, denn er war ruhig und unerschütterlich wie ein Fels und sagte kein einziges Wort zu ihr. Als sie wohlbehalten im Krankenkorb lag, fing sie an zu weinen.

Sol hatte sich mit den Kleinen in der Küche aufgehalten, aber als sie die Mutter weinen hörte, kam sie rein. Sie stand einen Augenblick mitten im Zimmer, als ob sie mit sich selber kämpfe, und dann ging sie zu dem Krankenkorb. Beugte sich ganz nah zu Elisifs Gesicht hinunter und flüsterte: »Mama, du wirst es dort besser haben, wo du hinkommst. Da sind Leute, die haben Zeit, mit dir zu singen und den ganzen Tag in der Bibel zu lesen. Du kannst in Frieden beten, ohne daß welche grinsen, Mama. Und wenn du wieder gesund bist, kommen wir und holen dich. Ganz bestimmt! Hier haste dein Mannakorn, Mama...«
Sie stopfte eine fettige graue Papiertüte unter Elisifs Decke und reichte ihr die Hand zum Abschied. Sie hatte ein verschlossenes Altfrauengesicht, wie sie so dastand. Weder ein Lächeln noch Tränen waren zu sehen.
Die Erwachsenen wandten sich einen Augenblick ab. Sie hatten eine erwachsene Frau von vierzehn Jahren gehört und gesehen, deren Augen zu alt für sie waren und deren Name ihr hohnsprach.
Sol!

15

Gunn saß eines Tages auf dem Katheder und sprach über den Haß. Tora versuchte den Haß nachzuempfinden.
Aber er war nicht da. Nicht so, wie Gunn ihn beschrieb. Sie fühlte, daß es dort leer war, wo der Haß sein sollte. Leer – wie wenn man in die funkelnagelneue Sonne starrt, bis es mit kleinen, verschwommenen Kreisen vor den Augen flimmerte und der Sonnenschein weiß und sinnlos wurde.
Gunn sprach zu ihnen vom Krieg.
Tora sträubte sich und machte mit gesenktem Kopf in ihrem Griffel-

kasten Ordnung. Sie wartete auf das Deutschen-Wort. Wollte es nur überstanden haben.

»Atomkrieg!« sagte Gunn. »Das ist schlimmer als alles andere, was Menschen gemacht haben. Alle Erwachsenen, die aufmerksam die Entwicklung verfolgen, haben Angst, daß es einen Atomkrieg gibt.«

Und sie erzählte ausführlich von den Atomsprengungen und ihren unheimlichen Auswirkungen. Die Atomexplosion hatte geleuchtet wie hundert Sonnen. Stand in der Wüste von Nevada wie eine Feuerkugel 15000 Meter hoch in den Himmel! Und ringsum wurde alles radioaktiv!

Tora kam zur Ruhe in der alten Schulbank, die sie mit Sol teilte. Sie legte die feuchten Hände in den Schoß und fühlte sich unsäglich erleichtert.

Atomkrieg! Das war viel schlimmer als die Deutschen! Gunn hatte es gesagt, und alle hatten es gehört.

Ganz ohne Grund und ohne auch richtig hungrig zu sein, freute sich Tora auf das Frühstück in der blauen Blechbüchse und das bißchen Milch in der Flasche. Es wurde ihr innerlich so warm und leicht, wenn sie Gunn ansah.

An demselben Tag, an dem Ingrid erzählte, daß sie in der Fischfabrik wieder eingestellt wurde, falls sie die Abendschicht nahm, erwähnte Gunn, daß der Kabeljau zu den Vesterålen gekommen war. In Övergga hatten sie bereits einen guten Fang gehabt.

Da wurde es Tora klar, daß die Mutter abends lange würde arbeiten müssen...

Sie starrte die Lehrerin an, bis sie Großmutters vornehmen Kopf in Gunns Blusenkragen hineingleiten sah.

Tora saß kerzengerade und starrte, bis sie es schaffte zu glauben, daß der Tag trotzdem ein bißchen Wärme in sich barg.

Keinem gehörte die Katze.
Keiner kümmerte sich um sie.
Die Katze lag in ihrer eigenen Schande.
Zuletzt wurde sie in den Graben gezogen.

Die Männer standen in Ottars Laden und fluchten und sagten, daß das Benzin für die Fischer jetzt steuerfrei sein müsse.

Viele hatten schon das große Geld gesehen und hatten sich in der Hoffnung, daß der Fisch kam, 15 bis 20 Nylonnetze gekauft.

Im vorigen Jahr war ein Drittel des Netzfangs mit Nylonnetzen heraufgeholt worden.

Almar zog nachdenklich an seiner Zigarette, schaute angestrengt auf die Regale und sagte mit mühsam unterdrücktem Zorn: »Nun gibt es bald nicht mehr viel, wofür es sich lohnt rauszufahren. Jahrelang haben die Schleppnetzfischer alle großen Fische rausgeholt, nun gibt's nur noch kleine Seelachse. Den Kabeljau haben sie rundum im Meer so erschreckt, daß er nicht mehr wagt, das Maul aufzureißen und an der Langleine zu fressen. Die Schleppnetzfischer sind so einem armen Langleinenfischer immer in die Quere gekommen und haben den Kabeljauschwarm auseinandergejagt, so daß die Netzfischer nichts anderes als Lumpen vorgefunden haben.«
Almar zog wieder laut und vielsagend an seiner Zigarette.
»Aber sie haben Hopsteigen geschützt«, wandte Ottar vorsichtig ein.
»Ja, die so dumm sind und es nicht fertigbringen, sich ein 60-Fuß-Boot anzuschaffen mit Schleppnetz und Echolot, die sollen frei fischen dürfen wie im Märchen. Pfui! Was für ein Freibrief!«
Zwei Männer von Simons Bootsmannschaft hatten es eilig, den Karton mit dem Proviant hinauszutragen. Sie nahmen sich nicht die Zeit, mit den Männern von Hestvika zu diskutieren, wenn Simon in der Nähe war.
Aber einer der Männer konnte es doch nicht lassen. Als er wegen der Ölkanne zurückkam, die er beim erstenmal noch nicht hatte mitnehmen können, rief er beim Hinausgehen durch die Türspalte: »Der Almar kann ja streiken! Das steht ihm frei! Und seine Einkünfte von der Gemeinde kann er ja auf die Bank bringen, anstatt teuer zu investieren und zu bluten, wenn der Fisch fortbleibt.«
Nach dieser Salve sah Almar keinen mehr an. Die anderen wandten sich pflichtschuldigst dem Ladentisch und Ottar zu und suchten ein neues Gesprächsthema.
Dahl brauchte in dieser Woche viele Leute. Er wartete auf ein Boot, das er für die USA beladen sollte.
Das war eine gute Nachricht.

Aber die Handangelfischer blieben argwöhnisch, auch wenn sie den offenen Kampf mieden. Und es wurden viele bittere Worte in den Fischerhütten gewechselt. Sie verbreiteten sich in ganz Vaeret, bis hinein in die Küchen. Die Frauen ergriffen Partei, die Kinder ließen Schimpfworte fallen, und die Nasen bluteten, wenn es klar wurde, daß da zwei Fronten waren, die eine, die es mit den Schleppnetzfischern hielt, und die andere mit der Gegenseite.
Ab und zu wurde es ernst. Im Jugendhaus konnte man samstags bald

nicht mehr vom Fischen sprechen, denn es wurde zu leicht eine Schlägerei daraus.
Mittlerweile hatten 783 Boote, die mit Schleppnetzen ausgerüstet waren, die Konzession für die Saison bekommen, und die Netz-, Langleinen- und Handangelfischerei nahm sich aus wie der Sauerteig ohne Brotteig, in dem er aufgehen möchte. Die Fischer drohten damit, zu Hause bei den Frauen und in der Wärme zu bleiben, falls die Behörden das Datum für die legale Schleppnetzfischerei nicht verschoben.
Die Männer hielten die großen, unruhigen Hände in den Taschen. Die Zeiten waren unsicher. Trotzdem schaffte sich manch einer ein Radio an, egal wo das Geld auch herkommen mochte.
Die Stürme wurden heftiger, und man konnte in Gottes Namen zu Hause bleiben und hatte die schönste Zeit zum Radiohören. Für einen, der gerne etwas verdienen wollte, war es allerdings nicht gerade das ideale.
Die Meinungen waren geteilt, ob der gute Mensch oder der Teufel die Fischpreise regelte. Einige wußten auch irgendwelche Namen in Oslo. Es wurden 57 Öre für den Lofotkabeljau bezahlt, während Seelachs und Schellfisch bei 61 Öre lagen.
Die Frauen seufzten über den Kaffeepreis: 17,70. Aber sie waren froh, wenn der Sturm ihnen nicht Menschen und Boot nahm. In der Finnmark waren sechs Boote draußengeblieben.
Herrgott! Da sollte man nicht über die Preise jammern...

Unten in der Fischfabrik bei Dahl lief der Betrieb auf Hochtouren. Dahl war kein harter Herr. Aber er liebte es, wenn die Arbeit flott voranging. Das war für alle das beste. Besonders für die, die am Packtisch saßen und im Akkord arbeiteten.
Der Vorarbeiter sollte die »Damen« immer wieder an dieses Faktum erinnern. Dahl selbst hielt sich dabei im Hintergrund.
Håkon Himmelglötten – er schielte – schätzte den Auftrag nicht besonders, und er führte ihn auch nicht zu rauh aus. Er war ein anständiger und sehr beliebter Vorarbeiter. Er tröstete und munterte auf, wenn die Arbeit aus irgendeinem Grund gekürzt wurde und der Akkord sank, so daß es weniger als 13 Kronen für die Stunde gab.
Die Männer hatten einen Festlohn von 15 Kronen und 50 Öre.
Aber die Räder liefen, und das war die Hauptsache. Und wer seine Füße fest in der Filethalle hatte, konnte froh sein. Frieda, Grete, Hansine und Ingrid wußten das. Sie wuschen sich der Reihe nach die Pfoten in dem rissigen Waschbecken. Benutzten viel Seife, um den schlimmsten Geruch loszusein, wenn sie ihre Brote aßen.

Eine kostbare halbe Stunde!
Im Eßraum war gerade Platz für die sechs Stahlrohrstühle und den großen quadratischen Tisch mit der Kunststoffplatte. Neben der Tür befanden sich das Waschbecken und der Spiegel. Die Frauen sahen ihre grauen, unförmigen Schatten darin, wenn sie die weiße Kappe aufsetzten oder sich nach der Schicht mit dem Kamm durchs Haar fuhren.
Das Licht über dem Tisch indessen legte sich über die wehrlosen, bleichen Gesichter und machte jede Falte zu einer schlecht zusammengewachsenen Operationsnarbe und jeden Pickel zu einer ekelhaften, unappetitlichen Herausforderung.

Ingrid nahm die Kappe ab und sank auf die Bank, die bauchige Thermosflasche vor sich. Sie hörte zerstreut zu, wie Grete mit Frieda ihre derben Scherze machte.
Kauen. Einsilbige Worte. Mit beiden Händen die graue Bakelittasse halten, um die Hände zu wärmen.
In den ersten Minuten hatten sie keine Puste für etwas anderes.
Vier Stunden, nur mit den kurzen Fünf-Minuten-Pausen dazwischen, hatten in Schultern und Nacken ihre Spuren hinterlassen und den Blick getrübt.
Nach einer Weile kamen ein paar Worte von Frieda: »Dahl ist nicht der Schlimmste. Er zahlt auch nicht den schlechtesten Akkord.«
Die halbe Pause war um. Der Luftzug von der Tür und von den kleinen Fenstern brannte an den Beinen. Grete ist zu dünn angezogen, dachte Ingrid verächtlich. Es kommt ihr vor allem darauf an, gut auszusehen.
Hansine ging aufs Klo. Grete murmelte etwas wie, daß sie eine Schnellere in der Schicht haben sollten.
Hansine hielt auf... verdarb den Akkord.
Die beiden anderen wechselten einen Blick, kauten, sagten nichts. Im Flur hörte man Stimmen. Ein paar Männer kamen herein. Ingrid fühlte eine enorme Erleichterung. Gerade heute verkraftete sie Gretes Angriffe auf Hansine überhaupt nicht.
Der Fisch lag haufenweise vor ihnen und mußte verpackt werden, das war das Wichtigste für Ingrid heute abend. Es nützte wenig, daß es Samstag war und daß die Männer freihatten.

Ingrid wußte, daß nicht nur bei ihr die Arbeit zu Hause auf sie wartete.
Frieda hatte erwähnt, daß sie die Wäsche nicht geschafft hatte, bevor

sie ging, weil der eine Junge sich übergeben hatte und sie ihn versorgen mußte. Ihre kranke Mutter wohnte bei ihr, und der Mann war auf Fischfang.

Hansine wohnte auf der anderen Seite der Bucht. Sie hatte eine Reifenpanne mit ihrem alten Fahrrad. Für sie würde es Nacht werden, wenn sie nicht jemanden fand, der sie hinüberruderte. Sie hatte zu Hause eine Kuh mit Euterentzündung.
»Diesmal gibt es nicht viel in der Tüte.«
Grete schwatzte mit den Männern. Legte das eine Nylonbein über das andere und streckte den Busen vor. Sie zog in der Essenspause immer die Wollstrumpfhosen aus.
Ingrid grübelte darüber nach, wo Grete den Überschuß an Kraft herbekam. Herrgott!
Sie war die einzige Unverheiratete von ihnen. Sie hatte ein Kind, aber das war bei der Großmutter in Breiland. Grete war frei und ledig.
Es gab Ingrid einen Stich: frei und ledig!
»Morgen früh werd' ich es mir gemütlich machen, verdammt noch mal! Mit Kaffee und Teilchen. Sonst sollte man besser ein Mann sein!« Grete war heute abend mächtig in Form und inhalierte mit großem Energieaufwand eine gekaufte Zigarette und sah vielsagend zu dem jüngsten von den Männern hinüber.
»Was meinste?« fragte er.
»Ich denk' an den Filetschneider – der nicht am Samstagabend hier stehn muß und einen Blutgeschmack im Mund hat wegen des scharfen Akkords.«
»Fängste wieder an?« sagte Hansine, die gerade hereingekommen war. Sie lehnte sich ans Waschbecken, weil kein Stuhl mehr für sie da war.
Einer der Männer bot ihr sein Knie an. Aber Hansine lachte und winkte ab.
»Du mußt dir ein anderes Gestell über den Knien anschaffen und aufhören, dich so rauszuputzen, dann glaubt der Dahl, daß du ein Mann bist, und gibt dir Männerarbeit«, meinte der älteste von den Männern und grinste.
Gretes Gesicht erstarrte für einen Augenblick. Es kam etwas Hartes, Unschönes in ihre Gesichtszüge.
»Ja, du glaubst wohl, daß du einen Beutel zwischen den Beinen haben mußt, um den Stundenlohn wert zu sein!«
In Gretes Mundwinkeln blieben kleine Schaumflöckchen hängen. Die Augen schossen Blitze. Sie vergaß total, die Beine von sich zu strek-

ken. Sie drückte die Zigarette so ungestüm in dem Blechaschenbecher aus, daß die Asche über Hansines Käsebrot stob. Die Männer erhoben sich und gingen lachend raus.
»Du solltest dir einen festen Kerl zulegen. Dann brauchste nicht arbeiten zu gehn und nimmst denen nicht den Platz weg, die gerne arbeiten wolln«, ertönte es vom Flur her.
Ingrid sah zu ihrer Verwunderung, daß Grete beinahe weinte.
»Es ist wahr, was die Grete sagt«, hörte Ingrid sich selbst. »Wir Frauen sitzen hier mit dem Fischberg, während die Männer Feierabend haben. Wir sollten beim Packen zu fünft sein.«
»Ja, wir *sind* aber nun einmal nur viere«, sagte Frieda müde.
»Ist das vielleicht in Ordnung?« sagte Grete wütend. »Haben wir nicht einen Vorarbeiter, bei dem wir uns beschweren können?«
Frieda machte sich fertig zum Gehen, die Pause war bald um.
»Wir sind nicht organisiert, er ist nicht verpflichtet, unsere Sache vorzutragen«, sagte Ingrid mutlos.
»Pah – ihr laßt euch einschüchtern wie die Dorschköppe!!« sagte Grete.
»Du nicht?« fauchte Frieda.
Es wurde still.
»Hättste aufhörn können, an deiner Zigarette zu ziehn, dann hätten wir andern keine Asche auf'm Brot und keinen Rauch im Maul gehabt, und dann ging es uns viel besser im Betrieb!«
Grete drehte sich zu ihr um, ungehalten und mit einem seltsam starren Gesicht. Aber sie sagte nichts mehr.
»Ich glaub', wir sind müde. Es ist besser, wir sind jetzt friedlich. Wir sind gezwungen, die Last gemeinsam zu tragen, auch wenn wir uns noch so sehr streiten. Es muß ja nicht sein, daß wir die Pausen dazu benutzen, um uns gegenseitig an die Kehle zu springen.«
Hansine sah die anderen bittend an.
Grete verließ als letzte den Eßraum.
»Die Mannsleut' werden nicht gleich an dem Tag rausgeschmissen, wenn's keinen Fisch mehr gibt«, rief sie ihnen nach.
»Die Männer sind die Ernährer!« rief Frieda zurück.
»Das bin ich auch!« schrie Grete und hatte das letzte Wort.
Dann rächte sie sich an dem Stummel, den sie bereits ausgedrückt hatte. Sie zermalmte ihn, zerquetschte ihn, zerbröckelte ihn in dem Aschenbecher.
Als Ingrid in den Flur hinauskam, merkte sie, daß es im Eßraum gemütlicher gewesen war, als sie geglaubt hatte. Es zog hier draußen von allen Seiten. Eiskalt und feucht.

Das ärgerte sie maßlos, und sie wußte nicht, warum. Sie blieb stehen und wartete aus purem Trotz auf Grete. Fühlte sich elend und mutlos. Aber tief innerlich kletterte sie auf ein Brett von Bosheit. *Daran* war Grete schuld.

»Ich will doch nur ein bißchen was vom Leben haben«, sagte Grete, als sie Ingrid einholte. »Verstehste das, Ingrid?«

»Ja, das versteh' ich. Und das wollen andre auch. Es ist nur so, daß sie das nicht fertigbringen. Ich bin übrigens auch ein Ernährer«, fügte sie leise hinzu.

Grete ist wie gelähmt. Solche Geständnisse kommen nicht jeden Tag aus Ingrids Mund. Sie stupst Ingrid freundschaftlich in den Rücken und sagt fest:

»Ich wünscht', wir würden uns auch außerhalb dieser Mauern sehn, Ingrid. Ich glaub', wir sind vom gleichen Schlag.«

Ingrid lächelt.

»Vielleicht.«

»Ich möcht' leben und ein wenig Luxus haben. Ich hab' daran gedacht, mir einen Pelz zu kaufen. Ja, das möcht' ich. Werd' durch Vaeret gehn mit einem Pelz, den ich mir selbst gekauft hab'. Die solln gucken, die Läuse! Ich hab' eine Annonce im Blättchen gesehn: ›Braune und schwarze Seehundsmäntel: 400 Kronen bis 850 Kronen.‹ Es wird wohl einer von den billigeren werden«, fügt sie hinzu.

Das Gesicht leuchtet, und die Augen lassen Ingrid los und erblicken weit fort einen Tagtraum.

»Torstein Jarl« lag am Kai und wurde beladen. Ingrid warf einen Blick hinaus, als sie an den letzten Fenstern des schmalen Ganges vorbeieilte. So gab es wenigstens einige Männer, die am Samstagabend arbeiten mußten.

17

Almar aus Hestvika besaß einen 21-Fuß-Kutter.

Er hatte ihn schon viele Jahre und hatte herausgefunden, daß das Boot ein grundgütiges Alltagswerkzeug in des Herrn nasser Hand war.

Es war nicht immer gerade frisch geteert. Aber der Motor war jederzeit gepflegt worden.

Almar betrieb nebenher etwas Fischfang. Vom Heizen der Schule allein konnte er nicht leben.

Es sei auch nicht der Sinn der Sache, daß der, der sein Brot in der Gemeinde verdiente, es gleich aufessen sollte, meinte Almar. Aber sollte man das, was man in dem einen Jahr zu Weihnachten bekam, aufheben, damit man bis nächste Weihnachten etwas zu essen hatte? Nein, Almar dachte nicht daran – und ging fischen.
Außerdem war es gut, ein Boot zu haben, falls irgend jemand an den Tagen, an denen das Linienschiff nicht fuhr, nach Storöya oder aufs Festland wollte. Es kam öfters vor, daß Kinder doppelt aus dem Bauch der Mutter herauskamen oder mit den Füßen zuerst oder sonstwie eine unglückliche Lage hatten, so daß die alte Hebamme überfordert war.
Da hatte Almar seinen sicheren Verdienst. Besser einen Spatz in der Hand als eine Taube auf dem Dach – bis das Linienschiff kam, meinte Almar und ließ den Motor an.
Er hatte oft gedacht, er sollte ein neues, besseres Boot haben, aber das Geld wuchs nicht auf den Büschen im Garten, so war es bei dem Gedanken geblieben. Aber es war eine Schande, daß der kleine Aufbau so winzig und zugig war, daß die Schwangeren oft mit den Füßen in dem kalten Luftzug von der engen Kajütentür her liegen mußten.
Dort unten roch es streng nach Heizöl, übergekochtem Kaffee, Fett und ranzigem Ofenöl.
Auf dem trapezförmigen Tisch vorn am Schott, mit zwei schmalen braungestrichenen Bänken auf jeder Seite, war die Wachstuchdecke krümelig und rissig. Man konnte gerade noch erraten, daß sie einmal ein dichtes Rosenmuster gehabt hatte. Die oberste Schicht hatte sich zum Teil abgelöst, so daß das schmutzigbraune Gewebe der Decke als eigenes Muster hier und da zum Vorschein kam.
Über dem Ofen hing immer dasselbe rotkarierte Küchentuch. Es hatte die Farbe der vielfältigen Ereignisse des Lebens angenommen und gehörte zum Inventar.
Keiner gab dazu seinen Kommentar ab, außer Rakel.
»Ich hab' dir doch zu Weihnachten ein neues Küchentuch gegeben, Almar. Wo haste das denn?«
»Ach, das war so schön, das hab' ich zu Hause in der Schublade.«
»Ja, aber auf dem Päckchen stand, daß es im Boot sein soll!«
»Ha – ha – tja, das stand da, aber...«
»Ich kann in deinem Boot nicht Kaffee trinken, wenn die Tassen nicht gespült und abgetrocknet werden. Mit einem sauberen Küchentuch. Das verstehste doch?«
»Da scheiß' ich drauf!«
»Du bist doch nicht böse, daß ich das gesagt hab', Almar?«

»Ach was!«
»Du *bist* böse, das seh' ich dir doch an.«
»Ach was!«
Rakel versuchte es wiedergutzumachen. Sie versprach ihm ein Küchentuch für die Schublade und eins fürs Boot. Ob sie das Monogramm draufsticken solle, scherzte sie.
Aber Almar startete mit einem wilden Satz und sauste in voller Fahrt aus der Bucht.
Sie waren schon ganz weit draußen an den äußersten Seemarkierungen, als er endlich den Kopf wandte und in die Kajüte hinunterrief:
»Kochste Kaffee, Ingrid?«
Er sah nicht in die Richtung, wo Rakel saß.
Rakel guckte hinauf und hänselte ihn:
»Es kommt jetzt ein Stück offenes Meer, da kannste dich austoben!«
Almar überhörte die Bemerkung und drehte hitzig am Steuerrad. Tora gefiel das nicht sehr. Es lohnte sich nicht, Almar zu foppen, das wußte sie.
Sie wollte nicht, daß irgend etwas diese Tour kaputtmachte.

Rakel mußte nach Breiland, um sich ihre Zähne in Ordnung bringen zu lassen, und sie hatte keine Lust gehabt, allein zu reisen. Ingrid brauchte für den Rest der Woche nicht zu arbeiten, und Rakel spendierte die Reise. Sie hatte mit Gunn gesprochen, und Tora hatte freibekommen.
Die Tante hatte den weiten karierten Mantel an. Sie ist schön, dachte Tora. Dann warf sie einen verstohlenen Blick auf Mutters altmodischen, umgeänderten Mantel. Er war frisch gebügelt, und die Flecken unten am Saum waren am Abend vorher sorgfältig entfernt worden. Aber sie schienen trotzdem noch dazusein, hatte jedenfalls Tora den Eindruck. Als ob alle, die sie an diesem Tag in Breiland trafen, den Fleck *sehen* würden und denken: »War da nicht ein Fleck...?«
Rakel hatte moderne Gummisocken über die Schuhe gezogen. »Polarer« hießen sie und waren grün. Die Mutter hatte Stiefel an. Breite, niedrige, die Sohlen innendrin gefüttert. Es waren dieselben, die sie auch in der Fabrik benutzte. Tora glaubte, sie müßten weithin riechen.
Schämte sie sich? Wegen der Mutter? Nein! Aber sie wurde innerlich ganz weich, wenn sie an den Unterschied zwischen Mama und Tante Rakel dachte.
Über dem geänderten Kleid, das sie zu Weihnachten bekommen hatte, trug Tora einen von Ingrid genähten Anorak.

Die dunkelblauen Wollstrumpfhosen hatten idiotische Nähte an den Innenseiten und hingen wie eine Ziehharmonika an den Beinen herunter, obwohl sie sie bis zu den Armen hochgezogen hatte.
Das machte alles nichts. Auf Almars Boot war keiner da, mit dem man sich vergleichen konnte.
Aber sie würde es der Mutter gönnen, schön angezogen zu sein. Sie würde es sich selbst gönnen, eine Mutter wie Tante Rakel zu haben.
Es schien rings um Tante Rakel herum zu knistern. Das lag nicht nur an den Kleidern. Sie war immer so voller Leben. Ob sie nun zornig oder sanft war. Es wallte gleichsam um sie herum. Aller Augen richteten sich auf sie, wenn sie einen Raum betrat. Das hatte Tora mehr als einmal gesehen.
Ungerecht war das! Auch wenn sie der Tante das Beste gönnte. Wenn die Mutter doch etwas fröhlicher wäre...
War es wirklich so einfach? Machte die Freude die Menschen schön?

Sie waren nun zwischen den Inseln hindurchgefahren und hatten das offene Meer erreicht. Almar stellte das Steuer fest und kam die zwei Stufen herunter zu ihnen, um seinen Kaffee zu trinken.
Es duftete kräftig.
Die Kaffeetasse war groß und tief und nur halb voll, trotzdem schwappte der Kaffee auf die Wachstuchdecke. Almar holte sich mit zwei Fingern, die niemals mehr die Hautfarbe bekommen würden, ein Stück Zucker. Er hatte sein Leben lang geheizt und geölt und davon innerlich und äußerlich Farbe angenommen.
Das schneeweiße Zuckerstück sah seltsam fremd zwischen den zwei gelben Zahnstummeln aus. Aber es nahm schnell die Farbe des Mannes an, denn er saugte, mit einem Mund gleich einem gefräßigen Trichter, den Kaffee genießerisch durch den Zucker.
Tora starrte ihn an, bis Ingrid sie mit dem Ellenbogen anstieß. Die anderen bekamen auch ihren Teil von dem bitteren Kaffee. Almar steckte einen rostigen Löffel in die Trockenmilchbüchse und streute, gastfreundlich wie er war, ganz viel von dem seltenen Pulver in Toras Tasse.
»Nur für junge Damen«, scherzte er und lächelte mit halboffenem Mund.
Dann verzog er sich wieder hinauf an sein Steuer und hatte genug zu tun.
Die beiden Frauen konnten endlich im Schutz des Motorlärms ungestört miteinander reden.
Tora stützte sich auf der Bank ab, die Handflächen gegen den harten

Holzsitz gedrückt und die Finger um die Kante geklammert. So konnte sie in dem ständig stärker werdenden Schlingern das Gleichgewicht halten. Es war, als ob der Rhythmus sich in den Beinen und Händen fortsetzte und sie sicher auf dem Platz hielt. Ihre Füße reichten dieses Jahr ganz hinunter bis auf den Boden. Als sie mit der Mutter im vorigen Jahr in Vestbygda gewesen war, da hatte sie, wie sie sich erinnern konnte, die Zehen ausstrecken müssen, um herunterzukommen.

Das Rauschen vor dem Bug und das Tuckern des Motors machten sie ganz schläfrig. Es war früh am Morgen, noch nicht sechs Uhr. Aber der Bus hatte bestimmt, wann sie sich auf den Weg machen mußten. Und Almar ließ sich immer einen Spielraum. War langsam und gründlich. Legte lieber eine halbe Stunde zu und wartete dann im Schiff mit laufendem Motor auf den Bus, als daß er die Maschine überforderte und den Schaden davon hatte. Auf diese Weise besaß er sowohl eine Fähre als auch einen Warteraum.

Denn in Grunnvoll gab es keinen Schuppen, um dahinter Schutz zu suchen, während man Ausschau hielt und auf die rote Erscheinung wartete, die einen weiterbringen sollte.

Almar war am Morgen bereits oben in der Schule gewesen, um Feuer zu machen, bevor er mit dem Kutter kam.

Gunn sollte dann auch etwas früher als sonst aufstehen und das Heizen während des Vormittags übernehmen. In dieser Beziehung war sie unkomplizierter als der alte Lehrer. Er war immer so schwächlich und stinkfein gewesen, daß man ihn nicht um eine Handreichung bitten konnte, die nichts mit Büchern und Schreiben zu tun hatte. Er ging meist zwischen den Bankreihen umher und schneuzte sich in saubere Taschentücher, glaubte Almar.

Jetzt hatten zwei Frauen seine Nachfolge angetreten. Die Leute vermehrten sich ja so beträchtlich, daß ein Lehrer nicht mehr reichte.

Die eine Dame war aus dem gleichen Guß wie der alte Lehrer, und man konnte kaum mit ihr reden. Aber dann hatten sie auch das nette Mädchen aus dem Süden bekommen. Stets lächelnd. Klein und rund und freundlich. Sie lachte ganz natürlich. Almar hatte ab und zu gehört, daß sie im Klassenzimmer zusammen mit den Kindern gelacht hatte!

Manchmal ging sie nur im Nachthemd über den kalten Flur, wenn er zum Feuermachen kam.

Aber sie rief: »Guten Morgen!« – als ob sie vollständig angezogen wäre, mit Rock und Pullover.

Sie war von einer wunderbaren Natürlichkeit.
Almar vergötterte sie in seinem tiefsten Herzen und hütete sein Gefühl gut, damit niemand es ihm nehmen konnte.
Er brachte ihr Rotbarsch und Kabeljau – je nachdem. Einmal hatte sie ihn zu sich hereingerufen und ihn gebeten, ihr zu zeigen, wie man frischen Fisch auf nordländische Art kocht. Almar vergaß diese Stunde nie. Sie stand wie ein Glanzbild vor seinem inneren Auge. Ja, sie erfaßte den ganzen strapazierten Kreislauf und den untersetzten, trägen Körper.
Und er erzählte seinen Bekannten höchstens im Vorbeigehen davon. Aber er vermied es, etwas Besonderes daraus zu machen, so wie ein guter Jäger das Dickicht nicht verrät, in dem die Schneehühner sich aufhalten.
Gunn war für Almar wie ein Sommersonntag. Er brauchte sie.
Er fühlte sich absolut noch nicht alt – der Almar. War im vergangenen Oktober 47 geworden und konnte sein eigenes Boot steuern und sich eigene Gedanken leisten...

Sie hatten das Gefühl zu reiten.
Tora folgte dem Schaukeln mit dem ganzen Körper. Sie hatte sich gegen die schräge Bugwand gelehnt und die Stiefelsohlen gegen die Tischstütze gestemmt.
Sie waren nun ganz hinaus in die Fjordmündung gekommen. Das Meer wälzte sich über die flachen Landspitzen da draußen. Nichts schützte einen mehr. Tora fühlte eine ganz kleine Übelkeit im Magen.
Es war quälend warm in der Kajüte. Der Ofen bullerte. Zwischen den rostigen Eisenringen konnte man ab und zu die Flamme aufflackern sehen, wenn das Feuer aus dem dünnen Rohr, das aus dem Öltank kam, neue Nahrung erhielt.
Tante Rakel war ganz still geworden. Sie war beinahe so blaß, wie Ingrid es immer war.
Tora sah die Tante an und wartete nur darauf, daß es ihr schlecht wurde. Es war komisch, aber sie hatte nie daran gedacht, daß auch die Tante Schwächen haben könnte. Sie war immer diejenige, die mit allem fertig wurde. Guter Laune, schlagfertig. Immer schaffte sie es, Probleme zu lösen und aus Schwarz Weiß zu machen. Es war das erstemal, daß sie und die Tante bei rauher See zusammen in einem Boot waren.
Rakel fuhr übrigens hierhin und dorthin, um einzukaufen und um alle Bekannten und Verwandten in der Umgegend zu besuchen.

Es war, als ob sie mehr Verwandte hatte als Ingrid und Tora, obwohl sie doch zur selben Familie gehörten.
Ingrid und Tora waren selten irgendwo anders.
Im Sommer konnte Tora sich von den Männern am Kai ein kleines Boot leihen und zwischen den Inseln hinausrudern.
Rudern und rudern, bis die Hände brannten und das Meer wie ein Troll auf sie zukam. Sich vorwärtsschiebend, mit breitem, listigem, langsamem Rücken, selbst bei schönem Wetter. Unheimlich und herrlich zugleich.
Sie konnte vor Freude schluchzen, wenn das Meer plötzlich kam und sie nicht wagte, weiter hinaus zu rudern, aber auch nicht wagte zu wenden, weil sie dann das Boot für einen Augenblick seitlich stellen mußte.
Die Mutter wußte von solchen Touren nichts. Das war auch gut so.

Ja, Rakel war es übel. Sie stützte den Kopf gegen die Wand und schluckte mehrmals tief.
»Ich hätt' den Kaffee nicht trinken sollen«, murmelte sie und versuchte zu lächeln.
»Biste krank?« Ingrid war bekümmert. Sie hatte die gleiche wehleidige Stimme wie zu Hause, wenn etwas passiert war. Tora zitterte, als sie hörte, daß die Mutter diese Stimme mit auf die Reise genommen hatte.
»Ja, du weißt doch, wie's mir geht«, sagte Rakel ganz jämmerlich.
»Ich hatt's vergessen.« Ingrid war über sich selbst erstaunt. »Es ist schon so lange her, daß wir zusammen gefahren sind.«
Rakel nickte nur. Zu etwas anderem hatte sie keine Kraft. Es war ganz naturwidrig, Tante Rakel so zu sehen.

Ingrid saß ebenso bleich da wie immer, kerzengerade, die Hände um die schäbige Handtasche gelegt. Sie sah ruhig, beinahe froh aus, trotz der bekümmerten, wehleidigen Stimme. Ingrid verreiste selten. Aber wenn Rakel unbedingt Begleitung haben wollte und die Tour bezahlte, konnte Henrik nichts dagegen einwenden.
Ingrids Augen waren leicht verschleiert, aber anders als bei Rakel. Sie fühlte sich sicher und war müde. Sie saß in Almars Boot und genoß diese unerwartete Reise.
Ihr Anblick machte Tora ganz glücklich. Es sprudelte über. Sie vergaß die Tante für eine Weile. Saß nur ganz still und versenkte sich heimlich in Mutters Gesicht.
Jäh erhob sich Rakel und wankte die zwei Stufen zum Deck hinauf.

Sie stieß Almar beinahe zur Seite und konnte gerade noch den Kopf aus der Türöffnung stecken, da kam es auch schon aus ihr heraus – alles, was drin war. Sie stülpte sich regelrecht um, mit vielen unheimlichen Lauten. Es hörte sich an, als ob die Laute aus einer anderen Welt kamen, von einer anderen Rakel.

Ingrid sprang auf und eilte zu ihr. Tora folgte nach. Als sie hinaufkam, hatte die Mutter Rakel im Arm. Sie stützte sich auf die Reling und hielt sie beide fest. Rakel krümmte sich erbärmlich. Es kamen jetzt nur noch unnatürliche Kehllaute. Sie war leer, mühte sich durch dieses Stadium hindurch und versuchte den Magen zu beruhigen.
Ingrid half ihr, sich auf die Luke vom Laderaum zu setzen. Ergriff eine Plane und legte sie um die Schwester, zum Schutz gegen die schlimmsten Regenschauer. Dann knüpfte sie das eigene Kopftuch um Rakels Hut, und es kümmerte sie wenig, daß ihr Knoten sich auflöste und die Haare wie ein Focksegel um sie standen.
»So, so – nun ist das Schlimmste vorbei. Bleib nur sitzen und ruh dich in der frischen Luft aus. Nachdem du alles raushast, kann's nur besser werden. So, ja...«
Tora setzte sich dicht daneben und hielt die Tante von der anderen Seite umschlungen, so blieben sie sitzen, die drei – unter der Plane, während die See über das kleine Deck schlug.
Kam unter der Reling auf der einen Seite herein und schoß auf der anderen heraus. Manchmal mußte Almar den Motor drosseln und eine große Welle abwarten. Sie hörten es im voraus und fürchteten sich Rakels wegen. Ingrid saß da, mager und ruhig. Tora meinte, sie könnte Mutters zähe Stärke durch den Körper der Tante hindurch spüren.
Sie sollten auf einer solchen Luke in einem kleinen Kutter ihr ganzes Leben sitzen, dachte Tora. In einer steifen Brise – wie jetzt.

Der Bug grub sich in das Meer ein, als suche er etwas dort unten. Etwas, was er irgendwann verloren oder vergessen hatte. Dann kam er, wie aus Neugierde, wieder nach oben und wurde mit mehr Wasser überschüttet, als er wohl erwartet hatte. Beugte sich zuerst, zog nach links und nach rechts. Wollte sich zur Seite drehen, um sich vor dem Unwetter zu schützen.
Aber Almar da drinnen an seinem Steuerrad war auch eine Kraft. Er paßte auf die Windböen auf und kam ihnen zuvor. Verminderte die Fahrt, blieb liegen und wartete unten im Wellental. Das genügte. Mehr war nicht erforderlich.

Sie wurden mit der nächsten Welle hochgeworfen, aber es ging gut. Die See stürzte über das Deck. Über Rakels neue Gummischuhe. Spritzte über die Beine und hinterließ dunkle Flecken auf den Kleidern, dort wo die Plane zur Seite gerissen wurde. Verursachte tränende, vom Salzwasser gereizte Augen und starre Gesichter.
Toras Hände waren in den neuen, dünnen Handschuhen bereits gefühllos. Die Handschuhe taugten nicht für dieses Wetter. Waren zu schön.
Trotzdem war Tora froh und innerlich warm.
Mama hatte alles geregelt! Sie war hier eine andere als zu Hause. Hier paßte sie sogar auf Tante Rakel auf. Sie war wie eine Königin, fand Tora. War strahlend wiedergeboren in dem Unwetter, ihr Haar in wütendem Kampf mit dem Wind.
Ja, genau das war sie: wiedergeboren!
Das hatte nichts mit dem Bethaus zu tun. Das bedeutete nur, stark und unverwundbar zu sein und alles zu bewältigen, ohne bei jemandem zu betteln.
Da hing ein großer Tropfen an Mutters Kinn. Tora sah, daß sie ihn nicht beachtete, sondern ruhig in die Fahrrinne und in das Unwetter schaute. Tora fröstelte, obwohl es ihr innerlich glühend heiß war.

»Es ist schlimm geworden. Aber wir werden den Bus erreichen. Keine Angst. Ihr braucht nicht da draußen im Unwetter zu sitzen und euch zu Tode zu frieren. Geht rein, auch wenn ihr kotzen müßt. Es ist am sichersten, bei solchem Wetter Frauen und Kinder drinnen zu haben.«
Almar hatte den Kopf aus der Kajütentür gesteckt. Er rief den dreien tröstende Worte durch die Gischt zu. Es goß mächtig inzwischen, aber sie merkten es nicht. Das aufgewühlte Meer machte sie sowieso naß.
Da! Mitten zwischen Leuchtfeuer und Küstenstreifen, hoch oben in dem tobenden Himmel, konnte Tora einen einzelnen funkelnden Stern durch die Gischt hindurch sehen. Es war ein Wunder. Eine Ankündigung, daß sich etwas veränderte. Ein Zeichen...
Tora folgte dem Boot und den Bewegungen der Wellen mit dem ganzen Körper, ließ sich ausgelassen hin und her werfen. Die Übelkeit war verschwunden. Wind und Meer bliesen gleichsam durch den Kopf hindurch. Sie fühlte den Druck auf den Augenlidern, das Brennen auf den Backen, das Beißen an den Ohrläppchen. Der Mund war halb offen, und sie schmeckte deutlich den merkwürdigen, salzigen Geschmack des Meeres. Den merkwürdigen, salzigen Geschmack des Todes. Aber er war nicht mehr furchterregend.

Tora hatte die Gewißheit in sich – die Gewißheit, daß die Mutter eine Veränderung durchgemacht hatte. Danach konnte alles anders werden. Denn Mama war stärker als Tante Rakel, wenn es darauf ankam.

18

»Ich fahr' heut nicht heim, wenn's Wetter nicht besser wird!« Rakel rückte sich den Hut zurecht und bürstete sich auf dem Weg zu dem übervollen Bus den Schnee ab. Sie sah blaß und elend aus und nahm gleich von den grauen Tüten, die im Gepäcknetz vor ihr lagen, mehrere an sich.

Der Busfahrer lächelte. Er hatte schon Schlimmeres gesehen und ähnliches gehört, wenn die Leute an Land kamen.

»Wir schaukeln hier an Bord nicht soviel, wenn dich das trösten kann.«

Er wartete geduldig, bis Rakel das Portemonnaie gefunden und das Geld, das er bekam, abgezählt hatte.

Einige junge Burschen, die bis zur Fischfabrik in Sörfjord mitfahren wollten, um Zungen zu schneiden, meinten, daß es zu langsam gehe, und sie stießen Tora in den Rücken. Da fuhr Ingrid dazwischen.

Tora fühlte eine jähe Wärme für sie.

Und als sie auf dem klammen Sitz neben der Mutter Platz genommen hatte und der Bus sie davontrug, da war es ihr, als ob sie sich von der Erde abhob und in den Himmel hineinflog.

Die Mama und sie – und Tante Rakel.

Rakel bestand auf ihrem Willen. Sie würden an diesem Tag nicht mehr nach Hause fahren.

Es war Sturm gemeldet.

Sie saßen in dem hellgrünen Wartezimmer beim Zahnarzt, und Rakel hatte ihren schlechten Backenzahn plombiert bekommen. Das sei genug für einen Tag, meinte sie.

Ingrid sprach mit ihr – so wie man zu Kindern von besseren Leuten spricht. Freundlich, aber bestimmt. Überredend.

Aber Rakel war wieder sie selbst. Es waren mehrere Stunden seit der Seekrankheit vergangen. Sie entschied und handelte, wie sie es gewohnt war.

Tora mußte in die Schule, und Henrik würde toben. Und wo sollten sie bleiben? Sie hatten doch keine Verwandten in Breiland.

»Wir nehmen uns ein Hotelzimmer«, antwortete Rakel leichthin und setzte sich vor dem Spiegel den Hut auf.
Ingrid blieb einen Augenblick der Mund offenstehen, während sie ihre Schwester anstarrte.
»Du guter Gott, Rakel! Haste den Verstand verlorn?«
»Nein, und ich hab's auch nicht vor«, antwortete Rakel.

Rakel regelte es so, wie sie es haben wollte. Sie arbeitete sich durch das Unwetter hindurch zu dem einzigen Hotel, Tora und Ingrid im Schlepptau. Sie stützte die eine Hand in die Hüfte, wie es ihre Gewohnheit war, und rief zu Hause an.
Simon sollte zu Gunn und Henrik gehen. Rakel warf das rote Haar in den Nacken und war die ganze Insel quitt.
Indessen saßen Tora und Ingrid auf verschnörkelten Stühlen vor der Rezeption und warteten. Ingrid schimpfte leise über Rakels Einfall. Da war wieder der wehleidige Ton, aber Tora überhörte ihn. Wollte ihn nicht in sich eindringen lassen. Es war wohl noch ein bißchen von der alten Mutter übriggeblieben.
Die Frau an der Rezeption hatte auf der äußersten Nasenspitze eine starke Brille sitzen. Sie lauschte schamlos auf alles, was im Hinterzimmer am Telefon gesagt wurde. Tora fand, sie ähnelte der Eule im Lesebuch. Die Nase stak spitz wie ein Schnabel aus dem Gesicht heraus, und die Augen fuhren ab und zu wachsam über die Gäste. Als ob sie kontrollieren wollte, daß sie nichts an sich nahmen und verschwanden. Sie betrachtete sie eingehend und schonungslos über die Brillengläser hinweg. Betrachtete abschätzend die Stiefel und den alten Mantel, sah die Flecken von dem Meerwasser und dem Schneeregen und verweilte bei den Haarsträhnen, die unter Ingrids Kopftuch hervorschauten, und bei Toras zerzausten Zöpfen. Manchmal erhob sie sich ein wenig vom Stuhl, um das Ganze besser betrachten zu können.
Aber nichts vermochte Tora die Freude darüber zu nehmen, daß die Mama sich verändert hatte.
Laß die Eule glotzen! Sie fing plötzlich an zu kichern, und Ingrid stieß sie in die Seite. Die Frau an der Rezeption fuhr bei dem Geräusch zusammen und richtete ihre Augen auf Tora.
»Was ist los?« flüsterte Ingrid nervös, als ob sie Angst hätte, daß jemand sie rauswerfen würde, während Rakel telefonierte.
»Nichts. Ich lache nur.«
»Schluß mit dem Blödsinn!«
Die Seidentapete und das Gemälde an der Wand gegenüber wurden plötzlich grau und blaß in Toras Augen.

»Nein und noch mal nein, das wird viel zu teuer für Simon!!«
Ingrid hängte den Mantel auf und setzte sich unschlüssig auf die äußerste Kante des breiten Hotelbettes.
»Für den Simon! Pah, glaubste, daß der Simon das bezahlt? Wer hat denn gesagt, daß er das tut?«
Rakel stand über ihre große Reisetasche gebeugt und zog Kleinigkeiten heraus, die sie brauchte, um sich frisch zu machen.
»Ja, wer denn sonst?« fragte Ingrid und sah sie an.
»Ich selbst!« sagte Rakel und richtete sich auf.
Sie wechselten die Blicke. Tora schienen sie vergessen zu haben.
»Was sagste? Hast *du* dein eigenes Geld?« flüsterte Ingrid ungläubig.
»Das hab' ich wohl! Ich bezahl' selbst für dieses und jenes.«
»Puh! Wie du redst!«
Ingrid hatte sich von der Überraschung erholt und gab nichts auf den Hochmut der Schwester.
»Ich mach' verschiedenes, wo ich mir den Verdienst ausrechne. Ich wasch' zu Hause, halt' alles schön in Ordnung, ich versorg' die Schafe und ernt' die Kartoffeln, ich web' und näh'. Ich putz' auch ab und zu unten im Betrieb und im Büro vom Simon. Und manchmal die fürchterlich dreckigen Flure.«
»So was!« Ingrid unterbrach sie irritiert. »So was macht man doch für sich und die Familie. Das hab' ich nicht gemeint.«
»Aber *ich* hab' das gemeint.«
Rakel wandte sich Ingrid zu. Die eine Augenbraue war beträchtlich höher als die andere und die Stimme beinahe scharf.
»Kannste mir sagen, warum ich mir den Verdienst für die ehrliche Arbeit nicht einstecken soll? Wenn ich sie nicht machen würde, müßt' der Simon sich eine Hilfe nehmen und die teuer bezahlen. Ist es nicht so?«
Tora sah verzweifelt von der einen zur anderen und wünschte, der Streit wäre bald beendet.
»Forderst du denn Lohn?« fragte Ingrid und lachte hart. Es war unvorstellbar für sie.
»Ich *fordere* nicht. Ich erledige ja alles selbst mit den Ausgaben und den Rechnungen. Natürlich nicht im Betrieb. Ich behalte mir nur eine bestimmte Summe, je nachdem, wie Geld vorhanden ist. Und die Summe ist nicht zu hoch, das will ich dir nur sagen! Aber ich muß was für mich haben, ich muß wissen, daß ich mir dies und jenes leisten kann. Ich will den Simon nicht um jede Öre fragen. Das wär' Wahnsinn! Und für den Simon auch!«

Jetzt lachte Rakel.
»Ja, so ist das, wenn man genug Geld hat...«
Ingrid murmelte es vor sich hin, als ob Rakel es nicht hören sollte. Als ob Ingrid nur von etwas sprach, von dem sie in der Zeitung gelesen hatte und das ihr so fernlag, daß sie sich den Kopf nicht darüber zerbrechen mochte.
»Ach, reden wir doch kein dummes Zeug! Wir wollen lieber lustig sein, wir drei Frauen. Wir waschen uns jetzt und machen uns etwas zurecht, und dann gehen wir in den Speisesaal runter und essen zu Mittag.«
Rakel lief hin und her und war mit ihren Dingen beschäftigt. Aber Tora konnte wohl sehen, daß die letzten Worte der Mutter wie ein Stachel in ihr steckten.
»Im Flur ist das Bad. Heut abend baden wir, bevor wir ins Bett gehn, was?« sagte Rakel. »Aber jetzt bin ich so hungrig, daß ich was zu essen haben muß!«

Es gab Fleisch. Koteletts. Und Dessert. Später sollten sie noch Kaffee bekommen.
Sie waren allein im Speisesaal. Tora erschienen die Kronleuchter, die von der Decke hingen, wie aus einem Märchen. Sie mußte ab und zu den Kopf in den Nacken legen und richtig *sehen.*
So war es sicher in Berlin...
Die Tapeten, die Wandleuchter, die Türen, die Farben, die Bilder und Gemälde. Tora nahm das alles in sich auf und hatte eine Todesangst, sie könnte etwas übersehen oder vergessen. Sie hatte das Gefühl, daß sie ein neuer Mensch wurde. Daß sie anders sehen und riechen konnte als zu Hause.
Dann, blitzartig, sah sie die Mutter und sich selbst inmitten dieser Pracht. Sah, daß es nicht zusammenpaßte. Sie waren Fremde...
Und tief innerlich fühlte sie, daß da ein Riß entstand, den sie nicht ganz aufreißen lassen durfte.
Sie konnte nichts dafür, daß sie auf einmal an das Einkaufen in Ottars Laden denken mußte. Fühlte sich plötzlich schäbig und dreckig, obwohl sie wußte, daß sie morgens, bevor sie fuhren, sauber gewesen war. Das war der Unterschied zwischen den Leuten. Das war auch der Unterschied *für* die Leute.

Sie wagten sich wieder ins Unwetter hinaus. Aber *das* war kein Problem mehr, sie waren satt und trocken und hatten ein sicheres Nachtquartier.

Rakel wollte einige »Kleinigkeiten« kaufen, wie sie das nannte. Sie kaufte irgendwo einen Pullover und Wolle zum Stricken.
In einem Fenster entdeckte Tora Anoraks. Blau. Sie kosteten 59 Kronen. Sie schaute an ihrem eigenen abgetragenen, aus Inlettstoff selbstgenähten herunter. Die Kinder nannten sie Gespenst. Sie hatte einen weißen Anorak.
Die beiden anderen schwatzten, während sie die Straße hinuntergingen, Tora mußte laufen, um sie wieder einzuholen. Sie hatten die Anoraks nicht gesehen. Tora fand es besser, die Mutter nicht damit zu belästigen. Wer so einen Anorak haben könnte! Ganz zu schweigen von einem Paar Gabardine-Skihosen! Mehrere Mädchen in Vaeret hatten solche. Der glatte Stoff glänzte, wenn sie in der Schulbank saßen und die Beine sich unter der Deckenlampe bewegten. Es gab so schöne Schatten. Und der Schnee fiel beinahe von selbst ab.
Sie gingen in ein Geschäft, das Stoffe führte. Rakel wollte einen neuen Blusenstoff haben. Sie verhandelte mit der Verkäuferin und entschied sich für einen grünen, gepunkteten Stoff. Er erschien Tora wie ein Spinngewebe.
Ingrid stand allein am Ende des Ladentisches und hielt einen rotbraunen Kleiderstoff in den Händen. Sie ließ die Finger vorsichtig über den flauschigen Stoff gleiten und war sozusagen nicht da.
Rakel bekam den gepunkteten Stoff abgemessen und wandte sich zur Schwester, um irgendeine Bemerkung zu machen.
Plötzlich *sah* sie Ingrid.
Ein Hauch von Zärtlichkeit flog über ihr rundes Gesicht. Mit halbgeschlossenen Augen versuchte sie etwas zu sagen. Für einen Augenblick zitterte es um ihre Mundwinkel.
»Das ist ein schöner Kleiderstoff. Der würde dir gut stehen, Ingrid!«
»12,50 der Meter«, sagte die Verkäuferin unaufgefordert und blickte sie abwartend an.
Ingrid schaute weg, als ob sie bei etwas Unerlaubtem ertappt worden wäre.
»Ja«, sagte sie nur und zog die Handschuhe an, um zu gehen. Rakel sah einen Augenblick auf den Stoff, dann sah sie die Verkäuferin entschlossen an und sagte:
»Es ist heutzutage so schwierig, etwas zu bekommen, was einem gefällt. Ich möchte drei Meter von dem da.«
Ingrid blieb stehen. Immer wieder ließ sie die Finger aneinander entlanggleiten. Die bloßen Finger der rechten Hand zwischen den bekleideten der linken.
Dann räusperte sie sich und sagte:

»Was Grünes wär' für dich vielleicht vorteilhafter – wie das da...«
Sie zeigte aufs Geratewohl hinauf in die Regale.
Rakel blickte auf in Ingrids Gesicht. Es kam Tora ganz sonderbar vor, daß Rakel soviel kleiner war als die Mama, so daß sie zu ihr aufschauen mußte, damit ihre Blicke sich trafen. Es sollte wohl so sein. Alles veränderte sich.
»Ja, und Nähgarn und einen Reißverschluß in derselben Farbe«, sagte Rakel schnell zu der Verkäuferin. »Ingrid, leih mir deinen Rükken...« Sie griff nach dem Zentimetermaß, das auf dem Ladentisch lag.
»Ich bin doch viel größer als du«, wandte Ingrid leise ein.
Aber Rakel antwortete nicht, maß nur vom Hals aus abwärts. Dann entschied sie, wie lang der Reißverschluß sein sollte. Ingrids Augen flogen an den Regalen entlang, planlos und ohne etwas wahrzunehmen.

Als sie ins Hotelzimmer zurückgekommen waren, reichte Rakel der Schwester das Paket mit dem Kleiderstoff und sagte: »Vorschuß für den Hausputz, den du doch im Frühjahr für mich machen willst. Und ein kleiner Lohn dafür, daß du mir die Lumpen für die Teppiche geschnitten hast.«
Ingrids Augen füllten sich mit Tränen. Tora sah, wie die zwei Frauen sich umarmten.
Das hatten sie auch getan, als die Großmutter starb, dachte sie verwundert. Aber das war schon lange her.
»Du bist so lieb, ich kann's niemals gutmachen – das da. Und es ist so unnötig und so teuer. Der Henrik wird...«
»Wir pfeifen auf die Männer!« unterbrach Rakel munter. »Du hast's verdient. Außerdem ist es wahr, was du heut gesagt hast: daß es für mich einfach ist, vom Kaufen und vom Bezahlen zu reden und mir einen Verdienst anzurechnen. Der Simon hat ein gutes Einkommen. Das ist der ganze Unterschied. Wahrscheinlich das einzige, was verschieden ist. Wir sind doch Schwestern. Ich hab' keine Kinder. Ich hab' nur euch.«
Rakel stockte. Holte das Taschentuch aus der Manteltasche und schneuzte sich.
Tora war wie gelähmt. Sie wußte nicht, wohin mit ihren Händen, obwohl niemand sie ansah und sich offensichtlich auch niemand dafür interessierte, wo sie sie hintat. Es schien etwas Glänzendes aus den Wänden und aus dem Fußboden herauszuwachsen. Es kam von der Decke geflogen und legte sich über die Hände. Als ob die ganze Welt

aus Glas wäre. Man durfte sich nicht rühren, keinen Schritt tun, denn sonst konnte alles zusammenbrechen. Sie empfand das Halbdunkel in dem Zimmer wie Baumwolle um den Körper. Hörte die beiden Frauen leise über alltägliche Dinge sprechen. Tora stand am Fenster und ließ ihre Stimmen in sich hineingleiten, ohne auf die Worte zu achten. Die bedeuteten nichts mehr. Nur die Stimmen waren wichtig: ruhig, leise, zuversichtlich. Sie verstand vage, daß die Worte etwas mit dem zu tun hatten, was die zwei zusammen erlebt hatten – früher. Dinge, die man ihnen heute nicht mehr anmerkte: gemeinsame Sommertage und Schürfwunden. Unwetter morgens auf dem Schulweg. Gemeinsamen Kummer und gemeinsame Weihnachtsabende. Situationen, in denen sie genötigt waren, sich auf schwesterliche Weise tief innerlich zu hassen, um im nächsten Augenblick einzusehen, daß es immer noch das beste war, zusammenzuhalten. Nicht die Worte, die sie sagten, verrieten dies. Nein, es waren die Stimmen. Sie kamen aus einem tiefen Brunnen gegenseitiger Zuneigung.
Tora begriff, daß, wenn die Tante auch oft herzhaft lachte, sie doch ihre Sorgen hatte. Diese waren bei einem Menschen, der die nötigen Mittel besaß, in einem Hotel zu übernachten und Kleiderstoffe zu kaufen, nicht leicht zu erkennen.
Man sollte immer im Unwetter reisen!

Da war ein Flötenton im Fensterkreuz. Er vibrierte um alles und in allem, was im Zimmer war. Auch in ihr. Es war nur der Wind, das wußte sie ja. Aber er war verhext – und wurde zu einem richtigen Ton!
Sie lag in dem großen Hotelbett, in der Mitte. Alle Lichter waren gelöscht.
Tief im Innern hörte sie das schwache Klingen der Prismen im Kronleuchter des Speisesaals, ein wunderbares Klingen, das sich mit dem Flötenton vereinigte.
Sie konnte die Umrisse der Möbel gerade noch erahnen, weil das Licht von der anderen Straßenseite gelb und weich durch das zugewehte Fenster drang.
Sie waren zu dritt in dem großen Bett. Drei Körper. Die Wärme der beiden anderen traf die Haut wie der Sommerwind. Sicher. Ohne Hände. Ohne Gefahr.
Kein Knirschen auf dem Fußboden, kein Schleichen.
Nur der Flötenton und das Licht durch das Schneetreiben hindurch und das zerbrechliche Gefühl der Sicherheit.
Sie hörte gelegentlich Stimmen aus einem weit entfernten Zimmer.

Stimmen, die nichts von ihr forderten, die von ihrer Existenz nichts wußten. Stimmen, die nichts zu verbergen hatten.
Tora schlief zum erstenmal in ihrem Leben hinter einer verschlossenen Tür.
Es lag etwas Magisches darin.
»Schließ die Tür ab«, hatte die Tante gesagt.
Und Tora war durchs Zimmer gegangen und hatte den kleinen Schlüssel umgedreht. So einfach war das! Die Welt auszuschließen.
Sogar das Fensterkreuz, das sie zu Hause in Angst versetzen konnte, wenn sie nachts aufwachte, wirkte hier freundlich.
Dieses Fensterkreuz war unschuldig und hatte nichts gesehen...
Und die Bettwärme? Sie hatte nichts Gespanntes oder Ekelhaftes an sich. Da war nichts, was weggewischt oder umgeschlagen werden mußte. Es roch nach nichts anderem als nach Haut. Nach sommerwarmem Moos. Das war Tante Rakels Haar, das über das Kopfkissen hinausfloß. Darüber hinaus... darüber hinaus. Es flutete über und verwirrte sich mit Toras gelösten Zöpfen.
Tora konnte noch die helle Stimme der Tante hören, als sie sich für die Nacht fertig machten: »Wie lustig, daß du mein Haar geerbt hast. Sonst hätt's keiner geerbt.«
Die Stimme der Tante war bitter und fröhlich zugleich. Sie bürstete Toras Haare mit langen, behutsamen Bewegungen. Nicht schnell und zerstreut, wie die Mutter es zu tun pflegte, bevor Tora anfing, sich selbst zu kämmen und die Zöpfe zu flechten. Dann kamen die roten Haare also nicht davon, daß sie ein Deutschenkind war. Es war also nicht so wie in dem Vers, den die Kinder auf sie gemacht hatten: »Die Mutter hat bei 'nem Deutschen gelegen, die Haare sind so rot deswegen!« Die Haare waren ein Erbe von Tante Rakel!
Tora hatte die größte Lust, sie zu fragen, nur um von ihr noch einmal zu hören, daß es so war, aber sie wagte es nicht.
Mama war so froh heute abend, ganz verändert. Sie lächelte. Tora wollte nichts zerstören, deshalb durfte sie den Krieg oder die Deutschen nicht erwähnen. Da würde Mama sich sofort verschließen und wie eine Blume im Herbst verwelken.

Kühle, fremde Laken. Mamas und Rakels gleichmäßiger Atem. Der Raum schützte sie, legte seine Grenzen um sie und hielt alles andere von ihnen fern. Der Raum ließ die Leere in ihrer eigenen Sinnlosigkeit ertrinken und machte die Nacht kostbar.
Oder war es nicht nur dieser Raum? Gab es noch viele solche guten Räume in der Welt, viele Türen, die man zuschließen konnte?

Hatte nur das Tausendheim ekelhafte Nächte, in denen man sich im Dunkeln fürchten mußte?
Rakel und Ingrid atmeten verschieden. Mutters Atem hatte kleine Unterbrechungen. Es hörte sich so an, als ob sie manchmal zu atmen vergäße, als ob sie nicht richtig wagte, frei durchzuatmen. Rakels Atem war gleichmäßig und ruhig wie ihr Schlaf.
Ingrid drehte sich im Schlaf um und wandte Tora den mageren Rükken zu.
Tora spürte den warmen Druck von Mutters Körper gegen den ihren. Dicht, dicht.
Rakel drehte sich zu Tora um. Ihr Atem strich leicht über Toras Kinn, und ihr Arm lag wie eine Möwenschwinge auf dem Federbett. Er hatte sowohl Kraft als auch Weichheit in sich. Auch wenn er schlief. Er war weiß in der Dunkelheit.
Sie waren wie Schafe, die sich hinter einem Stein zusammendrängten, wenn der Sturm wütete. An einem fremden Ort schufen sie sich ihre eigene Sicherheit und Wärme, weil man sie in Ruhe ließ.
Sie wußten, daß die Kälte der anderen durchbrechen und sie befallen würde durch Haut und Haar. Es kam darauf an, all die Wärme zu verbreiten, die man hatte, dann bekam man sie zehnfach zurück. Hier versteckten sie sich nicht voreinander wie zu Hause. Hier wurden sie nicht dadurch gestört, daß die Mama zur Arbeit mußte oder daß *er* nach Hause kam. Hier war niemand, der durch die Flure rief oder vom Krieg redete.

Aber morgen mußten sie zurück.
Da waren sie wieder gezwungen, das zu verschweigen und zu verbergen, woran sie trugen. Sie mußten es so gut verstecken, daß sie es selbst vergaßen. So war es.
Zu Hause durften sie einander nicht die Wärme geben, die sie brauchten. Da waren sie nur verschreckte Schafe im wilden Gebirge.

Tora wurde von Hoffnungslosigkeit überfallen.
Aber sie kämpfte dagegen an, bis sie schließlich die Großmutter mit dem weißen Haar und den weichen Runzeln an der Bettkante vorbeistreichen sah. Sie sah das freundliche Gesicht und hörte sie von Vater sprechen. Das Zimmer wurde zu Großmutters Zimmer, das Fensterkreuz – alles. Sie war in Berlin. Und die Großmutter hatte ihnen das Bett gerichtet und wollte sie nicht wecken, um sie zu fragen, ob es ihnen gutgehe. Sie strich nur vorbei in dem langen blauen Kleid, das sich leicht bauschte und ein wenig Wind machte, wenn sie sich be-

wegte. Und die Großmutter sah, daß sie es gut hatten und daß sie weit, weit von Vaeret und der Insel fort waren.
Der Traum war beinahe wirklich. Sie kämpfte ihn mit jeder Faser ihres Herzens in die Wirklichkeit hinein, um den morgigen Tag fernzuhalten.
Ganz befangen in tiefem Schlaf, in dem Teil ihrer selbst, den der Mensch nicht steuern kann, erlebte sie den Duft des sommerwarmen Mooses und die klaren, sanften Flötentöne.
Einmal wäre sie fast aufgewacht. Da hatte die Großmutter plötzlich Tante Rakels Haar, das über das Kissen hinausfloß, und war zu ihr ins Bett gekrochen. Es war ihr wohl zu anstrengend geworden, so in dem kühlen Raum umherzuschweben und Wache zu halten, dachte Tora.
Und die Körper im Bett strömten ineinander und ineinander und hatten keine Grenzen. Großmutter, Mamas und ihr Körper.
Dann kroch sie unter das Bett, wo die Tante jetzt lag, und bemühte sich, sie hinauf ins Bett zu bekommen. Es war, als ob das Bett zu klein wurde. Und sie wußte, daß die Tante dabeisein mußte.

Der Wind hatte noch zugenommen. Es war nicht mehr möglich, durch das Fenster zu sehen. Der Schnee lief draußen in kleinen Rinnen an den Scheiben herunter. Aber ständig kam neuer kalter Schnee dazu und verhinderte, daß der alte Schnee richtig schmolz. Es war, als ob das Glas weinte, weil es das Licht nicht hineinlassen konnte.
Tora starrte mit einemmal hellwach in den Raum. Er hatte ein gräulich-gelbes, flauschiges Muster. Wie eine Landschaft im Nebel. Das Fenster war zugewachsen. Sie waren eingeschneit. Die Nacht hatte warme Füße.
Gott segne den Sturm!

19

»Alle sehn mich so seltsam an!« flüsterte Rakel Tora zu.
Die beiden beobachteten, wie das Boot vom Kai ablegte. Es war Schluß mit dem Sturm, Schluß mit dem Traum.
Für Tora begann die Wirklichkeit mit eiskalten Füßen in den Gummistiefeln, sie pflanzte sich danach im ganzen Körper fort als eine Art Widerwille, als eine Müdigkeit, die Tora sich nicht erklären konnte, denn im Bus war es nicht kalt gewesen, und sie hatte am Morgen lange geschlafen.

»Ich kann nichts Besonderes an dir entdecken«, antwortete Tora. Sie lächelte, um etwas von ihrer inneren Leere loszuwerden. Auf diese Weise wurde alles leichter.
Gleichzeitig ging ihr auf, daß Rakel recht hatte.
Die Leute starrten. Sowohl die, die am Kai standen, als auch die, die an Bord waren. Sogar der kleine Junge, der am Kai Rotaugen angelte, sah lange zu Rakel hinüber.
Tora forschte in Rakels Gesicht und sah prüfend von oben bis unten über die ganze Gestalt, um einen möglichen Grund zu finden. Aber nichts.
Sie ergatterten einen Platz im »Salon«. Saßen dicht beisammen. Taschen und Pakete lagen rund um ihre Füße wie gehorsame junge Hunde. Sie rückten sie jedesmal beiseite, wenn jemand vorbeiklettern mußte, um zu einem Sitzplatz weiter hinten zu kommen.
Rakel versuchte mit der Frau, die neben ihr saß, ein Gespräch anzufangen. Aber entweder war sie ungewöhnlich schüchtern, oder Rakel hatte sie irgendwie vor den Kopf gestoßen, denn die Frau schaute auf die Wand und wollte nicht reden.
Rakel war unschlüssig. Dann wandte sie sich statt dessen an Ingrid und Tora. Aber es war etwas Unsicheres über ihr rundes, offenes Gesicht gekommen. Tora konnte sehen, daß die Tante sich bemühte, all die schiefen, verhohlenen Blicke, die ihr heimlich zugeworfen wurden, zu verstehen.
Sie kam sich vor, als ob sie aussätzig wäre.
Schließlich schafften es die drei, einen gewissen Kontakt untereinander zu finden und so die kurze und doch lang währende Stunde hinter sich zu bringen, die das Schiff brauchte, um den Fjord zu überqueren und zweimal anzulegen, aus- und einzuladen, Leute von Bord gehen zu lassen und neue aufzunehmen.
Das Linienschiff fuhr nicht schnell, aber es fuhr.
Zuletzt fuhr es in die Bucht hinein, und dort war Schluß.
Tora wartete darauf, daß irgendeiner sich verriet.
Es war auf dem Schiff, wenn sie damit gefahren war, noch nie so still gewesen. Es war beinahe unheimlich. Besonders unheimlich war der Blick von dem alten Mann, der ihnen gegenübersaß. Er saugte an seinen Zähnen und seufzte. Ununterbrochen.
Tora wußte, daß er in Vaeret wohnte, aber sie erinnerte sich nicht, wie er hieß.
»Du warst verreist«, sagte der Mann endlich – und sagte es langsam und umständlich, während er den rechten Mundwinkel weit aufriß, so daß man den Kautabak sehen konnte.

Rakel strahlte, und die Erleichterung, daß das Schweigen gebrochen war, stand ihr im Gesicht geschrieben. Sie lachte den Mann an und sagte, ja, das sei sie gewesen. Sie setzte gerade zu einem neuen Satz an, hielt aber inne. Die Gesichter rund um den fünfeckigen Tisch hatten alle einen unergründlichen Ausdruck. Der Mann sah sie vielsagend an und seufzte wieder (da war irgend etwas, wovon er seinen Zahnstummel nicht befreien konnte) und sagte: »Ja, so ist das. Es wird jedenfalls hart, nach Hause zu kommen. Aber so geht's im Leben, auf und ab...«

Seine Frau stieß ihn in die Seite, ohne ein Geheimnis daraus zu machen. Die Leute saßen mit halboffenem Mund und vornübergebeugtem Oberkörper, als ob sie Angst hätten, etwas zu versäumen.

Die Maschine tuckerte. Das Meer war ruhig. Nichts geschah.

Aber Rakel erhob sich jäh und ließ Pakete Pakete sein und Augen Augen. Sie schnappte sich die kleine Handtasche und verschwand durch die Tür.

Ingrid stand auf und folgte ihr zögernd.

Tora blieb zurück mit viel Platz auf jeder Seite, und aller Augen waren auf sie gerichtet. Es war etwas beschämend.

Sie starrte aus einem der vom Seewasser fleckigen Fenster und hielt aus. Sie hatte sich gelobt, der Gefahr zu trotzen. Wie, das wußte sie nicht, aber das würde sich wohl finden.

Sie konnte ja hier beginnen.

Sie riß sich zusammen und richtete die Augen so schnell auf einen, der direkt vor ihr saß, daß er keine Zeit hatte, den Blick wegzunehmen.

Tora hängte sich an dieses Gesicht, an diese zwei Augen. Sie hatte das Gefühl, als ob das Herz sie ganz ausfüllte, als ob es durch den Hals bis in den Kopf wuchs. Dann sagte sie mit sonderbarer Stimme: »Warum seht ihr so auf Tante Rakel? Warum ist's hart, nach Hause zu kommen?«

Der Mann, an den sie ihre Augen gehängt hatte, wich erst aus – aber dann kam es: »Es hat beim Simon Bekkejordet gebrannt. Das ganze Geschäft ist heut nacht vernichtet worden. Da war nichts zu retten. Es war ja auch 'ne steife Brise. Wir konnten nur die Segel naß machen und die Hütten drum rum retten. War gut von unserm Herrgott, daß der Wind vom Land blies!«

20

Es stieg noch Rauch auf von dem leeren schwarzen Fleck. Träge und gleichgültig schwebte er über der Brandstätte.

Feuer!

Das war etwas, wovon man hörte. Worüber man las. Etwas, wobei man schauderte. Etwas, was irgendwo anders passierte und bei Leuten, die man nicht kannte. Niemals bei einem selbst.

Mitten in den verkohlten Resten der Balken lagen verbogene Eisenschienen und mehr oder minder unkenntliche Gegenstände, die bezeugten, daß hier einmal ein Fischereibetrieb gewesen war – aus dem allen erhob sich ein einsamer, schroffer, verrußter Schornstein aus Ziegelsteinen und maß den Weg des heruntergebrannten Hauses in den Himmel hinauf.

Er schien zu sagen: »So weit hinauf reichte Simon in seinen guten Jahren. So weit. Aber nun ist es vorbei.«

Rakel stand da in ihrem karierten Mantel und hielt sich krampfhaft an der Reling fest. Sammelte ruhig ihre Taschen und Pakete ein und bewegte sich langsam den Landungssteg hinunter, Ingrid und Tora dicht hinter sich. Und die Leute machten Platz. Sie wichen zurück.

Alle Augen, die dort drinnen im Salon wie Nadeln in sie gedrungen waren, waren nun wieder zur Stelle. Sie fühlte sie im Rücken und biß die Zähne zusammen. Spürte, daß es für die Leute ein Zirkus war, dies hier. Ihre Augen suchten auf dem Kai nach Simons schlanker Gestalt. Er wußte, daß sie kam. Würde er dasein? Würde er verstehen, was sie durchmachen mußte? Nein.

Gut! Sie schaffte es auch allein!

Sie sprach mit keinem. Aber sie nickte denen zu, die vorher *zu* ungeniert ihre Augen in sie hineingebohrt hatten.

Nickte ihnen zu, als ob es ein ganz gewöhnlicher Tag wäre. Dann setzte sie ihre Siebensachen am Kai ab und machte einen Rundgang um die Brandstätte. Weil sie wußte, daß dies das letzte war, was sie von ihr erwarteten.

Natürlich sollten sie ihren Zirkus haben.

Aber nicht so, wie sie sich das gedacht hatten. Sie würde ihnen den Gefallen nicht tun, hysterisch zu reagieren. Sie würde es mit Fassung tragen, so daß sie wirklich etwas zu reden hatten. Sie sollten sehen, daß das ging. Sie wußte noch nicht um die Tragweite dessen, was geschehen war, aber sie wußte, daß die Leute auf Simon und sie immer neidisch gewesen waren. Vor allem auf sie. Man mißgönnte es ihnen, daß sich alles so gut für sie anließ. Bis jetzt.

Sie wußte, daß ihr das Unglück wohl gegönnt wurde.
Jeder Mensch wurde für Rakel zu einem schadenfrohen Tier, das auf der Lauer lag und auf ihre Schwäche im Unglück wartete.
Denn sie war nicht so scheu und selbstzerstörerisch, wie die Leute es gern hätten. Sie verachtete Unterwürfigkeit, und das war schlimm von ihr.
Nun warteten sie nur darauf, zu sehen, daß sie ihre Strafe für den Hochmut bekam. Sie vergaß beinahe das Unglück selbst, weil sie sich stark zeigen wollte.

Aber auf Bekkejordet war für Rakel noch eine »Brandstätte« zu bewältigen. Denn Simon hatte sich in der Dachstube, wo der Webstuhl stand, eingeschlossen und wollte niemanden hereinlassen.
Simon war in dem Brand vernichtet worden.

ELLERT DAHL
ÖYA
Kaufe alle Sorten Fisch
Produktion – Export – Tranproduktion
Frischfischproduktion – Frosterei
Heizöl – Schmieröl
Fischerhütten – Lagerraum für Schleppnetze

»Er ist ja schnell dabei, sich an andrer Leute Unglück zu bereichern!«
Ottar breitete den »Lofotposten« auf der zerkratzten Theke aus und las die Annonce mit gerunzelter Stirn.
Henrik stand mit abgewandtem Gesicht und ließ die Männer reden. Er war heute nüchtern. Er war die ganze Woche nüchtern gewesen.
»Nu regiert er die Fischgründe allein, der Dahl.« Ottar schielte argwöhnisch auf Henriks Rücken. Er wollte ihn zu einem Gespräch herausfordern. Aber Henrik drehte vorsichtig die Blechkannen im Kreis, die an einem Haken vom Dachbalken herunterhingen. Es gab ein durchdringendes Geräusch, wenn die Henkel der Kannen sich an dem Messinghaken rieben.
»Aus Anstand hätt' er die Annonce nicht drucken lassen sollen – vor nächster Woche. Da hätt' er auch noch genug verdient. Was sagt der Simon?«
Ottar hob die Stimme und war entschlossen, Henrik in das Gespräch hineinzuziehen. Aber Henrik wandte sich nicht um. Er stand mit dem Rücken gegen sie alle und sah mit Kennermiene in die unterste Blechkanne.

»Ich grüß' den Simon auch nicht öfter als du, Ottar!« sagte er plötzlich.
»Er sitzt nu in der Webstube, soviel ich weiß?« fragte Ottar treuherzig und maß ein großes Stück Einwickelpapier für Einars Seilrolle ab.
»Vorige Woche gab's viel Kabeljau auf den Lofoten, da ist Fisch für alle«, fiel Håkon Himmelglötten ein und wollte das Gesprächsthema um des lieben Friedens willen wechseln.
Aber niemand nahm von ihm Notiz. Simon sollte beleuchtet werden.
Es waren viele, die das wollten. Sechs Mann beim Einkaufen. Der Pfeifen- und Zigarettenrauch hing dick an der niedrigen Decke. Die Türglocke hielt Ruhe, und so war Zeit für einen Schwatz.
»Ist es wahr, daß die Rakel damit droht, abzuhauen, wenn er nicht von der Dachstube runterkommt?« fragte ein stämmiger, grinsender Bursche, die Schirmmütze im Nacken. Das war ein junger Grünschnabel, der eigentlich den Mund halten sollte, wenn erwachsene Leute redeten, aber er war aufgeweckt und hatte ein freches Mundwerk, deshalb gingen die Männer auf ihn ein.
»Die Rakel türmt nicht, wenn's ein bißchen im Rock brennt«, grinste Henrik und drehte sich jäh zu den anderen um. Er stand vornübergebeugt und hatte den verletzten Arm auf die Theke gelegt. Er sah keinen an. Sagte die Worte nur vor sich hin, in die Luft.
»Nein, sie ist nicht so unstet«, stimmte Einar zu und schüttelte den Kopf.
»Sie sagen, der Brand war gelegt«, meinte Håkon.
»Dann ist es also kein Versicherungsbetrug«, lachte Einar und öffnete die abgegriffene Geldbörse, so daß die Kupfermünzen klimperten.
»Es ist traurig mit der schlechten Versicherung«, sagte Håkon mit wehleidiger Stimme und wollte sich dicketun.
»Ach, die bekommen das, was sie verdienen«, fiel der Grünschnabel ein.
Die Fensterscheiben liefen an. Es waren viele, die atmeten.
»Hat der Simon was bekommen?« fragte Ottar.
»Frag mich nicht«, erwiderte Henrik und griff nach seiner Mütze und ging zur Tür.
»Was haste es so eilig – ich wollt' nicht schlecht von deiner Familie reden...«
Dem Grünschnabel war plötzlich eingefallen, daß Henrik und Simon mit Schwestern verheiratet waren.
»Ja, du bist etwas zu weit gegangen, du kleiner Teufel«, warf Henrik

ihm über die Schulter zu. »Du kannst beim nächstenmal dran denken, wenn du wieder zuschlagen willst.«
Es wurde still im Laden. Ottar stand mit offenem Mund, und die Männer sahen auf den Boden.
Als Henrik draußen war, entfuhr es Einar trotzdem: »Seit wann macht er soviel Aufhebens davon, daß er der Schwager vom Simon ist? Das muß 'ne plötzliche Liebe sein... oder was sagt ihr?«
Sie wechselten Blicke und lachten ein wenig.
»Ja, sonst ist er ja schnell dabei zu erzählen, wie der Simon den alten Onkel beerbt hat. Der Bankert von Bö, der nach Öya kam und über Nacht ein Großkopfeter wurde!« fauchte es aus einem eierförmigen Wollknäuel, das auf einer kleinen Tonne hinten beim Ofen saß und bisher noch nichts gesagt hatte.
»Am schlimmsten ist es mit den Arbeitsplätzen. Da ist wohl wenig Geld zum Wiederaufbauen da, wenn der Simon nichts von der Versicherung kriegt.«
Ottar sah einen nach dem anderen an, er hatte Himmelglöttens Ton angenommen.
»Sie sagen, die Rakel hat ihn von der Dachstube runtergeholt«, meinte das Wollknäuel auf der Tonne.
»Der Nachbar ist direkt in die Höhle des Löwen gegangen und hat seine Hilfe für die Aufräumungsarbeiten angeboten. Ja, und die Arbeiter wollen helfen, die auch. Ohne Entgelt natürlich. Sie haben erzählt, daß die Rakel sie alle zusammen mit Waffeln und Labskaus bewirtet hat. Aber der Simon hat sich an der Brandstätte nicht sehen lassen. Es sollte mich wundern, wenn er sich nicht ins Bett legte und Weibernerven bekäme, wo ihm nu der Wind so ins Gesicht bläst«, kicherte das Bürschchen schadenfroh und bohrte lange und ungeniert im rechten Nasenloch, in dem er Polypen hatte, deretwegen er aber nicht zum Doktor zu gehen wagte.

Ja, ja!
Es war nicht bös gemeint. Nicht ein einziges Wort war bös gemeint. Es waren nur Worte im Laden, an einem harmlosen Montag gesprochen.
Es hatte mit dem Versuch begonnen, Henrik auf den Arm zu nehmen, und dann hatte das Ganze eine so unglückliche Wendung genommen.
Es war nur gut, daß keiner überraschend dazugekommen war und gehört hatte, wie sie sich über Simon ausgelassen hatten, dachte Ottar.
In der Abenddämmerung machte er seine Runde und schloß das Lager

und den Laden ab. Am Tau- und Salzverkauf merkte er, daß Simons Geschäft weg war. Aber darüber wollte er kein Wort verlieren, es war zu geringfügig und ohne Bedeutung für einen, der seine festen Kunden hatte. Jedenfalls kauften die Männer von den Fischkuttern jetzt nach dem unglückseligen Brand Salz und Taue bei ihm. Dahl betrieb keinen solchen Handel wie Simon.

Man sah sie gewöhnlich mit den Händen in den Taschen und der Pfeife im Mundwinkel, wenn die Zeiten schlecht waren. Sie standen da, meist den ganzen Tag, und kauften so allmählich ein Kilo Zucker oder ein Päckchen Tabak. In der Arbeitslosenschlange hielten sie sich hinten. Andere hatten gute Knorpel in den Ellenbogen und für so etwas keine Zeit.

Aber mehr und mehr Menschen wurden beiseite geschoben, wenn die Arbeit verteilt und der Lohn ausgezahlt wurde. Es waren oft diejenigen, die weder Haus noch Hof hatten. Sie besaßen nur eine vitale Bitterkeit gegen fast alles, viel Zeit zum Einkaufen, aber kein Geld, um zu bezahlen. Sie wohnten zur Miete und lebten von Gelegenheitsarbeiten. Feste Arbeit war ein Traum, der allmählich im schwarzen Meer ertrunken war. Oder er baumelte ganz draußen am Kaikran. Kreischte gerade noch im Unwetter oder wenn anderer Leute Fisch und Güter ein- und ausgeladen wurden.

Zu Hause waren die Frau und rotznasige Kinder.

Es kam auch vor, daß sie außerhalb eine Beschäftigung fanden und wegfuhren. Alle waren froh darüber. Es war eine seltsam dunkle, schwarze Freude. Sie hatte nichts mit Lachen oder Lebenslust zu tun. Sie machte nur eine Zeitlang Schluß mit dem Magenknurren und der langen Zahlenkolonne in Ottars Buch. Sie war von einer einfachen und realen Art. Sie kannte keine Gefühlsduselei. Sie gab die Chance, etwas Geld zu verdienen.

Diejenigen, die ein Stückchen Land und einen Fischkutter besaßen, hatten indessen die Freiheit zu entscheiden, ob sie im Joch gehen wollten oder nicht. Wenn sie im härtesten Winter ein bleiches Gesicht hatten, so erfroren sie dennoch nicht.

Gottes lose Vögel vergaß man oft zu erwähnen. Sie flogen nicht – trippelten nicht einmal. Aber sie gebrauchten die Flügel als Stütze, wenn sie sich hin und her schleppten. Flügel kann man zu vielem gebrauchen. Ein solcher Vogel wohnte in der Verandadachstube, und er bediente eine Bratpfanne mit ehrlich gestohlenem Speck. Er hatte keine große Chance, selbst wenn er gewollt hätte. War verurteilt, *bevor* er den Diebstahl beging.

Dann waren da noch der Dahl, der Pfarrer und der Doktor – Gott helfe ihnen durch das Nadelöhr.
Dahl war übrigens ein ehrlicher Sünder, denn er gab vielen einen Arbeitsplatz. Er behauptete, daß er seinen Betrieb demokratisch führe, was immer das auch bedeuten mochte. Seinen Sonntagsspaziergang in Vaeret machte er als der Großverdiener, der er nun einmal war, mit Hund und Frau und zwei Kindern. Er war trotzdem nicht zu fein für ein Spielchen in den Fischerhütten. So etwas war bei seinem Vorgänger nicht üblich gewesen.
Ohne den Doktor konnte man auch nicht sein. Das verschaffte ihm das hohe Ansehen. Man verzieh ihm nur zu gerne, sowohl daß er Junggeselle war als auch daß er in dem Ruf stand, geizig zu sein. Er gab Gesundheit mit einem Tropfen Alkohol, wenn jemand in großer Not war.
Der Pfarrer war der Schlimmste. Bei ihm gab es nur Teufelsgeschwätz, Klugheit und heiliges Donnerwetter.
Nein, da war es doch mit dem alten Propst besser gewesen. Das meinte nicht nur Einar.

Der alte Propst hatte gearbeitet wie andere Leute auch. Er hatte den Pfarrhof selbst in Ordnung gehalten. Es konnte passieren, daß die Boote mit dem Brautpaar und den Hochzeitsgästen zu früh am Kai anlegten, so daß er gerade noch Zeit hatte, den Talar über die Arbeitskleider zu werfen und zum Altar zu latschen. Das war besonders während der Erntezeit so.
Die eine oder andere Braut rümpfte die Nase über den Mistgeruch und die erdigen Schuhe unter dem Talar, aber insgesamt sahen die Leute ein großartiges Arbeitstier in ihm. Er starb auch im Schafstall. Das sollte wohl so sein. Er fiel mitten in der Arbeit um. Bekam einen Schlag, der ihn aus diesem Jammertal hinausbeförderte.
Er benahm sich bis zum Schluß wie ein Mensch.

21

Es sah so aus, als ob die Saison für Simon Bekkejordet zu Ende war. Er hatte nicht einmal ein lumpiges Pult, um dahinterzusitzen. Kein Geld, um den Lohn auszuzahlen. Als ob ein Unglück nicht genug wäre, bekam sein erster Fischer den Fuß in eine Winde, und der Fuß war gebrochen.

An einem Samstagabend nahm Rakel die Nachricht am Telefon entgegen.
Danach ließ sie sich Zeit, zog sich erst einmal um und ging mit der Botschaft zu der unglücklichen Frau, die mit drei Kindern dasaß und auf ihren Mann wartete. Rakel gab ihr Geld, damit sie in der nächsten Woche zurechtkam, dann ging sie wieder nach Hause und stellte sich innerlich darauf ein, in die Webstube hinaufzusteigen und Simon die Neuigkeit zu erzählen.
Er wanderte jetzt in der dritten Woche da oben auf und ab, vielleicht konnte das neuerliche Unglück ihn ein wenig aufrütteln, dachte Rakel bitter. Sie hatte einen Schlag vor den Bug bekommen, auch sie. Aber es war nicht der Brand, der *das* bewirkt hatte. Es war die Tatsache, daß sie mit einem Mann zusammengelebt hatte, den sie nicht gekannt hatte, bis jetzt.
Er war nicht so, wie sie geglaubt hatte. Der große Mann war ein Kind. Erst hatte sie gedroht und gedrängt, dann hatte sie ihn in Ruhe gelassen. Sie trug nur das Essen zu ihm hinauf und schaffte im übrigen fast alles allein, aber sie kämpfte einen verzweifelten Kampf gegen etwas in ihr, für das ein Außenstehender sicher einen Namen gehabt hätte. Verachtung.

Rakel drückte die Klinke nieder und öffnete die Tür. Simon mußte gehört haben, daß sie die Treppe heraufkam, denn er hatte sich auf das Sofa gesetzt, das unter den beiden Fenstern stand. Er schlief auch hier oben, die wenigen Stunden, die er sich dafür gönnte. Rakel hatte es nun kennengelernt: allein in dem großen Bett unten im Schlafzimmer zu liegen.
»Wirst du heut zum Essen runterkommen, Simon?« fragte sie ohne Einleitung. Sie sah den Mann an, der da im Halbschatten hinten bei den Fenstern saß. Er war mager und hohläugig geworden vor lauter Schlaflosigkeit und Grübeln. Aber es war wenig dabei herausgekommen.
Er schüttelte den Kopf und machte keine Anstalten etwas zu sagen.
»Willste hier oben sitzen, bis du verfaulst?« schrie sie ihn an. Er hob nur gerade eben den Kopf. Sah sie an, als ob sie ein lästiges Kind wäre.
»Ich kann viel vertragen, Simon. Alles Unglück kann ich ertragen. Aber daß du hier oben in der Dachstub' sitzt wie ein Narr, wo ich dich brauch', das ertrag' ich nicht! Haste gehört?«
»Es ist aus, Rakel... Ich hab' nichts mehr... Ich bin ruiniert. Das weißt du auch.«

»Sieh mich an, Simon! Sieh mich gut an!«
Er schaut sie mit leerem Blick an, wie sie dasteht, die Hände in die Seiten gestemmt.
»Bist du ruiniert, wenn du noch eine Frau hast? Ich hab' keine Geduld mehr mit dir, wenn du nicht runterkommst. Ich schlacht' die Schafe und fahr' weg! Hörst du!!«
Simon sieht sie erstaunt an.
»Wegfahren? Du kannst doch nicht im Ernst von einem ruinierten Mann wegfahren. Ich brauch' dich, Rakel. Du sagst das nur, um mich zu erschrecken.«
»*Du* brauchst *mich*, sagste. Was glaubste denn, was ich tu? Ich brauch' niemanden, was? Simon, du, reize mich nicht so weit, daß ich dir ins Gesicht lache. Weißte, was ich heut am Telefon erfahren hab'? Nein! Denn du bist ja nicht unten in der Stube, daß du ein Gespräch annehmen kannst, das für dich bestimmt ist. Und du tust auch nicht das geringste. Alles wäre zum Teufel gegangen, wenn ich nicht getan hätt', was getan werden mußte. Die Leute lachen über Simon Bekkejordet. Sie sagen, daß er das mit dem Brand nicht verkraftet. Sie sagen, daß die falsche Person die Hosen anhat auf Bekkejordet. Hörste, Simon?«
»Rakel – Rakel«, jammert er und legt den Kopf in die Hände.
Da geht sie zwei Schritte auf ihn zu und setzt sich auf seinen Schoß.
Rakel ist ein Taktiker. Ebenso natürlich berechnend, wie sie im Frühjahr die Kartoffeln setzt, ebenso sorgfältig, wie sie das Schafsblut würzt, über das sie gerade geweint hat, bevor sie Blutklößchen brät, ebenso natürlich kehrt sie die Seite hervor, die sie gerade *jetzt* zeigen muß. Sie schlingt die Arme fest um den Hals des Mannes und wiegt ihn hin und her.
»Komm runter, Simon, dann wird dir die Rakel noch ein Unglück erzählen. Komm runter jetzt...«

Am Abend kam Simon wirklich in die Küche.
Er ließ sich nach und nach von den Toten erwecken. Nach drei Tassen Kaffee und mehreren belegten Broten fragte er vorsichtig, was für ein Unglück das sei, von dem sie ihm noch erzählen wolle.
»Der Erling liegt mit gebrochenem Fuß im Krankenhaus!«
Sie hörte selbst, wie brutal das klang, aber sie vermochte ihren Mann nicht länger zu schonen.

Sie hatte gewußt, daß der Betrieb schlecht versichert gewesen war, aber sie war nicht darauf vorbereitet, daß da *so* wenig zu holen war.

Sie hatte den Arbeitern unten bei der Fischannahme noch ausbezahlt, was sie ihnen schuldig waren, und nun konnte sie sich nur noch auf ihre eigene kleine Summe in der Schatulle und eine lausige Versicherungsprämie verlassen. Bei der letzteren dauerte es noch dazu lange, bis sie sie bekam. Und sie bettelte bei niemandem um Almosen. Davon konnte überhaupt nicht die Rede sein.
Dann hatte das Lammen begonnen, und Simon mußte sehen, wie er mit sich und dem Brand fertig wurde. Denn hier ging es um neues Leben, neues Essen, neues Geld.
Turid und Anton schauten eines Abends herein und boten ihre Hilfe auf der Brandstätte an. Sie hätte vor Freude weinen können, aber sie tat es nicht. Dazu war gar keine Zeit. Und Simon saß im Dachgeschoß. Das schien ihr genug, um sich die Freudentränen zu sparen.

»Was sagste? Ich hab' keinen Vormann mehr?« Simon wurde möglicherweise noch ein bißchen bleicher. »Aber was soll ich da machen?«
»Da siehste es! Du hast geglaubt, daß es mit dem Unglück hier im Haus genug sei. Aber ich muß dir sagen, wenn du dich nicht auf den Weg zu den Lofoten machst und mitten in dem Elend nicht ein bißchen Geld verdienst, dann kannste das Unglück erleben, daß du auch ohne Frau bist.«
»Ich soll zu den Lofoten? Ich bin seit Jahren nicht mehr auf Fang gewesen... Nicht mehr, seit ich ein junger Kerl war!«
»Da kannste ja noch froh sein, daß du deine Jungfernfahrt auf'm eigenen Boot machen kannst!«
Die Worte, die sie über den Tisch schickte, waren wie Rauhreif. Sie war ganz blaß um die Nase, aber die Nase ragte unnachgiebig in den Raum.
»Du wirst das Geschäft auch wieder aufbaun, Simon.«
Er lächelte matt. Ein verzweifeltes Lächeln, welches sein starres Gesicht in einer ungewohnten Bewegung aufbrach. Es sah so aus, als ob er die Muskeln zum erstenmal in seinem Leben gebrauchte. Es zitterte schwach um die Mundwinkel.
»Rakel, Rakel, das ist eine Sache, für die die Weiber keinen Verstand haben. Das Geld, Rakel! Woher soll ich das Geld nehmen?«
»Das kannste leihen.«
»Du redest...«
»Du hast dir Geld geliehen, als du den Stall gebaut und die Fenster im ganzen Haus ausgewechselt hast. Da hab' ich nichts davon gehört, daß das nicht ging.«
»Du redst von Sachen, die du nicht verstehst! Man braucht keine

Angst zu haben, sich Geld zu leihen, wenn man mit einem ganzen Fischereibetrieb und mit einem goldguten Boot bürgt – und im übrigen schuldenfrei ist. Etwas völlig anderes ist es, Geld zu leihen, wenn man nicht mal den Nagel in der Wand besitzt.«
Die Lampe über dem Tisch legte Schatten auf das zerfurchte Gesicht. In jedem einzelnen Gesichtszug zeichnete sich die Hilflosigkeit ab. Rakel war im Begriff aufzugeben. Es brannte hinter den Augenlidern, und der Kopf war wie Blei. Ein merkwürdiges Gefühl der Einsamkeit drohte Besitz von ihr zu ergreifen und sie zum Nachgeben zu bringen. Aber sie durfte nicht nachgeben. Nicht jetzt, wo er zu ihr in die Küche heruntergekommen war.
»Die Polizei meint, es war Brandstiftung, macht das für die Versicherung nicht einen Unterschied, wenn's bewiesen wird?«
»Tja, das kann schon sein. Ich war ein Dummkopf, daß ich so schlecht versichert hab'.«
»Denkste nie daran, wer's gewesen sein könnte, Simon? Wer das Feuer gelegt hat?«
»Nein, ich glaub' nicht, daß jemand gezündelt hat. Das Haus war alt, es war ein Unwetter, jemand kann unvorsichtig gewesen sein. Aber Feuer legen... nee... das glaub' ich nicht. So sind die Leute nicht.«
Es entstand eine lange Pause. Sie saßen jedenfalls nahe beieinander. Daran dachten beide, mehr als an den Brand.

Simon ging am nächsten Tag nach Vaeret.
Es wurde still, als er in den Laden kam. Er rüstete sich zum Fischfang aus. Machte daraus kein Geheimnis.
Ottar stellte keine Fragen. Packte nur in die Pappschachteln ein und redete über das Wetter.
Er fand, sie hätten genug Schnee in diesem Jahr gehabt.
Da war Ottar sicher. Noch nie hatte jemand soviel Schnee erlebt. Es würden Winter und Frühling und Herbst vergehen, bis er schmolz, meinte Ottar.
Simon antwortete. Aber es knisterte nichts in den Antworten, und die Backen hingen merkwürdig schwer zu jeder Seite des traurigen Mundes herunter.

Kornelius Olsa, der älteste Fischer an Bord der »Bris«, der das Kommando einstweilen übernommen hatte, schüttelte den Kopf, als er Bescheid bekam, daß Simon sich selbst ins Steuerhaus stellen wollte. Aber er sagte kein böses Wort.
Und er war genau die Stütze, die ein Schreibtischfischer brauchen

konnte. Es geschah mehr als einmal – so erzählten die Männer später–, daß Kornelius Olsa den Südwester schüttelte und dem ungestümen Simon sagte, wie er das Ganze machen würde, wenn er an Bord zu bestimmen hätte. Und Simon senkte den Kopf und machte es ohne zu mucken so, wie der Alte sagte.
Sie fischten leidlich. Es ging besser, wenn Simon es vermied, an das schwarze Loch zu Hause in der Bucht zu denken. Es war alles in Ordnung, solange sie weit genug von zu Hause weg waren und Simon nicht zu Dahls Kai gehen mußte, um den Fang abzuliefern.

Zu Hause auf Bekkejordet fing Rakel allmählich wieder an, im Stall zu singen und ohne Grund zu lachen. Wie in alten Tagen.
Sie hatte auch von der Webstube wieder Besitz ergriffen und webte eifrig in jeder freien Minute. Luft um sich herum hatte sie. Platz, um zu klappern, zu wirken und zu lachen.
Rakel verstand jetzt besser, welch tiefer Abgrund das Leben für Ingrid immer gewesen war. Sie machte Spaziergänge zum Tausendheim, um öfter als früher mit ihr reden zu können, und das tat sie nicht nur, weil sie selbst Trost haben wollte.
Henrik ging raus, wenn sie kam.
Das hatte er immer getan. Rakel wußte, daß es viele Gründe haben konnte. Der wichtigste war sicher, daß sie nie einen Hehl daraus gemacht hatte, daß sie Ingrids Ehe mit Henrik für ein Unglück hielt.
Da war etwas mit Henrik, was Rakel nicht ergründen konnte.
Sie fühlte sich nicht wohl mit ihm zusammen in einem Raum.
Vielleicht war *das* sein Fluch – daß so wenige sich in seiner Gegenwart wohl fühlten. Er strahlte irgend etwas aus, was Widerwillen erregte.
Trotzdem mußte sie zugeben, daß die Bewohner von Öya ihn nicht nett behandelt hatten. Er hatte die Schwierigkeiten mit dem Arm und die sonderbare Schwermut, die ihn ab und zu überfiel. Ingrid behauptete, die habe er seit der Zeit, als sein Schiff torpediert wurde und er den Eisensplitter in die Schulter bekam.
Jetzt hatte Rakel gesehen, daß auch Simon an einem »Eisensplitter« zugrunde gehen konnte.
Männer waren wohl nicht so widerstandsfähig wie Frauen.
Aber es war etwas mit Henriks Augen. Daß er gelegentlich betrunken war, das ging ja noch an. Aber es war etwas anderes ... Sie vergaß nie, wie sie ihn einmal hinter dem Stall getroffen hatte. Er hatte keine Erklärung dafür abgegeben. Hatte sie nur angegrinst und war ohne ein Wort dicht an ihr vorbeigestrichen. Wenn er nicht Ingrids Mann gewesen wäre und sie nicht gewußt hätte, daß er sie um Ingrids willen

noch gerade so eben hinnahm, dann hätte sie geglaubt, daß er auf das aus war, auf das alle miesen Kerle aus sind.

Simon reiste mit einem heimlichen Vorhaben nach Breiland. Er reiste noch gebeugter und mit einem noch heimlicheren Vorhaben nach Bodö. Er stellte Kalkulationen an und schrieb wichtige Briefe, hatte tiefe Furchen auf der Stirn und krümmte die wunden Fischerhände um den Federhalter. Er nahm sich ein paar Tage dafür, wohl wissend, daß Kornelius Olsa es mit Boot und Netz gut schaffte. Die Ostertage brauchte er auch noch zum Schreiben und Grübeln.
Das Wetter hatte sich so weit gebessert, daß die Fischer ab und zu die Hände aus den Taschen nahmen.
In der Zeitung standen wütende Aufrufe, daß die Art des Fischens mit dem Ringnetz untersucht werden müßte.
Simon hatte keine Zeit, so etwas zu lesen, noch weniger, sich darüber zu ärgern.
Aber Rakel saß abends nach dem Rundgang im Stall häufig allein mit der Zeitung.
Eines Tages las sie, daß ein Kirchenmann sich gegen weibliche Pfarrer ausgesprochen hatte.
Rakel fand es unmöglich, daß erwachsene Geistliche nichts anderes zu tun hatten, als sich um so etwas zu kümmern, wo es doch soviel Elend in der Welt gab. Sie müßten eigentlich vor lauter Umherrennen und Trösten und Helfen ganz atemlos und verschwitzt sein. Jesus hatte niemals ein böses Wort über die Frauen gesagt, auch wenn sie Huren waren, das hatte sie selbst in der Bibel gelesen.
Dann fielen ihre Augen auf die Buchspalte: »Die Frauen sind die Hoffnung«, stand da.
»Der amerikanische Ethnograph Montagu hat ein Buch darüber geschrieben, daß die Frau praktisch der Übermann des Mannes ist. Sie hat mehr Lebensfreude, weniger physische Mängel, weniger Erbkrankheiten, größere Widerstandskraft gegen physische Schmerzen und eine besser entwickelte Intelligenz. Die Frauen sind sogar fähigere Autofahrer. Der Mann weiß um seine Unterlegenheit und entwickelt Herrschereigenschaften, um sich zu rächen. Das Muskelsystem ist bei ihm bestens ausgebildet. Deswegen haben wir auch den Krieg – die spezielle Erfüllung des Mannes –, während den Frauen die für den Krieg wichtigen Eigenschaften fehlen. Man muß mit jeder Generation die Welt einen Zollbreit vorwärts bewegen. Die Frauen geben Leben. Versagen die Frauen, ist alle Hoffnung für die Menschheit geschwunden.«

Rakel nickt, während sie liest. So fängt die Welt endlich an, sehend zu werden! Nein, *sie* wird gewiß nicht versagen!
Aber was ist ein Ethnograph? denkt sie irritiert. Rakel ärgert sich oft über alles, was sie nicht weiß, über Worte, die sie nicht versteht.
Aber daß die Frauen keine für den Krieg wichtigen Eigenschaften mitbringen, das ist ihrer Meinung nach nicht richtig. Rakel spürt, daß sie zum Krieg bereit ist, wenn es sein muß. Es gibt ja so viele Arten von Waffen.
Und von einer Kanzel und auch von einem Altar, da würde sie ganz sicher einen Speer oder zwei ins Ziel werfen.

22

Die Maisonne brannte auf die abgeblätterte Südwand des Tausendheimes, so daß das Heizen an klaren Tagen unnötig wurde. Das war eine Erleichterung, nicht nur für Ingrid.
Sie hatte ihre Schulden bei Ottar zum Teil abgetragen. Und in dem Buch beim Milchverkauf war ihr Name ausgestrichen. Der Frühling schien einen neuen Sinn für sie zu bekommen.
Die Last war noch schwer genug. Aber es war so, als ob man 100 Kilo auf dem Rücken gehabt hatte und 50 davon waren jetzt weg.
Die Schulterriemen des Rucksacks taten nicht mehr *so* weh. Man konnte sich erinnern, daß es schon schlimmer gewesen war. Das half.

Ingrid hatte sich Muttererde von einer versteckten Stelle hinter den Äckern weggekratzt. Der Schnee war dort zeitig getaut. Die Stelle lag an einem Südhang und war vom Haus oder vom Weg aus nicht einzusehen.
Auf dem alten, schwarzen Fahrrad brachte sie die Erde in einem Korb nach Hause. Ließ ihn schwer und schwanger an der Lenkstange baumeln, während sie das Fahrrad schob, weil der Korb so groß und schwer war, daß sie nicht fahren konnte.
Dann trug sie ihn die Treppe hinauf, heizte trotz der Sonnenwärme gut ein und schüttete die Erde in eine Brotpfanne. Alles Ungeziefer sollte herausgebacken werden. Es konnte sein, daß sie einige Larven vorher rettete und wieder hinaustrug. Aber es konnte auch sein, daß sie sie übersah. Nach ein paar Stunden im Backofen war die Larve stocksteif und nicht mehr zu retten, die Arme.
Heute hatte sie keine Zeit, die Erde so genau zu sieben. Mußte in we-

nigen Stunden zur Arbeit. Und sie mußte fertig sein, bis Henrik kam. Er haßte Topfpflanzen.
In jedem Frühjahr tauschte sie die Erde in den Töpfen aus. Es war, als ob sie an dem Tag etwas Unerlaubtes machte. Als ob die Jugend und das Feuer für einen einzigen Tag zurückkehrten.
Der Geruch der Erde... Herrgott! Er sank tief in ihr Gemüt, speiste sie mit etwas Lebenswichtigem. Die Erinnerungen... An etwas anderes, etwas Besseres? Wer sich in Frieden erinnern könnte! Wer die Ruhe hätte, sich hinzusetzen und sich zu wärmen und zu freuen bei der Erinnerung an ein liebes Gesicht, an Hände... an etwas, was hätte werden können...

Henrik *war*, und er liebte ihre Topfpflanzen nicht. Er ging seine eigenen Wege. Trotzdem gab sie nicht auf. Und er gab nicht auf. Es war wie mit dem Blasentang bei Ebbe, er saß am nackten Felsen fest, aber ließ sich in Kreisen auseinandertreiben, immerfort.

Sie heizte extra gut ein, um das Rösten der Erde zu beschleunigen. Das Gesicht glühte von der Hitze, und sie stellte die beiden Fenster schräg. Schaute einen Augenblick auf den schmutzigen Schnee hinter dem Schuppen im Hof. Die Straßen fingen an frei zu werden. Die Kinder spielten meist dort, bis es auch auf den Äckern und Wiesen taute. Sie konnte hören, wie die jüngsten Elisif-Kinder sich stritten. Die armen Würmer.
Ingrid wollte auch Brotteig ansetzen. Das klappte gerade mit der Zeit. Sie mußte die gute Ofenwärme noch zu etwas anderem nutzen als nur zum Erderösten. Sonst wurde es Luxus mit dem Feuern. Fortgeworfene Kohle. Zum Fenster rausgeschmissen, würde Henrik sagen. Er war im Geschäft bei Dahl. Sollte im Lager helfen. Es schien sich heute alles bestens anzulassen.
Gut, daß sie zwei Brotpfannen hatte, wo jetzt in der einen die Erde war. Tora konnte auf die Brote aufpassen, wenn sie aus der Schule kam. Das schaffte sie.
Nächste Woche sollte sie beim Doktor den Hausputz machen. Das gab einen Extraverdienst zwischen der Fischpackerei. Es war die Rede von Entlassung in allernächster Zeit, da war es gut, noch zu raffen, was man bekommen konnte.
Sie war in letzter Zeit von einer sonderbaren Müdigkeit erfaßt worden. Das quälte sie und machte sie ungeduldig, so daß sie kaum mit anderen Leuten zu reden wagte. Hatte Angst, zu scharf zu werden. Das hatte keinen Sinn.

Die Magenschmerzen waren in diesem Winter besonders schlimm gewesen. Es hatte Tage gegeben, an denen sie kaum einen Bissen heruntergebracht hatte.
Tora brauchte neue Schuhe und einen neuen Rock. Sie mußte ein neues Kleid für den 17. Mai haben. Konnte nicht mehr gut in dem alten Anorak gehen. Er war außerdem zu eng.
Sie könnte Rakel nach einem Kleidungsstück zum Wenden fragen. Sie hatten es jetzt wohl selbst nicht so üppig da oben in Bekkejordet, auch wenn sie etwas zuzusetzen hatten. Aber der braune Mantel, den Rakel früher trug, den hatte sie schon lange nicht mehr angezogen. Vielleicht konnte sie ihn entbehren.
Ingrid machte Pläne. Die Hände gingen wie Trommelschlegel, und die Füße trugen sie beschwingt, wohin sie wollte.
Henrik hatte ihnen ein altes Radio beschafft. Es lief von früh bis spät, wenn er zu Hause war. Es brachte Leben ins Haus – immerhin. Das mußte sie zugeben.
Am Anfang hatte sie gemeint, daß nur Unheil davon ausgehen würde, das rührte wohl von der Kriegszeit her...
Henrik wuchs in ihren Augen, als er das Radio reparierte und montierte. Und als er schließlich einen rauschenden Kontakt mit der Welt bekam und es in dem Apparat brauste wie das Meer selbst, verstand sie, daß Henrik etwas *konnte*. Zuletzt kämpfte sich der Ton zu ihnen in die Küche herein. Sie starrten alle drei auf den Kasten auf dem Wandbrett. Es kam Musik heraus. Und das war Henriks Verdienst. Es war ein schöner Abend gewesen.

Die schleppenden Schritte auf der Treppe! Sie kannte sie! Aus! Irgend etwas war schiefgegangen. So kam er also vor der Zeit nach Hause, wenn er überhaupt auf Arbeit gewesen war. Ingrid wappnete sich gegen das Unumgängliche.
Er war nicht so betrunken, wie sie zuerst geglaubt hatte. Aber streitsüchtig.
»Zum Teufel, du heizt heut ein, wo die Sonne durch die Fenster brennt!«
»Ich muß Brot backen«, antwortete sie und versuchte es im guten.
»Brot! Du machst die verdammten Blumen, die nur im Weg stehn, daß man nicht zum Fenster rausgucken kann!«
»Sei doch still! – Wenn jemand dich hört! War mit der Arbeit schon Schluß bei Dahl?«
»Da scheiß ich drauf!«
»Wie du redst. Willste was zu essen?«

»Nee!«
Er schmiß sich aufs Sofa in der Ecke, und Ingrid hoffte, daß er vielleicht schlafen würde. Aber plötzlich sprang er auf und hin zum Küchenschrank, wo sie stand, und schlug die Faust mit aller Gewalt auf die Platte.
Nun wollte es das Unglück, daß die Pfanne auf der Kante von der ausgezogenen Platte stand. Sie kippte augenblicklich um, und die glühheiße Erde und die noch heißere Pfanne landeten auf seinem Handrücken.
Henrik schrie und fluchte und rannte im Kreis in der Küche herum. Ingrid drehte den Wasserhahn auf und wollte ihm die Hand drunterhalten. Aber nein!
Gerade da kam Tora die Treppe herauf. Sie hatte früher als gewöhnlich freibekommen. Hörte, daß da drinnen Unfrieden war, und zögerte hineinzugehen. *Sah*, daß irgend etwas Schlimmes los war, sah es an der Art, wie Henrik seine Stiefel hingestellt hatte. Die Jacke hatte er einfach in die Ecke geschleudert.
Sie überlegte, ob sie nicht in Vaeret oder am Kai etwas zu erledigen hatte, aber dann fiel ihr ein, daß die Mutter sie sicher gehört hatte. Es wurde ihr warm in dem dicken Pullover. Sie zog ihn draußen auf dem Flur aus. Es roch wieder nach Nelken. Sie war naß unter den Armen.
Die Mutter sah auf, als sie reinkam. Es wirkte wie eingeübt. Sie nickte und tat so, als ob nichts wäre. Tora setzte sich unschlüssig ans Tischende. Henrik stand hinten beim Sofa und schielte böse auf die brennende Hand.
»Der Henrik hat sich verbrannt«, sagte Ingrid erklärend und sandte einen scheuen Blick hinüber zu dem Mann. Tora antwortete nicht.
»Du kommst heut so früh?« versuchte es die Mutter wieder.
»Ja, die Gunn meinte, es wär' so schönes Wetter, sie sagte, wir könnten's gebrauchen, ins gute Wetter und in die Sonne rauszukommen, mehr als drinzusitzen und zu schreiben.«
»Ja, die weiß schon, wie sie sich freie Zeit verschaffen kann, die Schlampe«, unterbrach Henrik sie.
Es war, als ob Tora bei diesen Worten aufwachte. Sie sah! Sah, daß Henrik heimgekommen war und es mißbilligte, daß die Mutter mit den Blumen beschäftigt war, und daß er wütend über irgend etwas war und es nun an der Mutter, an Gunn und an ihr ausließ. Vor Toras Augen erschienen rote Eidotter. Der Sonnenschein verschwand in den Eidottern. Alles verschwand. Es verschwand in der schwarzen Nacht, in der Gefahr, im Widerwillen, im Abscheu. Sie schien ihn jetzt erst als etwas zu sehen, was sich durchaus veränderte.

Auch Henrik war nur ein Mensch. Er schrumpfte ein dort hinten in seiner Boshaftigkeit und war nun im Tageslicht nicht so bedrohlich... Tora sah, daß die Mutter sich bei jedem Wort duckte, das er sagte, während sie gleichzeitig versuchte so zu tun, als ob nichts wäre.
Tora konnte plötzlich ihre Worte nicht länger zurückhalten. Sie wußte nicht, wo sie herkamen, sie dachte auch nicht über das nach, was sie sagte, es kam einfach heraus:
»Es gibt auch noch andre – mehr als nur die Gunn, die sich freie Tage gönnen, was?«

Es wurde merkwürdig still im Raum. Die Geräusche von draußen hörten sich an wie Donner. Das Tropfen vom Dach war schrecklich, beinahe wie eine schlimme Warnung. Mama war das Schlimmste – Mama starrte sie mit weit offenen Augen an. Alles wurde unwirklich. Tora vernahm ein schwaches Summen, es kam von innen, aus ihr selbst.
Ingrid stand stocksteif da, beide Hände bis über die Handgelenke in dem grauweißen Teig.
Eine dicke, haarige Fliege flog unter dem Volant der Gardine vorbei. Benommen von der Winterstarre und dem Sonnenschein.

Dann stand er über ihr: »Was sagste?«
Das Gesicht war vor Wut verzerrt.
Tora hatte nicht geglaubt, daß er sie anrühren würde. Nicht, wenn die Mutter es sah, nicht so. Der Schock machte ihr Herz zu einem Vogeljungen. Sie vermochte es nicht zu beruhigen. Es flatterte wild da drinnen, und sie wurde feuchtkalt am ganzen Körper.
Nicht der Schmerz war das Schlimmste. Nicht, daß er zudrückte, wie er nur konnte, so daß sie nicht mehr genug Luft bekam und schließlich ganz still einige Zentimeter über dem Boden hing. Nicht, daß er sie auf den Boden schleuderte und mit der gesunden Hand schlug. Nein. Es war auch nicht gefährlich, daß es so seltsam in den Ohren sauste und vor den Augen flimmerte. Es war die große Hand im Nakken. Die Berührung, der Ekel. Der Greuel, daß seine Haut die ihre berührte – während die Mutter zusah.
Sie merkte, daß Ingrid vorsprang und ihn am Arm packte. Der Teig und das Mehl flogen wie ein heftiger Wind in der Küche herum.
Als er Ingrid mit seinen letzten Kräften die Faust um die Ohren schlug, hatte Tora das Gefühl, außerhalb ihres eigenen Körpers zu sein.

Sie vergaß, wer sie war. Sie hatte nicht gewußt, daß sie so fürchterlich schreien konnte. »Schlag die Mama nicht! Machste das, dann bring' ich dich um!«
Aber er hatte bereits geschlagen. Mehrere Male. Das Blut floß frisch und rot aus Ingrids Mund und Nase.
Sie ergriff geistesgegenwärtig ein Küchentuch und hielt es vors Gesicht. Tora holte eines von den dicken, die sie zum Händeabtrocknen benutzten, als es durch den dünnen Stoff durchsickerte.
Die Fliege hatte den Weg hinaus gefunden, und es klopfte ungehalten irgendwo im Haus. Gunda im ersten Stock versuchte wohl, bei diesem Krach ein Mittagsschläfchen zu halten. Henrik stand mit gespreizten Beinen und leicht gebeugtem Oberkörper mitten im Raum. Die Hand etwas geballt. Der Kopf war vorgestreckt wie bei einem Tier, das sich bedroht fühlt.
Er atmete jetzt schwer.
Plötzlich schien sein Gesicht zu bersten. Als ob er anfangen wollte zu weinen. Er sah aus wie ein kleiner Junge, der ein Vogelnest zerstört hatte, ohne es eigentlich zu wollen.
Dann wischte er sich umständlich mit dem Handrücken unter der Nase und verschwand durch die Tür. Er hatte keine von ihnen mehr angesehen.

Ingrid setzte sich auf einen Schemel und trocknete sich das Blut ab.
Tora wrang einen Lappen im kalten Wasser aus und reichte ihn der Mutter.
Es wurde kein Wort gesprochen.
Tora wunderte sich, daß die Mutter nicht weinte. Das tat sie sonst, wenn er sie schlug.
Es geschah nicht oft – alles was recht ist. Und auch nie so hart, daß Blut floß. Das hatte er gemacht, weil Tora die unbedachten Worte plötzlich ihrem Mund entschlüpfen ließ. Immer war sie es – Tora–, die den Unfrieden stiftete.

Ingrid mußte mit geschwollener Backe zur Nachmittagsschicht gehen. Sie betrachtete sich eine Weile im Spiegel über dem Ausguß. Dann seufzte sie und zog die verschlissene Wolljacke an, die sie bei der Arbeit immer unter der weißen Schürze trug, raffte die Sachen zusammen, die sie mitzunehmen pflegte, und war fertig.
Erst als sie mit dem schäbigen Stoffbeutel in der Hand, das Kopftuch fest unter dem Kinn zusammengeknotet, in der Türöffnung stand, berührte sie zaghaft Toras Arm und sagte: »Wenn du für die Brote

eingeheizt hast und sie gebacken sind, mußte sie rausnehmen. Und... dann... mußte die Erde auf'm Boden aufkehren. Nachher kannste dich mit den Aufgaben beeilen und zur Tante Rakel gehn oder mich an der Rückseite von der Fabrik abholen, ja?«
Tora nickte. Dann war die Mutter fort.

Es würde eine Weile dauern, bis er wiederkam. Das wußte sie. So war es immer, wenn etwas passiert war.
Sie atmete tief aus und machte ein gutes Feuer für die Brote. Sie versuchte die Züge einzustellen, die glühend heiß waren. Sie stocherte mit dem Ofenhaken herum, aber nichts bewegte sich. Sie versuchte es noch einmal. Scheiße, daß sie es nicht schaffte. Aber was sollte es, sie hatte bei der Mutter gesehen, daß sie es oft auch nicht hinkriegte. Besonders wenn sie müde war.
Tora war nicht müde, dennoch fühlte sie sich so, als ob sie den ganzen Tag bei einem Unwetter draußengewesen wäre. Die Hände waren gefühllos. Die Füße auch. Komisch. Denn es war doch sehr warm.
Tora legte die blutigen Handtücher in eine Schüssel mit kaltem Wasser, wie die Mutter es mit ihren Hosen machte, wenn sie »ihre Tage« hatte.
Tora hatte ihre Tage noch nicht. Sie hatte auch nicht gerade Sehnsucht danach. Aber Sol hatte sie vorbereitet. Gründlich.
Die Mutter hatte auch so nebenbei davon gesprochen, während sie den Blick auf das Blutwasser richtete – als Tora zufällig einmal dazugekommen war, wie sie das Schlimmste aus ihren weißen Hosen wusch.
Merkwürdigerweise hatte das nichts mit der Gefahr zu tun, obwohl es doch daher kam...
Sicher weil die Mama und Sol und sie davon geflüstert hatten. Sie hatten die Welt ausgeschlossen und ein Geheimnis für sich allein gehabt. Hatten etwas Gemeinsames gehabt. Etwas, was man verstecken mußte, gewiß, und trotzdem.
Es war alltäglich und todernst zugleich.
Sol erzählte, daß sie beim erstenmal geweint hatte, weil sie nicht wußte, was los war.
Damit mußte man leben, fast das ganze Leben, jedenfalls bis man alt wurde.
Es sei ziemlich ekelhaft, meinte Sol, aber man gewöhne sich schnell daran.
Tora stand über die Schüssel gebeugt und sah, daß das Blut seltsame Streifen im Wasser zog. Es färbte das Wasser langsam rosa.

Die größten Flecken waren bereits harte Klumpen und Gerinnsel geworden, die sich nur widerwillig vom Handtuch lösten und auf den Boden sanken. Dort blieben sie liegen und bewegten sich schwach hin und her, wurden immer blasser und färbten das Wasser rundum allmählich rot.
Wenn sie nicht gewußt hätte, daß es Blut war, wäre es schön gewesen!
Das Blut roch süß.
Es gab keine großen Unterschiede im Blutgeruch, egal wo es herkam.
Falls es nicht zu alt wurde.
Sie erinnerte sich plötzlich an den Gestank oben bei Elisif im letzten Winter.
Die Mutter ließ das Blut nie alt werden.

Geruch von gebackenem Hefeteig. Er sickerte aus dem riesigen, alten, gußeisernen Ofen.
Tora setzte seitdem immer Brot- und Blutgeruch miteinander in Verbindung, verbrannte Finger und blutige Lappen. Sicherheit und Fluch.
Sie richtete sich auf, nachdem sie die Schüssel mit einem Deckel versehen und unter den Ausguß geschoben hatte. Kurz darauf bückte sie sich erneut und guckte vorsichtig in den Backofen, um zu kontrollieren, daß das Brot nicht anbrannte.
Sie setzte es eine Stufe höher im Backofen und legte ein Stück Papier darüber, wie sie es bei der Mutter gesehen hatte, wenn das Brot noch eine Viertelstunde backen mußte. Dann fing Tora an, die Erde aufzukehren.

Ingrid war ein ordnungsliebender Mensch.
Sie machte selten mehrere Dinge auf einmal, ohne daß sie die Kontrolle darüber hatte, wie das bei Tante Rakel manchmal vorkam. Die Mutter beschäftigte sich nur mit einer Sache und räumte anschließend gründlich auf.
Aber heute war alles durcheinandergeraten.
Tora hatte einen ganzen Haufen Erde auf der Schaufel. Sie füllte sie in die leeren Blechbüchsen, die in Reih und Glied auf dem Küchenschrank standen. Ingrid hatte in den Boden jeder Büchse mit einem Nagel sorgfältig vier Löcher geschlagen und kleine Steine darübergelegt, damit die Erde nicht sauer werden sollte. Der Hammer und der Nagel lagen noch auf dem Tisch.
Tora hatte den Hammer nicht bemerkt, bis jetzt. Es überfiel sie ein wilder Drang, draufloszuschlagen. Nur zu schlagen! Die Kräfte zu gebrauchen, um etwas in Stücke zu schlagen.

Nein, übrigens nicht einfach *etwas*. Etwas, was die ganze Zeit zurückweichen mußte. Weichen vor ihrem Hammer! Ihre Hände zitterten, als sie den Hammer ergriff. Sie blieb so stehen, ohne zu wissen, was sie machen sollte. Da sah sie plötzlich, daß ein großer Zweig von Mutters Fleißigem Lieschen geknickt war.
Sie ging mit dem Hammer hinaus in den Flur, wo der Kasten mit dem Werkzeug war. Sie hatte das Gefühl, noch einmal davongekommen zu sein.
Sie mußte den Blumenstengel mit einer Stricknadel stützen.
Neun Büchsen im ganzen. Tora steckte die Hände in die abgekühlte Erde und füllte die Büchsen halb voll. Eine nach der anderen. Die Erde fühlte sich sauber und gut an, obwohl die Hände schwarz wurden.
Geruch von Erde. Geruch von Sonne zum offenen Fenster herein. Erde an der Haut. Wurde so ganz innerlich davon. Vergaß den Hammer. Ihn. Vergaß alles.

Fühlte Mama das auch so? fragte sich Tora. Daß sie einfach die Hände in die Erde steckte und das, was unerfreulich war, vergaß? Es war wohl nicht so, daß alles Böse fort war, daß es nicht mehr existierte. Nein, es schmerzte nur nicht...
Sie sah die Mutter vor sich, mit den Händen in der Erde.
Das blasse Gesicht eingerahmt von dem dichten, dunklen Haar.
Es war wieder gewachsen, dachte Tora triumphierend.
Der Knoten, der im Begriff war sich aufzulösen. Die Mutter hatte keine Dauerwellen wie die anderen in der Fabrik.
Nun saß sie dort in der kalten Frosterei, mit Cellophanpapier und Fischfilets in den Händen.
Die Hände mußten soviel tun. Das war nicht zu ändern. Besonders nicht für Mutters Hände. Sie kamen niemals zur Ruhe.
Tora setzte die Pflanzen vorsichtig in die neuen Büchsen und drückte die Erde sorgfältig rundherum an, so daß nur noch ein kleiner Rand stehenblieb für das Wasser.
Sie hatte der Mutter schon geholfen, deshalb wußte sie, wie es ging. Und wie sie hier so stand, ganz allein, und keiner sah zu, kam sie sich beinahe tüchtig vor.
Dann prangten die Blumen in den blanken Büchsen und sahen ganz neu aus. Noch waren die häßlichen Leimflecke von dem Papier zu sehen, das einmal um die Büchsen geklebt war.
Tora drehte die Leimflecken zum Fenster hin und legte den Kopf zur Seite, um ihr Werk zu betrachten.
Irgend etwas fehlte noch. Sie suchte die drei Räume von oben bis un-

ten nach Kreppapier ab. Schließlich fand sie die grüne Rolle ganz oben im Küchenschrank.
Mit geübter Hand schnitt sie das Kreppapier in die passende Breite und wand es um jede Büchse. Sie mühte sich erst mit Papierschleifen ab, aber dann kam sie drauf, daß es mit Stecknadeln ebenso gut ging. Und so sah es auch nicht zu aufgeputzt aus. Die Mama war mit so etwas so genau.
Zum Schluß legte sie um den Rand noch eine hübsche Kante. Keiner konnte sehen, daß nur Blechbüchsen drunter waren! Keiner in der ganzen Welt!
Tora legte den Kopf wieder zur Seite, und die hellrote Zungenspitze ragte ein wenig aus dem rechten Mundwinkel.
Mama würde sich freuen. Sie wollte Kaffee kochen und Pfannkuchenteig machen und auf den Küchenschrank stellen – bevor sie ging, um die Mutter abzuholen. Es könnte schön werden!

Tora hatte die Brote vergessen. Sie hatte sich an den Geruch gewöhnt und nicht darauf geachtet, daß er immer intensiver wurde. Nun roch es angebrannt! Die Brote hatten eine scheußlich dunkle Kruste auf der Oberseite bekommen. Als Tora die Brote aus der Pfanne stürzen wollte, verbrannte sie sich und bekam Blasen an den Händen. Plötzlich weinte sie.
Sie hatte geglaubt, daß alles wieder gut war, und nun hatte sie die Brote vergessen!
Immer wenn man glaubte, daß man ein Unglück überwunden hatte, und man wieder auf die Beine kam, dann versuchte irgend etwas einem die Freude aus dem Körper zu reißen. Warum mußte das so sein?
Aber die Mama hatte die Brote auch schon verbrannt. Das hatte Tora deutlich gesehen. Vielleicht nicht *so* stark... Aber sie hatte sie verbrannt!
Vier Brote wurden übrigens in einer Woche gegessen, da mußten nächsten Freitag sowieso vier neue gebacken werden.
Schwamm drüber!

23

Tora hatte den Eindruck, daß sie Sol niemals ohne das Jüngste auf dem Rücken sah. Sie schienen eins zu sein.

Torstein hatte Arbeit in der Gemeinde bekommen, so war es jetzt besser bestellt mit Schuhen und Brot, aber Sol hatte wenig Freizeit. Es waren mehrere Vorstöße unternommen worden, um die Kinder unterzubringen, einzeln oder alle zusammen.
Das letztere war ein reines Wunschdenken. Die Leute konnten sich die tüchtige Sol wohl in ihrem Haus vorstellen, aber sie bedankten sich für Wickelkinder, Rotz und Nachtwachen. So blieb alles beim alten.
Vanda unten vom Fluß kam an den Werktagen und sah nach den Kleinen und kümmerte sich um Essen und Kleider, während die Großen in der Schule waren.
Die Leute erzählten sich, daß sie von der Gemeinde etwas für ihre Arbeit bekam.
Aber nachmittags und abends mußte Sol ran. Tora meinte, Sol sei wie ein Ameisenhaufen. Es krabbelte und kroch auf, über und neben ihr. Die ganze Zeit.
Sie schien sich jedoch nicht besonders dadurch stören zu lassen. Sie rückte nur ein bißchen weg, wenn es zu arg wurde.

Die Aufgaben machte sie auf der winzig kleinen Ausziehplatte vom Küchenschrank. Mit verschränkten Beinen und mit gutem Licht vom Fenster in der hellen Jahreszeit. Aber vorher entfernte sie alle Schemel, damit die Kleinen nicht an ihr raufklettern konnten.
Dort saß sie dann, und ihre Gedanken waren hoch über dem Fußboden. Sie schien die Fähigkeit zu haben, die Welt auszuschalten, so wie man ein Radio abstellt.
Nun waren die Elisif-Kinder, was Zank und Streit betraf, nicht die Schlimmsten, und es ging eben, wie es ging. Tag für Tag.
Kinder waren immer die Kinder der Frauen. Wenn Frauen auf irgendeine Art versagten, waren die Kinder die Leidtragenden. Keiner wußte, was er mit ihnen anfangen sollte.
Da konnte es rundum haufenweise arbeitslose Väter geben. Aber das nützte nichts.
Tora hatte manchmal davon geträumt, daß Tante Rakel alle Kinder von Elisif zu sich nehmen würde. Sie malte sich das aus, wenn sie sich hingelegt hatte und die Gefahr auf Abstand halten wollte. Das waren gute Gedanken, mit denen man sich lange beschäftigen konnte, genauso wie mit den Gedanken an Berlin und an die Großmutter. Man brauchte sie auch nicht zu Ende zu denken.
Tora sah alle Kinder auf Bekkejordet vor sich. Soviel Platz! So schön würden sie es da haben! Vielleicht könnte sie selbst auch dort sein. In

der Webstube war Platz für alle Betten der Kleinen. Sol und sie könnten in der Kammer mit dem grünen Lampenschirm schlafen.
Aber es war nur etwas, was sie sich ausdachte. Sie wußte es. Auch wenn die Tante selbst keine Kinder bekommen konnte, so wollte sie doch keine ganze Horde.
Und vor allem jetzt nicht – nach dem Brand.

Eines Nachmittags tauchte eine neue Gestalt im Hof des Tausendheims auf.
Ein magerer, hoch aufgeschossener Junge stand plötzlich neben dem Schuppen und schaute neugierig auf den Haufen Kinder, der vom Kai heraufkam. Der Junge hatte ungewöhnlich lange Glieder, und der Kopf schien viel zu groß und zu schwer für den dünnen Hals zu sein. Trotzdem waren es die Kleider, die den Kindern am meisten auffielen. Sie saßen tadellos und paßten gut zusammen. Der Pullover war weder gestopft, noch hatte er Löcher. Er war offensichtlich neu und hatte warme, aufeinander abgestimmte Farben in einem schönen Muster, wie ein Mädchenpullover.
»Er stand einfach da, als wir kamen«, flüsterte Sol und schielte verstohlen zu dem Jungen hinüber Er konnte in ihrem Alter sein.
Sie sahen, daß er mehrmals schluckte. Der Adamsapfel war gleichsam ein paar Nummern zu groß, er flatterte erschreckt rauf und runter. Es sah so aus, als ob seine Mutter mehr Sinn dafür hatte, den Jungen zu kleiden, als der Herrgott gehabt hatte, ihn zu schaffen.
Aber Tausendheimkinder hielten sich mit so etwas nicht auf.
»Wo kommste her?«
Jörgen fragte sehr männlich, wohl wissend, daß er die ganze Schar im Rücken hatte. Aber der überlegene Ton gelang ihm nicht so recht, den er bei Ole gehört hatte, wenn ein Neuer sich in ihrem Reich zeigte. Außerdem war er sehr eingenommen davon, daß der Fremde ein richtiger Junge war. Im Tausendheim hatten sie entschieden einen Frauenüberschuß.
Jörgen nahm sich ein altes schwarzes Fahrrad, das an der Schuppenwand lehnte und fuhr damit um den Schuppen und den Neuen herum. Zog immer engere und engere Kreise. Schließlich war er dicht bei ihm und rief: »Wer biste?«
Aber der Fremde stand nur da.
Jörgen hielt an und wiederholte die Frage.
Da wedelte der Fremde mit den Armen und machte die sonderbarsten Bewegungen, die keiner deuten konnte.
Die Neugier der Kinderschar wurde immer größer. Sie rückten näher

und näher, wie von einem Magnet angezogen. Die Kleinen waren auch dabei. Das Jüngste auf Sols Rücken. Der Junge an der Schuppenwand sah freundlich aus, obwohl die Horde bedrohlich nahe war. Er sah mehr neugierig als ängstlich aus, sagte aber keinen Ton. Stand nur da.

»Kannste nicht reden oder?«

Jörgen stützte sich auf einen Fuß, um die Balance auf dem Fahrrad zu halten.

Der Fremde schüttelte energisch den Kopf.

Jörgen grinste. Die anderen glotzten.

»Wie heißte, he?«

Jörgen gab nicht auf. Das entsprach auch nicht seiner Art, obwohl er im übrigen seinem Vater ähnelte.

Der Junge öffnete den Mund und schloß ihn wieder.

Dann machte er eine hilflose Bewegung in der Luft und starrte Jörgen direkt ins Gesicht, genau wie vorher auch.

»Biste verrückt, blöde oder was?«

Jörgen stieg ganz vom Fahrrad ab, weil er die Haustür zuschlagen hörte. Er stellte es neben dem Sonderling ab, um ihm dicht auf die Pelle zu rücken.

»Laß ihn in Ruh!«

Das war Sol, die sich durch die Schar hindurchdrängte. Schroff und gebieterisch kamen die Worte, mit einer Autorität, um die jeder Erzieher sie hätte beneiden können.

Sie war es, die das Außergewöhnliche zuerst witterte. Sie hatte die Spürnase dafür, daß nicht alles so war, wie es sein sollte. Natürlich begriff Sol als erste, daß der arme Kerl wirklich stumm war.

Er schien auch nicht zu hören, was sie sagten. Er hielt nicht das Ohr hin, wie er es machen würde, wenn er schwerhörig wäre. Er schaute nur in ihre Gesichter. Wandte den Oberkörper, den Kopf zu dem hin, der mit ihm sprach. Es sah mehr als närrisch aus.

Tora fühlte einen Schmerz von der Brust bis in den Bauch hinunter. Ja, bis ganz unten hin, wo das Unaussprechliche war. Es war wie ein Weinen.

Sie wußte nicht, wieso. Es war, als ob der Frühling, alles Verletzende, alles Schmerzliche, alle Schatten über sie kämen, während sie den stummen Jungen ansah und verstand. Sie fühlte sich hilflos und dumm.

Tora war noch nie einem Menschen begegnet, der nicht sprechen konnte.

24

Frits hatte nicht mehr als die Laute zur Verfügung, die sie zuerst gehört hatten.
Sie stellten nur noch fest, daß er ebenso taub wie stumm war. Einige wußten, daß so etwas oft zusammenkam.
Ja, und dann passierte es, daß er sein Heil in Tränen suchte, der große Junge. Aber das machte Jörgen auch, wenn er nur wütend genug wurde.
Der Vater von Frits war der neue Maschinist bei Dahl.
Es wurde ziemlich übel aufgenommen, daß Dahl einen Fremden auf die Insel geholt hatte. In Ottars Laden standen sie an den Wänden entlang und schworen darauf, daß einige von ihnen diesen Job auch schaffen würden.
Die Kinder entdeckten, daß Frits sogar schneller als Tora lief. Er konnte nicht besonders gut zupacken, aber er war sehr brauchbar bei der Verteidigung gegen die Kinder von Vaeret, einfach weil er stumm war. Er hatte eine gewisse abschreckende Wirkung.
»Da kommt er, der Stumme!« flüsterten die Vaeret-Kinder sich zu und wichen zurück.
Und die Tausendheim-Kinder gaben bei jedem Kriegszug Frits die Fahne. Sie ließen den mageren Jungen mit seinen Kehllauten an der Spitze marschieren. Das genügte, um sich Respekt zu verschaffen.
Frits und seine Eltern wohnten in einer von den leerstehenden Fischerhütten, die einmal zu dem Brinch-Betrieb gehört hatten. Nun verfügte Dahl darüber und benutzte sie als Wohnungen für die Mitarbeiter, die nicht auf der Insel zu Hause waren.
Frits' Mutter hatte auf dem ganzen Kopf Dauerwellenlocken, und sie hieß Randi. Das war eigentlich ein Name für junge Mädchen. Sie war ebenso kurzgliedrig und rundlich, wie der Sohn und der Mann aufgeschossen und groß waren. Randis Augen waren quicklebendig und sahen den Menschen direkt ins Gesicht.
Der Vater sprach leise und lächelnd, wenn er nicht gerade stumm war. Die Kinder mochten ihn.
Randi begnügte sich nicht damit, nur zu lächeln. Sie lachte wie Gunn oder Tante Rakel. Und sie redete wie ein Wasserfall. Menschen, die so lachten, wirkten unendlich frei, meinte Tora. Sie lachten nicht gekünstelt und kränkend wie die Männer samstags in den Fischerhütten oder wie die Jugendlichen, die am Tausendheim vorbeikamen, wenn sie ins Jugendhaus wollten. Sie waren so voller Güte und Spaß, daß sie das Lachen gar nicht zurückhalten konnten.

Randi hatte ein leises, gurrendes Lachen. Es erinnerte an die Laute der Schneehühner im Frühling.
Die Einrichtung in der Hütte schien Tora mehr als seltsam. Natürlich war es dort genauso spartanisch und praktisch wie in allen Hütten: Tisch, Holzstühle, Küchenschrank, Etagenbetten. Ofen mit der unvermeidlichen Schnur zum Trocknen darüber. Nagel für den Ofenhaken. Nagel für den Henkel von der Waschschüssel. Brett an der Wand für das Radio, falls jemand so glücklich war, eins zu besitzen.
Aber bei Frits lagen Zeitungen auf dem Radiobrett, und das Radio stand in einem schön lackierten Schrank neben dem einen Bett. In dem Schrank war auch ein Plattenspieler!
»Musiktruhe« nannte Randi den Schrank. Er war wie ein Wunder.

Tora machte Augen, als sie ihn zum erstenmal erblickte. Frits war sichtlich stolz auf den Schrank, denn er setzte einen ganzen Plattenstapel in das Stativ über dem Plattenteller, obwohl er selbst nicht hören konnte. Er ließ die Tür offen und verfolgte es genau mit den Augen, wenn eine neue Platte herunterfiel. Ziehharmonika, Violine, Gitarre. Ja, sogar Flöte. Und Gesang! Tora saß auf dem gestrickten Bettüberwurf und lauschte! Gepriesen sei Frits, daß er die kostbaren Minuten nicht fortschwatzte. Das war beinah so, als ob sie einen neuen Dachboden bekommen hätte. Hier war es wärmer und heller.
Trotzdem, der Dachboden war nicht mehr. Wenn etwas passierte, war sie heimatlos wie eine unerwünschte Fliege.
Sie war eine Schnecke mitten in der Wagenspur. Es war nur zu hoffen, daß keiner angefahren kam.
Sie sah oft weit hinauf zu dem verrußten Schornstein, wenn sie in Vaeret war.
Gerade *so* hoch mußte das Dach gereicht haben, nach den Anzeichen zu urteilen. Tora fühlte die Ohnmacht vor dem Unabänderlichen. Der Trotz in ihr welkte dahin. Sie war nach dem Brand eine andere geworden, auch sie, genau wie die Tante und der Onkel.
Die Flammen! Sie konnte sie vor sich sehen. Da flogen ihre Hefte als schwarze, verkohlte Flocken im Wind umher. Sah sie über dem Meer verschwinden. Als ob sie nie dagewesen wären. Nahmen die gute Einsamkeit mit und alle gesegneten Töne der Flöte.
Sie war in Breiland gewesen, als man sie brauchte, so wie der Vater tot war, während sie ihn brauchte. Er konnte nicht helfen, er auch nicht. So war es eben.
Aber sie hatte etwas anderes dafür bekommen. Etwas, was sie sich nicht einmal erdichten mußte.

Es gab viele Dinge bei Randi und Frits, deretwegen man Augen machen konnte.
Die Regale zum Beispiel. So viele Regale zwischen den Fenstern! Mehrere Reihen. Es standen nicht etwa Nippes und Blumenvasen darauf wie bei Tante Rakel und Onkel Simon. Nein, da standen dicht an dicht die Bücher. Wie in einer Bibliothek, beinahe. Alle Sorten. Abgegriffene und neue, dünne und dicke.
Es war gar kein Platz für alle Bücher, deshalb lagen etliche in Pappschachteln unter den Betten.
Tora schlich sich heran, um in die dicken Bücher zu sehen. Schaute verstohlen zu Randi, ob sie es billigen würde, daß sie in die Bücher sah, und ob sie beobachtete, welche sie nahm.
Aber sie war mit ihren Dingen beschäftigt und achtete nicht auf Tora.
Randi hatte eine Strickmaschine, die klapperte, wenn man sie in Bewegung setzte. Und das tat Randi oft.
Sie strickte für die Familie.
Sie machte öfter Kakao, wenn Tora da war. Gewöhnlich hielt sie sich in der Küchenecke auf oder saß an der Strickmaschine. Ab und zu drehte sie den Kopf und sah lächelnd zu Frits und Tora. Und Tora lächelte unsicher und verwundert zurück. Sie begriff, daß noch etwas anderes als nur die Bücher und der Schrank mit Radio und Grammophon so ungewohnt und so auffallend in diesem Heim war: jemanden anzulächeln – nur um zu lächeln! Merkwürdig!
Tora fand ein zerfleddertes Buch ohne ordentlichen Einband. Es handelte von Liebe. Ein junges Mädchen heiratete einen reichen Herrn aus England und zog mit ihm auf sein Schloß. Dort ereigneten sich seltsame und schlimme Dinge. Es war umwerfend. Da war eine Haushälterin, die versuchte, die Heldin wieder rauszuekeln. Und dann war da noch die tote Frau des reichen Mannes, Rebekka. Er konnte sie sicher nicht vergessen. Es war umwerfend. Tora rollte sich auf dem Bettüberwurf zusammen, und auf dem Kakao in der Tasse bildete sich eine Haut. Er wurde langsam kalt, ohne daß jemand sagte, daß sie ihn nun wirklich trinken müsse.
Tora durfte das Buch mit nach Hause nehmen, als sie ging. Sie wußte nicht, was ihr lieber war, das Grammophon oder die Bücher. Oder das Zimmer, in dem nicht der kleinste Schatten einer Gefahr lag! Ab und zu »sprachen« Frits und Randi miteinander. Da benutzten sie eine Zeichensprache. Sie ließen die Finger blitzschnell vor sich her fliegen. Randi war für Tora leicht zu verstehen, denn sie sagte laut, was sie mit den Fingern zu sagen versuchte. Sie formte den Mund zu einem

Trichter. Machte ihn rund, öffnete ihn und ließ alle Laute an den Lippen vorbei, und es war wichtig, auch die kleinen Laute mitzubekommen, die man sonst so leicht verschluckte.
Und Tora verstand, daß Frits an Randis Mund sehen konnte, was sie sagte. Das war eigenartig.
Tora versuchte auch, die Zeichensprache zu lernen. Es ging langsam. Aber es sah nicht so aus, als ob Frits sich dadurch irritieren ließ. Bei Frits zu Hause wurde nie jemand böse oder unsicher. Es war fast unnatürlich.
Sie sprachen miteinander und schämten sich nicht zu zeigen, daß sie sich gern hatten.
Tante Rakel und Onkel Simon hatten sich auch gern, trotzdem schrien sie sich gelegentlich an. Und wenn sie keinen Grund hatten, dann aus Spaß.
Aber in Frits' Familie wäre das undenkbar und ungehörig gewesen. Tora überlegte, ob es vielleicht damit zusammenhing, daß Frits stumm war.

Es kam so weit, daß Tora die Kinder im Tausendheim und Sol immer mehr vernachlässigte, um bei Frits zu sein.
Ihre Augen hatten ein Ziel, wohin sie schauen konnten. Sie brauchte nicht zu fürchten, daß die Augen sie verrieten. Entweder ruhten sie auf den Büchern oder auf dem gestickten Überhandtuch, das über dem Ausguß hing. Darauf war das Bild einer Alm mit Blumen und Ziegen. Und mit einem rotbackigen Mädchen, das den Ziegen etwas gab, was wie ein Schneegestöber aus ihrer Hand kam.
Musik erklang durch den Raum und hob sie hinein in die Stickerei in dem Handtuch, wo es immer Sommer war.
Wenn sie nach Hause ging, hatte sie oft ein schmerzliches Gefühl wegen Sol. Fühlte, daß sie versagte. Denn Sol konnte nicht mit allen kleinen Geschwistern andere Leute besuchen und Grammophon hören.
Sol war eine Gefangene.
Tora wußte, daß sie versagte. Trotzdem war es beinahe schön, in der seltsamen blauen Luft nach Hause zu gehen und traurig zu sein, weil Sol eine Gefangene war. Es war ja nicht so, daß sie Sol kein besseres Schicksal gegönnt hätte. Es tat nur gut, sich auf eine schöne Art traurig zu fühlen, ohne daß es in einem wühlte.

Eines Abends, als Tora nach Hause gehen wollte, begleitete Randi sie in den großen, kalten Flur hinaus und sagte: »Es ist lieb von dir, Tora,

daß du so oft mit dem Frits zusammen bist. Und daß du dir die Mühe machst, die Zeichensprache zu lernen.«
Tora blieb stehen. Die Schamröte schoß ihr ins Gesicht. Dann schüttelte sie unschlüssig den Kopf. Sie hätte so viel zu sagen und zu erklären gehabt und für so vieles danken müssen. Aber das würde zu dumm klingen. Es versank alles zusammen in dem grauen Fußboden im Flur. Blitzartig verstand sie, wie es Frits vielleicht zumute war, wenn sie auf dem Bett saß und Musik hörte oder wenn die Kinder im Hof drauflosschwatzten, ohne Rücksicht darauf zu nehmen, daß er auf ihren Mund sehen mußte, um sie zu verstehen. Und Tora taumelte hinaus in den Frühlingsabend.
Sie ging nicht direkt nach Hause. Sie wollte eine kurze Zeit für sich allein sein. Es war, als ob die Beine den Grusweg nach Bekkejordet von selber fanden. Dort, wo das Birkengestrüpp die Heide ablöste, war sie in gewissem Sinne gerettet. Sie schlich sich in das Gestrüpp hinein, ohne nach einem Pfad oder nach einer Lichtung zu suchen. Der Duft der Birkenknospen kam unerwartet und plötzlich über sie.
Sie hatte das Gefühl, nach einer langen Krankheit genesen zu sein. In dem Geröll unterhalb des Veten hörte sie das Birkhuhn Laut geben.
Tora setzte sich auf einen kleinen Erdhügel unter einem Vogelbeerbaum. Seltsam weich in den Knien. Die Heide und das Moos waren feucht. Der Schnee war hier oben gerade weggeschmolzen. Sie konnte undeutlich erkennen, daß frisches Grün zwischen all dem Braunen, Vertrockneten herausgekommen war.

Nach einer Weile hatte sie sich so weit in der Gewalt, daß sie hinuntergehen konnte.
Sie nahm die Abkürzung durch die Fischgestelle und zog den scharfen, säuerlichen Geruch von den halbgetrockneten Fischen ein, die heruntergefallen waren und begonnen hatten zu verfaulen, und den eigenartigen Geruch von Tang und Meeresluft, der im Frühling überall gegenwärtig war. Er hängte sich an alles und alle.
Die Möwe. Die Möwe war frei und ängstlich zugleich, genau wie sie. Tora schaute sie an. Hörte es an den traurig-durchdringenden Schreien. Tora konnte es sich leisten, mit jemandem Mitleid zu haben, der weniger frei war als sie. Es war wie Samt hinter den Augenlidern, wenn der Wind vorbeistrich.
Die kleinen Vögel waren nicht so frei wie die Möwe und ängstlicher. Es gab nicht viele hier unten in Vaeret. Aber in Bekkejordet hatten sie ihre Nester drinnen im Gebüsch. Man wurde gut davon, wenn man ihnen zusah. Bekam Lust, jeden einzelnen in der hohlen Hand zu hal-

ten und zu wärmen. Die winzig kleinen Krallen und die zarten Federn an der Haut zu spüren.
Und sie dachte an Frits, der nie etwas sagte. Der nur lächelte und die Menschen in Ruhe ließ.

25

Äußerlich war der Unterschied zwischen dem Tausendheim und der Fischerhütte von Frits gar nicht so groß.
An beiden war die Farbe abgeblättert.
Da war der gleiche Ausguß. Ja, die blaue Gummikante am Becken war die gleiche. Es stimmte noch vieles überein, einmal abgesehen von den Bücherregalen, dem Grammophon und den Platten.
Aber es lag etwas in der Luft. Zu Hause war es trister. Überall nervöser Seifengeruch und lauernde Gefahr.
Tora wurde es übel, wenn sie daran dachte, denn sie wußte, daß die Mutter sich schrecklich abmühte.
Und *er*. Eine Art Schatten. Eine Abhängigkeit oder eine Bedrohung, an der man nicht vorbeikam.
Tora gewöhnte sich ab, daran zu denken.
Als er im Frühjahr die Mutter geschlagen hatte, da hatte sie sich, was selten genug geschah, daran erinnert, daß *er* ein Mensch war. Es war verrückt gewesen, ihm Widerstand zu leisten, und es hatte für die Mama alles nur noch schlimmer gemacht.
Tora hatte gesehen, daß er ein Gesicht hatte. Aber sie sah ihn nicht oft an. Es war zu ekelhaft. Und qualvoll.
Toras Zorn war kein gewöhnlicher Zorn. Er machte oft alle Dinge nur noch schlimmer, so schien es ihr.
Einigemal hatte sie gesehen, daß ganz großes Unglück daraus entstanden war.
So war es mit dem Weinen auch. Man konnte sich nachher nicht vor den Leuten sehen lassen. Das Weinen an sich war schon schmachvoll. So völlig unverständlich für den, der die Spuren hinterher sah.
Nachdem Onkel Simons Betrieb abgebrannt war, mußte Tora in den Wald gehen, um allein zu sein. Und selbst da gab es ab und zu einen Hauch von Gefahr, weil nun auch die Nächte anfingen hell zu werden und sie sich nicht im Schutz der Dunkelheit verbergen konnte.
Besonders seit sie *ihn* leise und schnell um den Stall von Tante Rakel und Onkel Simon hatte kommen sehen.

Tora hatte niemals geglaubt, daß er da oben sein würde. Es durchzuckte sie heute noch das Gefühl, daß sie nicht davor sicher sein konnte, ihn auch im Wald zu treffen...

»Du solltest nicht soviel unten bei den Monsens sein. Du belästigst sie nur. Sie haben ja auch nur den einen Raum.«
Ingrid hatte ihre klagende Stimme.
»Sie sind froh, wenn ich mit dem Frits zusammen bin. Die Randi hat's heut nachmittag gesagt. Daß ich lieb bin, daß ich mit ihm zusammen bin.«
»Wieso das denn?«
»Weil er stumm ist.«
»Du mußt nicht mit ihm zusammensein, auch wenn er stumm ist.«
Ingrid lehnte sich müde an die Wand und gähnte, und sie hatte eine Falte zwischen den Augenbrauen.
»Das find' ich ja auch, aber ich bin es nicht, die...«
»Nein, nein, aber du brauchst ihnen trotzdem nicht auf den Wecker zu gehn mit deiner Herumlungerei!« unterbrach Ingrid sie ungehalten. »Es ist Fisch gekommen, ich muß heut abend auf die Arbeit, wenn ich auch noch so müde bin. Du mußt allein fertig werden, Tora. In der Schublade liegt ein großes Stück Kochschokolade. Rakel war hier. Wir haben schon ein Stück zum Kaffee gegessen, aber es ist noch viel übrig.«
Tora empfand ihre Worte wie einen Schlag. Sie war ganz sicher gewesen, wenn die Mutter bis jetzt nicht gegangen war – so spät am Nachmittag –, dann brauchte sie heute nicht mehr zur Arbeit.
Sie zog ihre Sachen bei der Tür aus und hängte sie ordentlich auf, um die Mutter zufriedenzustellen.
Sie hatte es bereits im Flur gesehen – seine Stiefel standen nicht da. War so froh gewesen... Mehr brauchte sie nicht, um so froh zu sein. Dachte sofort daran, daß sie Tee kochen würde für sich und die Mutter. Dann konnten sie Tee trinken und ein Stück Brot essen und schwätzen. Vielleicht konnte sie der Mutter von Randi und Frits erzählen.
Unten ging die Haustür, und Tora fühlte, wie sich der Magen zusammenkrampfte.
War er das? Nein! Die Erleichterung währte nur kurz. Aber es war eine Atempause, ein Aufschub.
Die Nacht vor ihr wurde zu einem ganzen Winter und stand kalt und feucht an der angelehnten Tür. Da führte kein Weg dran vorbei. Sie wußte, was ihr bevorstehen konnte.

Trotzdem erzählte sie der Mutter allerlei. Tat so, als ob sie gar nicht gehört hatte, daß Ingrid zur Arbeit mußte. Wollte nicht, daß die Mutter sie als einen Klotz am Bein empfand, wenn sie gehen mußte. Sie erinnerte sich noch allzugut daran, wie die Mutter versucht hatte, von der Abendschicht loszukommen, und darüber beinahe den Arbeitsplatz verloren hätte. Nein, die Mutter hatte so viele Sorgen.

»Sie reden über alles mögliche zu Hause beim Frits«, sagte Tora. Sie stand mit dem Rücken zu Ingrid und goß Tee in ihre Tasse.
»Wie meinste das – alles mögliche?« Ingrid war sofort alarmiert.
»Tja, daß sie Angst haben, daß der Vater die Arbeit verliert, und daß der Frits zu Hause bleiben muß, wenn er mit der Taubstummenschule fertig ist. Sie sagen, daß er zu gescheit ist, um seine Gaben zu verschleudern. Und dann sagen sie, daß in Vaeret viel geklatscht wird.«
Sie hielt inne.
Ingrid sah sie aufmerksam an.
»Ja?«
»Findste es nicht komisch, daß sie so reden, wenn ich dabei bin?«
»Was sind das eigentlich für Leute?«
»Der Vater vom Frits ist vorher zur See gefahren, mußte aber an Land, weil die Randi von dem ständigen Alleinsein so schlechte Nerven bekam. Findste das nicht komisch, daß sie das selber sagt?«
»Puh, dann ist die wohl eine Klatschtante. Die nie den Mund halten kann.«
»Sie reden nicht darüber, was andre machen«, erklärte Tora schnell und mit Bedauern, denn sie hatte gemerkt, daß Ingrid ein schiefes Bild von Randi bekommen hatte.
»Wir hören Musik. Die haben so viele Grammophonplatten!«
Tora ereiferte sich, weil sie Angst hatte, die Mutter könnte glauben, sie sitze nur bei Randi herum und würde dummes Zeug reden.
»Das darfste aber nicht über die ganze Insel verbreiten, wenn sie dir Dinge erzählen, die nicht für deine und andrer Leute Ohren bestimmt sind.«
Ingrids Stimme war scharf, nur etwas. Aber genug. Tora fühlte sich wieder leer.
»Ich erzähl's niemand anderm als nur dir, Mama«, sagte sie leise und setzte sich ans Tischende.
Es war oft so, wenn Tora versuchte mit der Mutter zu reden, dann hängte Ingrid einen »Vorhang« zwischen sie.
Toras Worte kamen nur bis zu dem Vorhang. Gelangten niemals hindurch.

»Die Randi kommt sicher von reichen Leuten in Bodö. Sie hat eine Strickmaschine und ein Grammophon von ihrem Vater gekriegt, obwohl sie erwachsen ist und genauso alt wie du.«
Tora vermochte die Hoffnung an diesem Abend nicht aufzugeben. Redete drauflos, als ob sie Angst hätte, die Mutter würde für immer fortbleiben, wenn sie ging.
»Ja, ja«, antwortete Ingrid und machte sich fertig zum Gehen. Hatte bereits das karierte Stoffnetz in der Hand und gab Tora Ermahnungen wegen Licht und Feuer.
Tora stand da und lauschte, ob jemand die Klinke von der Haustür niederdrückte.
Sie fühlte sich krank und schwindelig, da war etwas, was ganz unten im Bauch kniff. Eine Art Angst. Nein, die Leere nach einer Verletzung. Sie wollte die Mutter nicht gehen lassen! Konnte nicht! Sie mußte sich irgend etwas ausdenken. Ihr runter in den Hof folgen? Ja!
Tora sprang die Treppe hinunter. Wollte die Mutter ein Stück Wegs begleiten. Da fiel ihr ein, daß sie dafür nicht angezogen war. Sie konnte ja auch aufs Klo gehen.
Ingrid war bereits an den Torpfosten. Sie drehte sich kurz um, als sie das Mädchen hinter sich hörte. Sie hob die Hand.
Tora blieb unschlüssig stehen. Dann hob auch sie eine kraftlose Hand.

Eine Weile blieb Tora noch stehen und sah der Mutter nach und fühlte, daß der Abend ohne Sinn war.
Dann ging sie langsam zum Klo und verriegelte die Tür. Da war sie mit ihrem Gesicht allein.

Sie entdeckte es sofort, als sie sich abwischte.
Blut!
Zuerst wollte sie es nicht glauben. Ihr erster Gedanke war, der Mutter nachzulaufen, aber dann dämmerte ihr, wie töricht es wäre, die Mutter zu beunruhigen, wenn sie doch gezwungen war, zur Arbeit zu gehen. Das Blut war da. Kein Mensch auf der ganzen Welt konnte etwas daran ändern. Soviel wußte sie jedenfalls. Das Blut war gekommen, um zu bleiben. Sie war plötzlich eine andere Tora geworden.
Eine Tora, die sich selbst nicht kannte.
Sol! Vielleicht konnte sie Sol rufen?
Aber nein. Sol brachte jetzt gerade die Kleinen ins Bett. Sol hatte genug zu tun. Tora hatte ja das Scharren und Poltern da oben gehört, was bedeutete, daß die Abendlawine in Gang gekommen war.

Tora trocknete sich ab. Legte ein Stück Zeitungspapier in die Hose, damit nichts durchgehen sollte, bis sie oben war. Es war so schon schlimm genug. Das Papier scheuerte an der Haut, es war ein fremdes, merkwürdiges Gefühl. Sie bewegte sich steif und langsam über den Hof, die Treppen hinauf und in die Küche hinein.
Während sie noch an etwas schluckte, was ihr die ganze Zeit im Hals hochkommen wollte, machte sie sich Waschwasser. Sie wusch sich schnell und ängstlich und hielt immer wieder die Luft an und lauschte nach Fußtritten auf der Treppe und dem harten Griff an der Türklinke.
Zweimal kam jemand. Da zog sie blitzschnell den Rock runter und sauste in die Kammer. Sie schaffte es nicht, das Herz mitzunehmen. Es schlug nicht, bevor nicht der Betreffende an ihrer Tür vorbeigegangen und die Gefahr vorüber war.

Sie machte sich fertig. Das Zeitungspapier, mit dem sie sich beholfen hatte, wurde im Herd verbrannt. Das war einfach. Schwieriger war es mit der Hose. Sie weichte sie in einer Schüssel ein und legte einen Deckel drüber. Sie holte eine weiche, saubere Makohose. Legte einen Waschlappen in den Schritt und steckte den Lappen mit zwei Sicherheitsnadeln fest, so wie Sol sich in dieser heiklen Lage rettete.
Dann entfernte sie sorgfältig alle Spuren. Es war, als ob sogar das Waschen an sich peinlich war und verborgen werden mußte.
An diesem Abend steckte Tora das Messer nicht in den Türrahmen. Es hatte sich als völlig nutzlos erwiesen. Die einzige Hilfe, die das Messer gab, bestand darin, daß sie Zeit bekam, wach zu werden, sich zu wappnen, sich dem gegenüber gefühllos zu machen, von dem sie wußte, daß es kommen würde, und sich von ihrem Körper wie von einem benutzten Kleidungsstück im Bett zu trennen.
Heute abend war es ihr, als ob sie mit dem allen nicht mehr fertig würde. Alles war zu groß für sie geworden. Sie weiß nicht, wie es weitergehen soll.
Kräfte, über die sie keine Gewalt hat, veranlassen sie, Mutters großes Fleischmesser zu holen. Das ist lang und spitz. Sicherer als das Kartoffelschälmesser.
Sie legt es unter ihre Decke. In der Kammer. Eiskalt gegen die Haut. Es wird allmählich warm. Glüht.
Fühlt sich an, als ob es im Backofen gelegen hätte.
Der Unterarm brennt, wenn sie dranstößt.
Jedesmal wenn sie einschläft, wacht sie wieder mit einem Ruck auf und ist hellwach. Das Messer!

Sie bemerkt deutlich den Blutgeruch. Ganz frisches Blut.
Aber es ist keiner im Raum außer Tora. Die neue Tora!
Der Mond kommt durch das Fenster herein. Bleich vom Frühlingslicht und dem klaren Himmel starrt er sie an. Fragt nichts. Will nichts wissen, nichts verstehen. Will nicht dabeisein.

Die Gardinen blähen sich in dem Luftzug, der durch das offene Fenster streicht. Der Engel hängt über dem Bett wie ein Schatten, der Angst vor der Dunkelheit hat.
Der Blutgeruch ist die ganze Zeit da.
Tora fröstelt sich durch die Stunden. Kann sich nicht dazu aufraffen, das Fenster zu schließen.
Dann kommt die Mitternachtssonne und wirft ihre Lichtpfeile auf die dünne Haut der Augenlider. Die Müdigkeit und die Kälte haben sich ganz unten im Bauch eingenistet und breiten sich an der Innenseite der Schenkel aus. Sie kann sich nicht selbst berühren, um sich zu wärmen.

Das Messer!
Plötzlich ist sie hellwach. Die Tür stand bereits einen Spaltbreit auf. Das Leben war so groß und pechschwarz geworden. Es gab keinen anderen Ausweg.
Das Messer!
Aber die nächtliche Sonne erledigte es für sie.
Als es höchste Zeit war, schien sie direkt auf eine rote Blume auf dem Fußboden. Der Schild war sicher, auch wenn er noch so klein war. Er hatte Mädchen und Frauen schon früher gerettet, ohne daß Tora es wußte.
Eine getrocknete Blutrose. Eine dunkelrote Blume in der blauen Turnhose, die sie sich selbst im Handarbeitsunterricht genäht hatte. Da gehörte ein Leibchen dazu. Aber das benutzte sie nicht.
Hübsche, ordentliche Stiche. Mit der Hand genäht. Die Mutter und Gunn hatten beide gesagt, daß sie es schön gemacht habe. Geheftet und gesäumt. Gleichmäßige, selbstgeschnittene Schrägstreifen.
Sie hatte die Hose direkt vor dem Bett fallen lassen. Im Schritt war eine Rose aus Blut. Sollte sie davor schützen, wovor sie sich selbst nicht schützen konnte. Rauhe Hände, rauhe Gefahr. Die Nacht.

Die schwer gehende Tür knarrte. Dann wurde es für einen Augenblick still, während der Schild Wache hielt und die Sonne das Ihrige tat. Die Tür wurde zugemacht.

Es knarrte nicht mehr, bis sie Mutters Schritte auf der Treppe hörte. Wasserrauschen in der Küche.

Tora streckte die Beine aus. Fühlte die Wärme unsicher in sich fließen, als ob sie es nicht richtig wagte.
Fühlte den komischen, harten Lappen zwischen den Schenkeln.
Sie hatte ihn bisher nicht spüren wollen.
Sie hörte, wie die Mutter die Tür zur Stube öffnete.

26

Tora wollte nie Mutter werden!
Das hatte sie sich hoch und heilig gelobt. Auch nie fromm werden. Wie Elisif. Sich nie mit einem verheiraten – wie *ihm*. Sie wollte nicht in feuchten Waschküchen die Strümpfe und die Unterwäsche von irgendeinem rubbeln.
Die Frauen im Tausendheim preisen sich glücklich, daß sie jedenfalls eine Waschküche haben. Sie hat nur dort, wo der Abfluß ist und wo der Schlauch montiert ist, einen Zementboden, aber es ist eine Waschküche. Eine Wohltat im Winter, auch wenn sie nicht warm ist. Dort steht der alte Herd mit dem unzulässigen Rohr, das in den kaputten Schornstein führt. Sie kochen zwei Kessel gleichzeitig, falls es nötig ist. Zieht man sich warm an und hat man dicke, selbstgestrickte Strümpfe in den Stiefeln, leidet man keine allzu große Not. Wohlgemerkt, wenn man nicht faul ist und die Wäsche von einem Monat zusammenkommen läßt und dann mit krummem Rücken einen ganzen Tag lang stehen muß. Aber die sind ja selbst schuld, meint die Kopftuch-Johanna.

Alle Frauen im Tausendheim haben ihren jeweiligen Waschtag. Auch der Einar von der Dachstube.
Aber er wäscht nicht gut, der arme Kerl. Manchmal zieht die Kopftuch-Johanna seine Sachen von der Leine und weicht sie noch einmal ein. Einar wird grob, wenn er es entdeckt. Streckt seinen Kopf ganz weit vor und ruft den Teufel und die Johanna herbei. Aber Johanna ist widerborstige Männer gewohnt und nimmt es gelassen.
»Wir wollen keine dreckigen Ärsche und keine Läusebärte hier auf'm Hof haben! Das haben wir nie gehabt! Du mußt dich damit abfinden, daß ich deine Unterbuxen koche, du Scheißkerl, du!«

Aber Gnade der, die die Waschordnung bricht.
Sie wird über das Treppengeländer herunter fürchterlich beschimpft.
Es war äußerst selten, daß es eine probierte. Es geschah meist nur aus Versehen. Das Tausendheim hatte seine wenigen, aber unverbrüchlichen Gesetze, in Krieg und Frieden. Eines von ihnen war die Waschordnung.
Tora wollte ihr eigenes Haus haben, wenn sie erwachsen war. Wie Tante Rakel. Sie wollte sich nicht von anderen beschimpfen lassen.
Tora schwor es, als sie auf der Treppe zu Elisifs Dachwohnung saß und Sol tröstete, weil diese einiges von der Kopftuch-Johanna wegen gestohlener Waschstunden hatte erdulden müssen.
Sie war unten im Keller gewesen und hatte an einem verkehrten Tag Windeln eingeweicht. Und so war der Holzzuber besetzt, als Johanna herunterkam. Sol hatte es in dieser Woche nicht geschafft, die Ordnung einzuhalten. Sie nahm den Mittwoch statt den Donnerstag, weil sie keine Windeln mehr hatte. Das war das ganze Unglück. Sol war nicht verheiratet, sie war nicht einmal Konfirmandin, trotzdem saß sie fest in einem Muster, aus dem herauszukommen sie eine erschrekkend geringe Chance hatte.
Aber Sol hatte Träume, an denen sie keinen teilnehmen ließ und die ihr keiner nehmen durfte.
Sie konnte mit gekreuzten Beinen auf der Küchenbank sitzen und durchs Fenster starren, während sie versonnen auf dem gelben Schulbleistift kaute. Starren und starren. In eine Herrlichkeit, die für andere vollständig verborgen war.
Und Mittwoch wurde zu Donnerstag, ohne daß sie wußte, wie es geschah.

Fort! Fort von der Insel! Das war das Ziel für sie beide!
Sol schluchzte ein bißchen und zog an der zipfligen Strickjacke.
Tora war einer Meinung mit Sol, aber sie sagte nicht viel. Nickte nur und drehte beide Zöpfe zu einem steifen Ende unter dem Kinn.

Aber sie wollte nicht gezwungen sein fortzugehen. Tora wollte eines Tages allen, die sie traf, erzählen können, daß sie, Ingrids Tochter, eine Zeitlang verreisen würde.
Sie wollte es nie so weit kommen lassen, daß sie reisen mußte, wie die Mutter es einmal mußte...
Sie wollte auch nicht weggeschickt werden wie Elisif.
Nein, ganz freiwillig und weil sie sich selbst dazu entschlossen hatte, wollte sie reisen.

Sie wollte nicht solche Dinge, für die nur erwachsene Frauen Worte hatten, über ihr Leben bestimmen lassen. Niemals!
Sie wollte auch nicht abhauen wie der Vater von dem Kind der Kiosk-Jenny. Der Herumtreiber!
Nein, sie wollte einen richtigen Grund haben wie Tante Rakel, wenn sie nach Breiland fuhr, um sich ihre Zähne plombieren zu lassen. Ein solcher Grund war ebenso natürlich wie der Frühlingsregen.
Denn sie wollte zurückkommen dürfen, ohne daß jemand drohte. Ebenso selbstverständlich würde sie zurückkommen, wenn sie Lust dazu hatte – wie die Maisonne und die Knospen an den Bäumen kamen.
Frits hatte einen solchen Grund. Er sehnte sich einfach nach Hause, wenn er auf seiner Schule war. Und das, obwohl dort alle schrecklich nett zu ihm waren.
Er hatte es ihr in seiner Zeichensprache selbst erzählt. Einfach. Viereckig. Er hatte es auf seine Weise für sie geformt. Tora sah es auch in seinen Augen, in seinem ganzen Gesicht.
Sie konnten stundenlang auf der Strickdecke seines Bettes sitzen, während Tora die Zeichensprache übte.
Es machte Spaß. Aber es ging langsam. Sie brachte den anderen Kindern die einfachsten Zeichen bei. Sie hatten jedoch nicht die Geduld, die Zeichen zu gebrauchen, wenn sie alle zusammen draußen spielten. Tora war den anderen um eine Nasenlänge voraus und war nun sozusagen etwas Besonderes, weil sie die Zeichensprache gelernt hatte. Ein gutes Gefühl.
Gunn hörte davon und sagte, daß das eine nützliche Sache sei. Und Tora erschien es sinnvoller als das Kauderwelsch, das Sol und sie sich beigebracht hatten, als sie noch kleiner waren. Gunn bat die Kinder, Frits mit auf den »Hof« zu bringen, um mit ihm zusammenzusein, wenn sie Schule hatten.
Tora erzählte es ihm, aber Frits schüttelte den Kopf und wollte nicht.
Im Herbst, im September, müsse Frits zurück, sagte Randi. Und ihre Augen hingen hilflos an dem Sohn, wenn sie es erwähnte.

Tora saß mit Sol auf der Treppe und dachte an dies alles, während Sol sich den Zorn und die Demütigung von der Seele redete.
Es muß trotzdem schön sein, es so wie Frits zu haben. Einen Namen für sein Unglück zu haben. Einen Namen, der die Grundlage für seinen Lebensweg schafft und der bewirkt, daß Menschen sich nach ihm sehnen, wenn er nicht da ist.

27

»Da steht, daß ein deutscher Trawler, Heinrich Kaufmann, innerhalb der Fischereigrenze vor Furuholmen voller Fisch ist!«

Ottar las es den Männern laut vor.

Er hatte sich eine kleine Pause gegönnt, obwohl ein paar Kinder darauf warteten, daß sie drankamen. Man sollte ihnen schlechte Gewohnheiten nicht anerziehen. Sie mußten lernen zu warten.

Tora ließ das Kinn herunterfallen. Die Freude darüber, daß die Mutter ihr 85 Kronen mitgegeben hatte, war im Nu verschwunden.

»Man sollte den Teufel abschießen!« sagte Håkon mit mühsam unterdrücktem Zorn. Er schob die Pfeife in den anderen Mundwinkel.

»Hier steht noch mehr.«

Ottar war jetzt in voller Fahrt.

»Sie hatten zehn Tonnen Fisch an Bord. Nu sollen sie vor Gericht in Hammerfest. Tja, das hilft vielleicht. Aber ich denk' an alle die, die nicht geschnappt werden.«

»Ach ja, vielleicht sind es nicht nur Gestapoleute, die Hunde, die drauf aus sind, Fisch zu stehlen!« sagte Einar und sank auf einem freien Stuhl beim Ladentisch nieder.

»Hier steht noch mehr«, fuhr Ottar fort. Er war es, der heute dem einfältigen Einar vom Tausendheim und den anderen die große Welt vorführte. Er liebte diese Rolle und vergaß ganz, die Kinder zu bedienen.

»Die zehnjährige Besetzung von Westdeutschland wird heute aufgehoben! Ja, du wirst sehen, in ein paar Jahren haben wir sie wieder über unseren Köpfen. Mit Bomben und Raketen, was? Daß die Alliierten nicht mehr umgebracht haben, als sie es noch konnten!«

»Ja, ja, es sind auch Menschen«, sagte Einar zögernd. »Nicht alle waren bei dem Abschlachten dabei. Nach dem Krieg haben sie es wohl nicht allzu gut gehabt. Wir sollten daran denken...«

»Bist wohl grade in der Kirche gewesen?« Kornelius wachte plötzlich an der Ladentischkante auf und grinste höhnisch.

»Nein«, schnalzte Einar unwillig, »aber ich glaub' nu einmal, wir müssen neu anfangen und den jungen Leuten, zum Teufel, eine Chance geben.«

»Wie schnell du vergißt!« fauchte Kornelius boshaft. »Vielleicht biste genau wie die, von denen hier in der Zeitung steht – laß mich mal sehen... Doch, hier steht's: ›Zehnjahresfeier für die Befreiung! Zwei Minuten Stille, um zwölf Uhr, dann zehn Minuten Läuten der Kirchenglocken. Der Krieg lehrte uns, Wahrheit, Freiheit und Vaterland

zu schätzen und Respekt vor der Menschenwürde zu haben!‹ Ach, leck mich! Zwei Minuten Stille in Würde für fünf Jahre Krieg, was?«
»Ich hab' niemals gemeinsame Sache mit den Großkopfeten machen wollen, weder was das Gejohle betrifft noch die zehn Minuten Stille in aller Teufel Würde. Und das weißte wohl. Aber du weißt auch, wer kämpft, wenn Krieg ist. Das sind die kleinen Leute! Solche wie du und ich! Und am meisten ist uns damit gedient, daß die Verrücktheit und der Krieg aufhörn! Begreifste das nicht, du Stock!«
»Nur ruhig, keinen Streit über dieses Thema, das gibt nur Unfrieden«, meinte Ottar, und seine Augen fielen auf Tora.
Er räusperte sich und nickte ihr zu, zum Ladentisch zu kommen. Und Tora glitt langsam in das Blickfeld hinein. Sie spürte, wie es im Nakken brannte, als alle Männer sich daran erinnerten, wer sie war. Trotzdem machte sie sich stark und sah Ottar an, als sie ihm Mutters Zettel und die 85 Kronen ablieferte.
Auf dem Zettel stand: »Gib Tora zwei Kilo Mehl (grob weißes) und ein Paket Streichhölzer und hundert Gramm Hefe. Das Geld kannst du mit den Sachen verrechnen, die ich früher bekommen habe. Ingrid.«
Tora hob das Kinn und richtete den Blick auf das Bündel Malerpinsel, das an dem Regal genau gegenüber hing.
Es wurde plötzlich ganz still im Laden.

Als sie wieder hinaus auf die Straße gekommen war, fühlte sie ein klein wenig Zuneigung zu Einar, der Kinder nicht mochte, aber der sie die ganze Zeit *gesehen* hatte.
Er hatte so gesprochen, daß sie dem Schlimmsten entgangen war.
Und Tora verstand, daß die Menschen nicht immer so sind, wie man es ihnen nachsagt. Sie entschloß sich, nicht mehr ein Wort von dem zu glauben, was man sich in Vaeret erzählte, daß nämlich Einar wie ein Rabe stahl. Denn Einar war ein Mensch, der sah und hörte. Und das war das Wichtigste im Leben.
Sie schubste auf dem ganzen Weg einen kleinen Stein vor sich her, bis zum Tausendheim, obwohl sie wußte, daß sie das nicht machen sollte. Die Schuhe waren dafür zu schade. Sie waren funkelnagelneu, und sie sollte sie heute nur einlaufen, damit sie am 17. Mai keine Blasen bekam.
Tora fühlte ein mächtiges Brausen in sich. Kam es vom Meer? Oder von dem kleinen Birkenwald, der nicht wußte, ob er es wagen sollte, grün zu werden? Oder waren es nur Flötenklänge in ihr? Das Bewußtsein, daß sie es gewagt hatte, Ottar in die Augen zu sehen, als sie das Geld ablieferte?

Die Wellen! Es war eine solche Stärke in ihnen, eine solche Wahrheit.
Das Meer rauschte wie in einem Riesentritonshorn. Tora wußte, daß sie Töne hörte, die von außen kamen, aus einem größeren Zusammenhang als dem, von dem sie in Ottars Laden reden hörte. Sie wußte, daß es mehr und größere Wahrheiten gab als die, von denen man dort redete.
Aber sie konnte es nicht in Worte umsetzen. Sie fühlte einfach eine gewisse Freude dabei, eine Freude, die sie hervorholen konnte, wenn es dunkel wurde und sie sie brauchte.

28

Zusammengesetzt bildeten die kleinen gestrickten Vierecke ein vielfältiges Muster. Alle Nuancen von Rot aus den verschiedensten Resten waren vertreten.
Randi hatte die Strickmaschine in Bewegung gesetzt. Sie hatte Tora die Flickendecke bereits geschenkt, auch wenn sie noch nicht fertig war.
Tora hatte bei allen Leuten, die sie kannte, rote Wolle zusammengebettelt. Sogar Gunn hatte ihr ein kleines Knäuel gegeben.
Nur die Mutter fragte sie nicht.
Die Decke wuchs, und wenn Tora in Vaeret Milch holte, fand sie einen Vorwand und ging zu Frits und Randi, um zu sehen, wie lange es noch dauern würde, bis die Decke fertig war.
Randi wollte immer, daß sie eine Weile blieb.
Es waren schöne Stunden. Tora vergaß sie nicht und freute sich auf die, die noch kommen würden. So hatte sie immer etwas Gutes, woran sie denken konnte.
Ein paarmal kam Sol mit, nachdem sie Jörgen dazu gebracht hatte, auf die Kleinsten aufzupassen.
Und Sol nahm alles, was sie sah, andächtig und mit glänzenden Augen in sich auf. Besonders den Bettüberwurf und die Musiktruhe.
Frits zeigte scherzend auf seinen Überwurf, um ihnen zu verstehen zu geben, daß er ihn schöner als die Truhe fand. Dann lachten sie alle ein wenig.
Er gab die seltsamen Kehllaute von sich, die er benutzte, wenn er mit ihm bekannten Menschen zusammen lachte. Waren Fremde da, dann lachte er lautlos.

An dem Tag, als die Decke fertig war, spielten Tora und die anderen Kinder zwischen den Fischgestellen Räuber und Gendarm, obwohl sie für derlei eigentlich zu groß waren. Sie hatten die Kleinen bei sich und spielten sozusagen mit ihnen.
Da öffnete Randi das Fenster und rief Tora herein.
Tora schien sich vorgestellt zu haben, daß die Decke immer unfertig bleiben würde und etwas wäre, womit sich Randi um ihretwillen beschäftigte – ständig.
Sie stand atemlos in der Tür und hatte noch nicht die Stiefel ausgezogen, da hielt Randi schon die Decke vor ihr in die Höhe. Sie reichte von ihren ausgestreckten Armen bis ganz herunter auf den Boden.
Tora blieb lange stehen und schaute.
Sie vermochte keinen Ton zum Dank herauszubringen.
»Du kannst sie mitnehmen«, sagte Randi freundlich.
»O – nein!« stammelte Tora endlich. Sah Randi erschreckt an.
»Aber selbstverständlich! Das ist deine Decke! Die Wolle hast du ja selbst herbeigeschafft. Bitte schön! Hoffentlich hast du Freude daran!«
Randi lachte und wickelte die Decke in ein großes Stück Packpapier ein. Tora war verlegen und spielte mit der Wolle, die auf dem Küchentisch lag.
»Ja, nimm die Wolle auch mit. Vielleicht mußt du mit der Zeit etwas stopfen.«
Tora schüttelte den Kopf. Dann kam es stoßweise:
»Kann sie – kann sie hierbleiben? Die Decke – mein' ich? Es ist gut, wenn ich was zum Ansehen hab' – wenn ich zu Besuch da bin. Ja, ich les' ja hier – mein' ich.«
»Aber *willst* du das wirklich?« Randis Stimme klang enttäuscht. Sie hatte wohl etwas ganz anderes erwartet. Vielleicht, daß Tora sofort nach Hause laufen würde, um die Decke zu zeigen.
Tora verstand. Es war eine Qual, für die sie keine Worte fand. Aber es gab keinen Ausweg! Sie konnte diese Decke nicht zu Hause auf ihrem Bett ausbreiten. Nie!
Sie konnte den richtigen Worten nicht heraushelfen.
Es wurde nur ein armseliger Dank.

Sie sprachen nicht mehr davon, daß die Decke ins Tausendheim sollte.
Sie lag am Fußende von Frits' Bett.
Aber bevor Tora ging, faltete sie die Decke zu einem flauschigen, warmen Viereck schön zusammen.
Randi hatte ihr noch ein anderes Geschenk gemacht. Das nahm sie

mit nach Hause. »Velkommen vemod!« hieß es und kostete 12,50. Auf der Innenseite des Schutzumschlags war das Bild einer jungen Frau mit dem unwahrscheinlichen Namen Françoise Sagan. Tora prägte sich das Bild ein, aber vergaß den Namen schnell.
Je mehr sie las, desto mehr entsetzte sie sich darüber, wie böse die Heldin Cecilie war. Widerwillig mußte sie zugeben, daß es in diesem Buch keine »guten« Menschen gab. Es war beinahe merkwürdig. Scheußlich! Tora wußte nicht, ob sie das Buch mochte.
Schließlich sah sie ein, daß es, wenn man Bücher über Menschen, die wirklich lebten, schreiben wollte, nicht anders werden konnte als: scheußlich! Und sie dachte an die Großmutter in Berlin, und es schlich sich eine gewisse Unruhe bei ihr ein. Daß ihr Traumbild vielleicht nicht scheußlich genug war, um der Wirklichkeit zu entsprechen.

Wenn Tora las, vergaß sie alles um sich herum. Ähnlich war es, wenn sie ganz weit über Storholmen und die Markierungen hinausruderte. Die Inseln dort draußen glitten gleichsam auf dem breiten, grünen Rücken auf sie zu. Wollten sie haben, sie schlagen, sie mit sich nehmen. Und da war eine ewige Bewegung. Schwer und doch gleichzeitig leicht. Kräftige, flache Wellen, die keinen Anfang und kein Ende hatten, die nur ewig in ihrem eigenen Rhythmus dahinglitten. Immer wieder.

Deshalb ruderte sie mit leichten Schlägen vorwärts.
Alle lachten über sie, weil sie verkehrt herum ruderte.
Aber das störte Tora nicht. Sie mußte *sehen*. Mit offenen Augen mußte sie in »es« hinein. Sie besaß alles, so weit der Horizont reichte. Sie wußte sogar den Weg darüber hinaus. In der Fantasie konnte sie der Schiffsroute dorthin folgen, wo die Erdkugel sich krümmte und steil herunterstürzte. Eigentlich war es nicht so steil. Das wußte sie ja. Es ging alles nicht so plötzlich.
Sie sah die Berge vom Festland bis in den Himmel ragen, wenn das Licht entsprechend darauffiel. Aber sie wußte ja, daß es sich um eine Spiegelung handelte. Es war, als ob die Berge im Meer lagen.
Für sie war das wahr: Sie lagen auch im Himmel. Sie waren ein Weg, den man gehen konnte. Später.
In Wirklichkeit dehnten sich die Wege draußen in der Welt endlos. Gewiß! Man mußte sich Zeit nehmen, seinen Weg gehen zu lernen. Man mußte lernen, zu suchen und zu wählen.
Es war wie in einem Labyrinth. Man suchte die ganze Zeit, konnte es

nicht ändern, daß man sich irrte. Aber man wußte in jedem Fall, daß es noch andere Wege gab. Und man wußte mit Sicherheit, daß *ein* Weg hinausführte. Man mußte nur die Zeit zu Hilfe nehmen, stumm wie Frits, ohne jemandem etwas zu erklären.
Alle Schritte mußten gegangen werden, alle Gedanken mußten gedacht werden. Man konnte die Gedanken wohl einen Augenblick loslassen, wenn es sein mußte, aber sie kamen wieder. Alle Ruderschläge waren notwendig, sie waren ein Teil des Weges.

So war es auch mit den Büchern. Tora hatte immer etwas zu lesen. Sie lieh sich die Bücher von Gunn oder Randi. Oder sie ging in die Gemeindebaracke und trottete an den verstaubten Regalen der Bibliothek entlang und war mucksmäuschenstill.
Sie entdeckte etwas, was sie anschauen konnte, während Dordi ihre Karte stempelte und fragte, ob sie für sich selbst oder für die Mutter ausleihe.
Tora sah krampfhaft auf das Gemälde über Dordis Kopf und sagte leichthin: »Für beide!«
Und der Bauernhof auf dem Gemälde hatte so wehmütige, blasse Farben, die Schafe waren zu schneeweiß und der kleine See am Waldrand zu blau. Und Tora dachte, das Bild sei wohl schön, aber nicht wahr.
Und sie dachte daran, wie es an einem klaren Vormittag im April aussehen konnte, wenn die Sonne durch das Fenster fiel und neugierig unter ihr Bett guckte. Da nützte es gar nichts, daß sie am Tage vorher geputzt hatte. Die Sonne zeigte ihr, daß da Millionen von Fusseln und Stäubchen tanzten. Die Sonne zeigte ihr, daß das Bett eine Schande war. Weil es Erinnerungen in ihr weckte.
Das war nicht schön. Aber wahr.
Ab und zu mußte sie sich auf dem Weg plötzlich umdrehen. Weil Stimmen von irgendwoher zu ihr drangen – und die Gedanken wegfegten. Oder sie mußte das Boot wenden, weil die Meereswellen zu beängstigend und zu hoch waren, auch bei schönem, ruhigem Wetter.
Trotzdem konnte sie sicher sein, daß es nicht das Ende war. Noch nicht. Denn im Labyrinth ging es immer wieder weiter. Sie wußte das ja.
Es würden immer Tage kommen, da irgend jemand ihr wieder ein Boot lieh. Es gab Millionen von ungelesenen Büchern in der Welt.

Im Geschichtsbuch stand, daß Berlin eine zerbombte Stadt war, wo die Menschen noch nicht wieder Freunde sein durften.

Tora sah die verkohlten Leichen, die abgetrennten Gliedmaßen vor sich, sah die Flammen über die Gesichter züngeln, die manchmal ihre Züge trugen. Es war eine Qual, solange es dauerte. Und es machte ihre Gedanken so scheußlich und wirklich, daß sie es sich wohl gönnen konnte, inmitten dieser Wirklichkeit eine strahlend lebendige Großmutter zu haben.

Die Mutter nahm das Gespräch über den Vater nicht mehr auf. Tora verstand, daß *das* zu scheußlich für sie war.
Tora konnte warten, sie konnte die Wege gehen – alleine. Es gab keine andere Möglichkeit.
Und sie zwang sich, auch bei Regen hinauszugehen, zwang sich zu fliehen. Schnell, schnell. Sie nahm alle Gedanken mit auf die Flucht!
Tora konnte sich fragen, wie Vaters Bett wohl aussah, dort in Berlin. Oder wie der Eingang aussah.
Der Punkt auf der Karte in ihrem Atlas weitete sich manchmal aus und wuchs in ihren Kopf hinein. Sie sah dann alles zusammen wie in der Glaskugel im Märchen. Und Tora wußte, daß es nicht scheußlich genug war, was sie sah, um ganz wirklich sein zu können. Trotzdem *sah* sie: ein Haus in einem großen Garten. Helle Lichter auf der Seite mit dem breiten Weg und den hohen Eingangspfosten. Wald auf der anderen Seite. Es rauschte in den mächtigen Ästen, und es wuchsen Farne und Blumen zwischen den Bäumen.
Sie sah das Ganze von oben, groß und weit – und während sie es betrachtete, verengte sich das Bild. Und mitten in dem Bild wuchsen Farne. Saftige, kräftige, grüne. Von den Farnen her breitete sich die Landschaft aus. Kirchtürme, Häuser und Gärten auf der einen Seite, Wasser und Wald auf der anderen.
Sie sah immer dasselbe Bild. So wurde es wirklich für sie. Gewissermaßen bekannt. Aber sie fand ständig neue Details. Das Haus hatte eine breite Zementtreppe mit einem goldenen Geländer. Das Haus war weiß und hatte zwei Stockwerke, aber nicht so hoch wie bei Dahl. Denn das wirkte nur kalt und hochmütig, meinte Tora.
Nein, Vaters Heim hatte zwei Erker zum Garten hin und Rosenhekken zur Straße hin.
In einem Beet gleich neben der Treppe standen ganz dicht solche blauen Blumen, wie sie sie vorigen Sommer in einem Garten in Breiland gesehen hatte, von denen sie aber den Namen nicht kannte.

Die Großmutter wußte natürlich, daß es nicht schlimm war, Deutsche zu sein. Sie wußte, daß die unheimlichen Stimmen, die sie ab und zu

im Radio sendeten, die hart und böse Deutsch sprachen, nur die Leute erschrecken und an den Krieg erinnern sollten, den eigentlich alle vergessen wollten. Die Großmutter wußte, daß Papa keiner von den fürchterlichen deutschen Soldaten gewesen war, wie sie in Zeitungen und Büchern mit Lederstiefeln und Bajonett abgebildet waren. Die Großmutter wußte, daß man sich das alles nur ausgedacht hatte, um Kinder wie Tora zu quälen und den anderen Kindern das Recht zu geben, hinter ihr herzurufen.
Tora nahm manchmal Frits mit nach Berlin. Aber da kam sie nie bis ganz hin. Es war, als ob die Gedanken von Frits störten. Sie mußte alles mit seinen Augen sehen. Und da sah sie plötzlich, daß es nicht scheußlich genug war – um wirklich zu sein. Das konnte einen an sich schönen Tag kaputtmachen.

Frits!
Sie saß öfter auf seinem Bett, die Strickdecke über die Hüften und die Beine gelegt, und las nur zum Schein, indem sie seine langen Finger betrachtete, wenn er umblätterte.
Er hatte so merkwürdig starke Finger und Handflächen. Starke Hände, die um Gnade baten. Wenn sie in der Zeichensprache redeten, konnte es ihr passieren, daß sie den Zusammenhang verlor, nur weil sie von seinen Händen durcheinandergebracht wurde.
Und wenn er merkte, daß sie ihm nicht mehr folgte, beugte er sich ganz nah zu ihrem Gesicht, sah sie mit belustigten Augen an und machte alles langsam noch einmal. Oder er nahm ihre Hände und tippte die Zeichen direkt auf ihre Handflächen.
Das war unwahrscheinlich schön. Sie konnte es nicht ändern. Warme Schauer durch den ganzen Körper. Von der Halsgrube bis in die Schenkel hinein. Sie spürte den schwachen Seifenduft von seinem Haar. Er hatte bereits einen leichten Flaum auf der Oberlippe.
Seltsam: Wäre er nicht stumm gewesen, hätte er vielleicht schon angefangen die Stimme zu verändern, wie das bei einigen Jungen in der Schule der Fall war. So daß die Mädchen sich vor Lachen krümmten, wenn die Jungen singen sollten, und Gunn mußte streng zu ihnen hinübersehen.

Wäre Frits nicht stumm gewesen...
Merkwürdig, daß sie sich nie abgestoßen oder verlegen fühlte, wenn sie mit Frits zusammen war. Schämte sich nie deswegen, daß der Pullover sich straffte und über der Brust zu kurz und zu eng wurde, selbst wenn er sie direkt ansah. War es, weil er stumm war?

29

Auf den Inseln hatte sich die Multebeerenblüte beträchtlich verspätet.
Die Leute meinten, es müsse sich um drei bis vier Wochen handeln. Sie warteten auf Ostwind und Wärme.
Aber in Oslo waren sie mehr an Billy Graham interessiert, der sich vorgenommen hatte, die Staatskirche, die Heilsarmee, die Baptisten und die Pfingstfreunde zu einen. Doch das war weit weg und keineswegs so wichtig wie das Blühen der Multebeeren und das Keimen der Kartoffeln.
Eifersucht und Sünde seien die Krankheiten der Seele, meinte der große Prediger. Sein Bild war in der Zeitung. Die Leute nickten in vollem Ernst mit dem Kopf und gingen dann nach Hause und übten sich sowohl in dem einen wie dem anderen. So war es immer auf der Insel gewesen.
Sie kamen nicht zu Tausenden, um sich bekehren zu lassen, so wie in Oslo. Auf der Insel war in diesem Sommer keine Saison für Bekehrungen. Die Leute hatten noch genug von der letzten Erweckungswelle, derjenigen, die Elisif umgeworfen hatte. Alles kam mit mindestens fünf Jahren Rückstand. Graham konnte so lange warten, bis sie ein Jahr mit besserer Multebeerenblüte hatten. Es eilte nicht.
Schlimmer war, daß der Milchpreis um 15 bis 20 Öre pro Liter heraufgesetzt werden sollte. Ein armer Kerl mußte für die Magermilch bluten, wenn er nicht Mittel und Wege fand, selbst eine Kuh zu füttern.
Die Bauern hatten in diesem Frühjahr notschlachten müssen. Es wurde von einem mageren Jahr gesprochen. Der Winter war schon mager gewesen. Der Frühling war wie ein im Keller vergessener Malerpinsel, der nicht saubergemacht worden war. Spreizte sich in einem gesprungenen Glas, trocken und unbrauchbar. Nun fehlten nur noch ein schlechter Fischfang und ein verregneter Herbst, so daß das Heu in Ruhe verfaulte. Dann konnte Billy Graham drunten im Süden erlösen, wen er wollte.

Im Tausendheim hatte Tora nicht jedesmal eine Rose in der blauen Turnhose, wenn Ingrid zur Abendschicht ging. Alles, was sie sich selbst gesagt hatte, daß sie rudern, fliehen, mit dem Wind wegfliegen wollte, alles das ging nicht, wenn es drauf ankam. Auch daß sie geglaubt hatte, die Mutter würde stark genug werden, um sie zu retten, galt in der Wirklichkeit nicht.
Immer wieder wurde der Wille so zitternd und furchtsam im Dun-

keln. Sie könnte zu Tante Rakel laufen und ihr alles erzählen, dachte sie manchmal. Aber nein. Mutters traurige Augen. Die Mutter mußte geschont werden. Tora hatte in der ganzen weiten Welt keinen Ort, wo ihr »dreckiger« Körper zur Ruhe kommen konnte.

Knarren der Tür. Finger, die gruben. Sich in sie hineingruben.

Eines Abends knarrte die Tür so plötzlich, daß sie keine Zeit mehr hatte, ihren Körper zu verlassen und die Gedanken frei aus dem Fenster davonlaufen zu lassen. Tora war gezwungen, mitzugehen, alles wahrzunehmen, was mit ihr geschah.
Da fing sie an zu jammern und zu wimmern und sich zu krümmen. Vermochte nicht stillzuliegen, damit es auch an diesem Abend schnell zu einem Ende kam. Es war ihr völlig unmöglich, sich zu beherrschen.
Das verwirrte ihn, das erregte seinen Haß. Der war sehr nützlich, um das Verlangen zu wecken, um Kraft und Macht zu gebrauchen.
Weich, weich war der Widerstand. Er flehte um Gnade und gab nach.
Dann riß es. Tora fühlte es außerhalb ihrer selbst, wußte nicht, wo es anfing oder endete, es hing nicht mit ihrem eigentlichen Ich zusammen. Trotzdem schmerzte es sehr.
Der Atem und das Blut!
Das Blut kam, ohne daß es an der Zeit war. Es gab ein Muster über das ganze Laken, weil sie es nicht schaffte, ruhig unter ihm liegen zu bleiben. Sie begriff, daß dies die scheußliche Wirklichkeit war, von der in keinem Buch etwas stand, das sie gelesen hatte.

Lieber Gott, wenn er jetzt doch ginge! Sie bekam ihre Hände frei und schlug! Sie flehte ihn an. Half das? Lieber Gott, wenn es doch helfen würde! Er ging.
Die Erleichterung war so groß, daß sie keine Luft mehr bekam. Blieb in gekrümmter Haltung liegen und rang nach Luft, bis sie endlich wieder atmen konnte. Sie hing über dem Fußende des Bettes und war in zwei Teile geteilt. Unterhalb der Mitte war sie eine andere.

Da kam er zurück. Mit einem Strick.
Tora glaubte es nicht, als sie am Bett festgebunden wurde. So scheußlich war die Welt nicht. So etwas gab es nicht!
Da fraß er sich in sie hinein. Blind. Als ob er etwas zu rächen hätte. Fraß und fraß. Hielt das Kopfkissen über ihr Gesicht und ließ seinen

grenzenlosen Willen geschehen. Es hatte lange gedauert, bis er zum Ziel kam. Nun war er da.
Alles lief schließlich ab, wie es sollte.
Draußen an der Küchenwand tickte die Uhr in einer anderen Welt.
Hier drinnen war keine, die die Zeit maß.
Die Abendsonne war schön. Golden und freundlich. Sie breitete sich mild über den Mann im Bett aus. Unendlich mild. Die Sonne sieht gnädig zu – und wärmt jeden beliebigen.

Das Bett hatte endlich aufgehört zu knarren.
Die Nacht war lang und hell. Das Tausendheim hatte seine Geräusche. Manchmal konnte man es nachts weinen hören. Aber wer konnte eine gute Nachtruhe opfern, um den Geräuschen zu folgen. Das ging keinen was an und mußte so sein. Jeder hatte sein eigenes Weinen und seine eigenen Stimmungen.

Und unter dem grellen Licht in Dahls Fischfabrik saß eine dunkelhaarige Frau und hatte eine Unruhe in sich, die sie sich nicht erklären konnte. Aber da war kein Grund, sich zu beunruhigen, sich etwas einzubilden...
Sie war müde, das war das ganze. Es war spät, und das Tempo war erhöht worden. Es eilte mit dem Packen. Das Schiff war bereits unterwegs, das die Ladung abholen sollte. Und die Fischerboote waren bereits mit dröhnenden Motoren unterwegs, um wieder haufenweise Fisch auf die Tische zu spucken. Sie hatte alle Hände voll zu tun.
Da war wenig Platz für zwei unruhige Mädchenaugen.
Dahl rieb sich die Hände. Es war alles verkauft, bevor es verpackt war.
Nur weiter. Der Akkord war mehr als gut. Keiner dachte an die Katzenleiche.
Endlich bewegte sich eine graue Schlange zum Ausgang.
Draußen war schönes Vorsommerwetter, und die Möwen schwelgten in den Ackerrainen.

Tora hatte das Laken gewechselt. Versteckte das andere unter dem Bett. Sie wusch den geschändeten Schritt mit kaltem Wasser. In der Küche. Es spielte jetzt keine Rolle mehr.
Es war, als ob sie eine andere wusch. Sie konnte sich Gedanken darüber machen, ob die andere so fühlte wie sie.

Der rechte Mundwinkel war hochgezogen. Entblößte die Zähne. Ab und zu ging ein Ruck durch den gebückten, unfertigen Körper.

Eine Art Seufzer pflanzte sich in den schiefen Gesichtszügen fort und brachte den Mund zu einem unschönen Grinsen.
Sonst war alles still.

Es wird immer ein Tag danach kommen für den, der überlebt. Es wird immer ein Gesicht für den dasein, der sich selbst anzusehen wagt. Tora wagte es nicht. Sie war ein halbnacktes Menschenknäuel in einem verhaßten Bett.
Sie hatte nichts zu sagen, sie hatte keinen, an den sie sich wenden konnte. Wenn ihr jemand erzählt hätte, daß sie nicht traurig sein solle, denn so etwas sei schon früher in der Welt geschehen und über alles würde allmählich wieder Gras wachsen, ja – dann würde sie ein ehrliches Gesicht aufgesetzt und gefragt haben: »Was ist los? Was ist passiert?«

Und das Laken war gut versteckt.

30

Der neue Rock hatte die ganze Nacht auf dem Stuhl neben dem Bett gelegen. Er war Zeuge von allem gewesen. Die Mutter hatte ihn rund geschnitten, damit er schön um die Hüften fallen sollte. Und Tora war außer sich vor Freude gewesen. Sie hatte einen grünen Pullover dazu bekommen. Die Mutter hatte das Geld von dem kostbaren Verdienst fürs Putzen genommen, um Tora neu einzukleiden.
Jetzt war es, als ob der Rock sie nichts anginge. Sie würde sich jedesmal übergeben, wenn sie ihn ansah.
Sie vermied es peinlich, nach unten zu schauen, als sie ihn am Morgen anzog. Sie mußte ihn anziehen, denn heute war Schulentlassung.

Frits trieb sich überraschenderweise bei den Fischgestellen herum, als sie vorbeikam. Sie war spät dran, weil die Mutter noch den Rocksaum hatte bügeln müssen, bevor sie ging. Sol und die anderen waren schon gegangen. Sie mußte laufen, um rechtzeitig dazusein.
Tora trug noch den Geruch von dem frisch gedämpften Rock mit sich. Sie blieb vor Frits stehen und versuchte ein möglichst belangloses Gesicht zu machen, damit er nicht sehen sollte...
Bei ihm war das schwieriger als bei der Mutter, denn Frits sah ihr immer direkt ins Gesicht.

Sein Blick hing an ihr, so daß Tora unter den Armen und am Rücken anfing zu schwitzen. Frits kam ganz nah an sie heran und berührte vorsichtig den Rock. Dann machte er die Zeichen für schön und lächelte fragend.
In Tora schien etwas zu zerbrechen.
Er richtete sich auf und lächelte – sein nacktes, verlegenes Lächeln.
Tora merkte, daß sie im ganzen Unterleib gefühllos war.
Es war, als ob die Beine sie nicht länger tragen konnten.
Sie wollte sich vorbeidrücken.
Er hatte die Hand gehoben, um auf den Pullover zu zeigen – und die Hand streifte ihre Brust. Tora stürmte los.
Sie hörte, daß er seine Kehllaute benutzte. Aber sie lief: Lief und lief.
Das Weinen saß fest und wollte nicht heraus.
Der Pullover war bald schweißgetränkt.
Erst als sie auf dem Schulhof war, blieb sie stehen und atmete schwer.
Sie steckte die Hände unter den Pulloverärmel und versuchte verzweifelt, den Schweiß abzutrocknen, der nicht aufhören wollte hervorzusickern. Aber es half wenig. Unter jedem Arm war ein großer Fleck. Es roch nach Nelken und Tod.

Später, als sie alle zusammensaßen und Kakao tranken und süße Brötchen aßen, die Gunn für den großen Tag gebacken hatte, da fragte Gunn, als sie Tora einschenkte: »Du warst so spät. Hast du verschlafen?«
Tora hatte das Gefühl, daß Gunns Augen durch sie hindurch sahen, sie konnte nichts dafür, daß sie anfing zu zittern.
»Nein«, murmelte Tora, »die Mama mußte noch den Rocksaum ausbügeln, sie hatte vorher keine Zeit...«
»Das macht nichts, liebe Tora. Ich habe ja nur gefragt. Denn du bist sonst nie zu spät gekommen.«
Bei dem Wort »liebe« fing Tora ernstlich an zu zittern. Sie kam gerade noch aufs Klo, bevor sie pinkeln mußte. Es brannte und schmerzte noch die ganze Zeit, und sie wagte nicht sich abzuwischen. Sie hatte Angst, daß wieder Blut kam, denn sie hatte nichts dabei, womit sie sich hätte behelfen können. Sie hatte mit einemmal das Gefühl, in der Tobiashütte zu stehen und in die Hose zu pinkeln. Sie hörte das derbe Lachen.

In dem alten Klo war es heute still und ruhig. Es trieb sich draußen niemand herum, denn alle saßen in dem großen Klassenraum und aßen Brötchen. Tora richtete sich innerlich auf, Gedanke für Gedanke, Bewegung für Bewegung.

Schließlich war sie soweit, daß sie zu den anderen hineingehen konnte. Als sie in den Flur kam, zog sie eine Strickjacke über den Pullover, um die Schweißflecken unter den Armen zu verstecken. Das half.

31

Die Frauen in der Fischfabrik wurden im Laufe des Sommers entlassen. Es gab nicht mehr viel Fisch, und Dahl ging herum und kaute an seiner Pfeife. Ingrid hatte Glück und konnte putzen gehen.
Sie klagte nicht.

Henrik ging seine eigenen Wege. Er war wieder arbeitslos. Hatte Arbeit auf der Brandstätte bei Simon gehabt, er sollte den Platz für den Wiederaufbau in Ordnung bringen. Aber er hatte sich mit Simon plötzlich überworfen und war am gleichen Tage gegangen.
Ende Juni schlenderte Simon eines Tages hinunter zu den Kais von Dahl. Er sprach mit den Männern und war beinahe ebenso gut gelaunt wie früher. Er heuerte Leute an, sagte er. Zum Wiederaufbau.
Er hatte sich für einen großen, modernen Bau entschieden. Er grinste ein wenig schief und verkündete, daß er wohl in Konkurs gehen würde, aber das mache nichts. Er habe nun einmal nicht das Zeug dazu, Schiffer auf dem eigenen Boot zu sein, da baue er lieber ein Haus und könne an Land bleiben.
Die Männer nickten. Ja doch, sie arbeiteten die meiste Zeit als Tagelöhner oder waren wochenlang ohne Arbeit. Sie würden Simon sicherlich helfen können.
Es ging ernstlich auf den Sommer zu, und irgend etwas mußte man ja auch zu essen haben. Sie spuckten ins Meer, standen breitbeinig da und nickten. Ruhig und besonnen wurden die Vereinbarungen getroffen. Ein Händedruck auf dem Kai von Dahl war genauso gut wie in Simons altem, blauem Büro.
Aber sobald Simon verschwunden war, eilten sie nach Hause.
Hatten kaum den Atem, um die große Neuigkeit zu erzählen.
Sie hatten Arbeit für viele Monate. ARBEIT! Nicht nur Bettelei und Lohn für ein oder zwei Tage.

Der Simon war doch ein Kerl! Er kriegte das hin! Machte gleichzeitig seine Witze darüber, daß er wohl bald in Konkurs gehen würde. Und ob sie die Zeichnungen für den neuen Betrieb gesehen hätten? Nein? Das war ein Ding!
Nein, der Simon! Hatten sie es nicht schon damals gesagt, als die gemeinen Bemerkungen über Simons Aufenthalt auf der Dachstube im Umlauf waren: daß der Simon ein Genie war!
Und Genies durften sich ein paar Wochen hängenlassen, ehe sie wieder in Gang kamen. Hatten sie nicht das Recht dazu?

»Die Mama kommt nächste Woche! Sie ist gesund.«
Sol saß unten bei Ingrid und Tora, sie aßen spät zu Abend, nachdem Ingrid von einem langen Waschtag nach Hause gekommen war.
Ingrid lehnte den Oberkörper schwer gegen die Tischplatte. Sie ließ die Worte in sich hineinsinken.
Dann erholte sie sich von der Überraschung und sagte: »Das freut mich.«
»Ich weiß nicht«, sagte Sol einfach.
»Das weißt du nicht?« fragte Ingrid ungläubig.
»Nee... Die Mama ist nicht von dieser Welt.«
Es ging ein Schatten über das Gesicht des halberwachsenen Mädchens.
»Ich wünscht', sie würd' warten, bis die Konfirmation vorüber ist.«
»Was sagste, Mädchen? Gönnste deiner Mutter nicht, daß sie dich als Konfirmandin sieht?«
»Sie ist so fromm.«
Sol legte unerwartet den Kopf auf die Arme und verbarg das Gesicht. Sie glaubten, daß sie weinte. Aber es kam kein Laut.
Und als sie nach kurzer Zeit wieder aufsah, war ihr nichts anzumerken.
»Ich ertrag' das nicht, alle lachen über sie.«
»Sie ist fromm, und das müssen wir hinnehmen. Allesamt. Sie ist nun einmal so, wie sie ist.«
Ingrid sagte das mit einer Falte zwischen den Augenbrauen und hochrotem Kopf.
Tora sah sie an. Daß die Mama so etwas sagen konnte! Wurde böse wegen Elisif, obwohl sie sehr müde war!
»Haste übrigens dein Konfirmationskleid bekommen?«
Ingrid wollte von etwas anderem reden.
»Nein.«
Sol seufzte und zog an den Haarsträhnen, die vor den Ohren herun-

terhingen. Mit Sols Ohren war es ganz verrückt. Sie standen richtig vom Kopf ab, so daß man es nicht lassen konnte, hinzusehen.
»Aber das macht nichts. Kleider bedeuten nicht viel.«
Das hörte sich an, als ob sie es auswendig gelernt hätte, weil jemand es so oft vor ihr wiederholt hatte, daß sie es zum Schluß selber glaubte.
»Ich kann ein Kleid bei einer leihen, die die Kopftuch-Johanna kennt. Sie meint zwar, daß es zu groß ist, aber... Es ist hellgelb.«
Sol seufzte.
»Kurz ist es auch«, fügte sie hinzu und atmete tief und verzweifelt.

Als Torstein nach Hause kam, ging Ingrid eine Treppe höher und sprach viel und lange mit ihm.
Am nächsten Tag nahm sie sich bei ihrer Putzstelle ein paar Stunden frei und ging mit 50 Kronen in Ottars Laden, um einen Kleiderstoff für Sol zu kaufen. Sie nahm den weißen Stoff, der am billigsten war. Es war Kunstseide. Richtig schön. Ottar hatte nicht den teuersten Ballen für sie hervorgezogen, denn sie hatte gleich gesagt, daß sie auf der Suche nach einem Stoff für Torsteins Sol war.
Am Abend war es bei Tora und Ingrid beinahe festlich. Ingrid maß und schnitt. Sie hatte sich ein Muster aus Butterbrotpapier gemacht, das sie Sols breitem Körper anpaßte.
Die Sommersonne fiel schräg durch die frisch gewaschenen Gardinen und ließ die Schere aufblitzen, wenn sie sich durch den weißschimmernden Stoff fraß.
Ingrid arbeitete schnell und sicher.
Das war eine Sache, die sie konnte. Sie hielt dem Mädchen jedes zugeschnittene Teil an. Sol stand kerzengerade, während Ingrid sie langsam im Kreise drehte, bis der Stoff den Körper bedeckte. Zuletzt ging Sol in Toras Kammer und probierte die ganze Pracht erst über der Wäsche an. Das sei das sicherste, meinte Ingrid.
Tora fand, daß Sol einem Engel glich, wie sie dastand mit dem wallenden Stoff um die üppigen Hüften. Sie war mit einemmal so erwachsen, so fremd.
Für Sol erfüllte sich ein Traum: ein langes weißes Kleid, das zudem eigens für sie genäht war!
Sie hielt die großen, groben Arbeitshände über den Kopf, als Ingrid den Rock am Oberteil befestigte. Sie wirkte beinahe graziös. Sie glich der Tänzerin auf einem Bild, das Tora gesehen hatte. Sie war sich selbst so völlig unähnlich, daß Tora genau und gründlich nachdenken mußte, bevor sie fähig war, ihr das zu gönnen.
Noch lange nachdem die Mädchen im Bett waren, saß Ingrid an der

Nähmaschine. Sie hatte sich gerade soviel Zeit genommen, Henrik das Abendessen zu richten, als er kam.
Er hatte übrigens einen von seinen guten Abenden. Fluchte nicht über das Nähmaschinendurcheinander wie sonst. Er lobte sogar ihre Arbeit. Ingrid kam sich überrumpelt vor. Es war, als ob sie ein kostbares Geschenk erhalten hätte.
Sonst sagte er nicht viel. War wie ein zugebundener Sack. Den Gedanken und der Dunkelheit ausgeliefert.
Er ging zeitig ins Bett. Sie hörte ihn drinnen im Zimmer rumoren. Aber er schimpfte nicht und rief nicht nach ihr, wie er es oft machte. Sie war erleichtert.
Denn sie hatte sich vorgenommen, dieses Kleid für Elisifs Tochter zu nähen. Das hatte sie wirklich! Diese gute Tat konnte sie sich leisten.
Der Morgen kam, als sie gerade das Oberteil fertig hatte. Jetzt brauchte sie nur noch die Volants zu kräuseln und den Reißverschluß an der Seite einzusetzen. Ja, und natürlich noch der Saum.
Sie hatte mit Sol besprochen, eine ziemlich weite Fasson zu wählen, um den kräftigen Oberkörper zu verdecken. Und Sol hatte nachgegeben, obwohl ihr deutlich vorschwebte, wie das Kleid eigentlich aussehen sollte. Aber sie war gescheit. Sie verstand, was Ingrid ihr zu sagen versuchte, ohne daß sie es direkt beim Namen nannte.
Morgen abend konnte sie das Kleid fertignähen. Säumen konnte Sol es sich selbst. Aber vielleicht war es besser, Tora das machen zu lassen. Sie war geschickter mit den Händen.
Ingrid hatte viel Freude an der Arbeit gehabt. Die Müdigkeit schien ihr nichts mehr auszumachen. War es vielleicht Elisifs Gott, der das mit der Arbeitsfreude so regelte? Ja, was Henrik betraf, da verstand sie schon, daß es so sein mußte.

Als Ingrid von der Nähmaschine aufstand, war draußen vor den Fenstern heller Morgen. Sie fühlte den langen Putztag und die sechs Stunden als Nähmädchen in Schultern und Rücken brennen.
Eine schmerzende Stelle schien in die andere überzugehen.
Sie streckte sich und nahm das weiße Kleid mit zum Fenster. Das Sonnenlicht flutete über den billigen Seidenstoff aus Ottars Laden. Arme-Leute-Stoff!
Aber Ingrid hielt sich das Kleid triumphierend an und setzte den einen Fuß vor. Drehte sich langsam im Kreis und fühlte den Stoff kühl und schön über die Beine gleiten.
Einen Augenblick sah sie ihr Spiegelbild im Fensterglas. Das weiße Kleid mit dem wallenden Rock!

Ingrid ließ sich innerlich los. Es sang irgendwo in ihr. Sie war sich ihrer nicht bewußt, bis sie mitten im Zimmer stand. Sie drehte sich langsam vor dem Spiegel, das Kleid vor sich haltend. Verharrte eine Weile, nur um zu schauen.
Dann legte sie das Kleid auf den Stuhl bei der Tür und zog ihre Werktagskleider aus. Ein Kleidungsstück nach dem anderen.
Als sie in dem weißen Seidenkleid dastand und sie sich wie eine weiße Säule im Spiegel sah, kamen die Tränen.
Die langen Jahre, die sie so gern vergessen wollte. Die bittere Rolle, verurteilt zu sein, schon bevor man einen Raum betrat. Die demütigende Rolle, niemals das Recht zu haben, ein stolzer Mensch zu sein.
Es brach so unerwartet auf, daß sie die Laute nicht unter Kontrolle halten konnte.
Erst als sie die Augen des Mannes gewahr wurde, nahm sie sich zusammen und hielt inne.
»Was, zum Teufel, machste denn?« fauchte er.
»Ich probier' Sols Kleid an«, bekam sie heraus.
»Was stehste da und heulst mitten in der Nacht? Haste dich verschnitten?«
Sie blieb einfach stehen.
»Es ist übrigens verdammt spät, daß du dir ein weißes Kleid anziehst. Eine weiße Braut ist nichts für einen Deutschen und einen Tagelöhner!«
Die Stimme war verzerrt. Sie erkannte sie wieder.
Ingrid zog das Kleid langsam aus, trug es in die Küche und hängte es an die Wand. Dann wischte sie den Seidenstaub vom Tisch und räumte Nadeln und Fadenreste weg. Als sie sich hinlegte, war sie ganz leer und ruhig.

32

Simon kam mit dem Wiederaufbau gut voran. Der Bau war bereits unter Dach. Er sah gut aus. Die Frauen steckten die Köpfe zusammen, wenn sie einkauften, und wunderten sich darüber, wie schnell es ging. Aber die arbeitslosen Männer, die beim Ottar über der Ladentheke hingen oder in Vaeret herumspazierten und sich durch die langen Vormittagsstunden spuckten, meinten, daß er viel zu groß sei. Simon würde noch im Graben landen. Sie lächelten ein bißchen über den Gedanken.

Diejenigen, die den Hammer schwangen und oben auf den Gerüsten sangen, vertrieben sich die Zeit mit etwas anderem. Sie sahen in Simons Neubau den reinsten Tempel Salomos, der da im Herbstwind stand und durch den der Wind heulte. Es klang wie bei einer heruntergekommenen Orgel.
Die Brandursache wurde nicht geklärt. Der Brand war in Simons Privatbüro ausgebrochen. Da habe jeder x-beliebige aus- und eingehen können, wurde gemunkelt. Aber Simon und Rakel hatten keine solchen Feinde, daß daraus ein Brand entstand, das wußten die Leute. Von Brandstiftung war Simon freigesprochen worden. Er wurde nicht fett von dem kleinen Betrag, den er für das Gebäude bekam, denn der Betrieb und das Inventar waren nicht versichert gewesen.

Harmlose und gutmütige Flüche erklangen lustig zwischen derben Lachsalven und nach Teer riechenden Balken.
Simon hatte als Bauherr alle Hände voll zu tun. Vielleicht verlor er gar nicht so viel in einer Saison, wie er erst geglaubt hatte. Der Fisch blieb aus, und Dahl mußte Leute entlassen. Das traf besonders die Filet-Mädchen.
Rakel webte. Sie hatte einen Auftrag in Breiland. In Ottars Laden verpackte sie sorgfältig große Rollen gewebter Matten. Somit wußten alle Bescheid.
Sie hatte ihre Schafherde fast verdoppelt. Dieses Jahr hatte sie auch bei der Heuernte mitgeholfen.
Das zeugte von schlechten Zeiten.

Simon hatte Henrik eingestellt, um Rakel einen Gefallen zu tun. Aber er war kein guter Arbeiter. Und nach Simons Meinung war daran mehr die Flasche schuld als der kaputte Arm.
Als er drei Tage der Arbeit ferngeblieben war, ohne Bescheid zu geben, verlor Simon die Geduld und marschierte ins Tausendheim hinauf.
Es war nicht viel aus Henrik herauszubekommen. Aber im Laufe des Nachmittags erschien er unten am Bau und raffte mit unglaublicher Schnelligkeit die Arbeitsschürze und seinen Hammer an sich. Er half mit dem gesunden Arm dem anderen, so daß die Männer nur so staunten, wie schnell er klar Schiff machte. Dann ging er, ohne ein Wort zu sagen.
Simon tat es wegen Ingrid leid. Er selbst bedauerte es nicht, denn bevor es Abend wurde, standen schon drei Männer da und wollten Henriks Arbeitsplatz haben.

Es war etwas tief Verkümmertes in diesem Mann, meinte Simon. Die dünne, gebeugte Gestalt, die nur aufblühte, wenn die Flasche auf dem Tisch stand und er eine Lügengeschichte nach der anderen erzählen konnte. Manchmal blieb er samstags nachts an irgendeinem Tisch in einer Hütte sogar allein sitzen. Redete mit sich selbst, erzählte weitschweifig und johlte und fragte und antwortete.
Simon wunderte sich. Er hatte dieses und jenes über einen anderen Henrik gehört, vor dem Unglück mit der Schulter, vor der Heirat mit Ingrid. Es wurde nicht nur schlecht über ihn gesprochen. Und Simon wußte nicht, ob er glauben sollte, daß Bosheit und Ablehnung allein einen Menschen so verändern können. Eine kaputte Schulter oder ein Brand können vielleicht das gleiche bewirken, dachte Simon. Und er schauderte, wenn er sich der langen Tage und Nächte in der Dachstube erinnerte, als er nicht einmal den Mut hatte, sich einen Strick zu holen.
Aber da gab es eine, die *ihn* an den Haaren gezogen hatte. Ingrid vermochte wohl nicht, andere Menschen an den Haaren zu ziehen. Das war auch mehr, als man von einer Frau verlangen konnte, überlegte er.
Simon hielt sich selbst für eine gutmütige, einfache Seele. Das machte das Leben soviel leichter. Nicht zuviel grübeln. Trotzdem konnte er es nicht lassen, sich über den Haß in Henriks Augen zu wundern. Das quälte ihn von Zeit zu Zeit.

Als er am Abend nach Hause kam, sprach er mit Rakel darüber. Sie verlas Preiselbeeren und sah schnell auf, während sie nach Dreck und Blättern schielte, die an den roten Beeren klebten. Die Schüssel mit den Beeren stand auf einem Hocker neben dem Tisch.
»Er ist nur neidisch! Vielleicht merkt er, daß die Ingrid Grund hat zu denken, daß sie den falschen Mann genommen hat«, scherzte sie.
Simon lachte.
»Ja, du weißt für alles einen Grund.«
Er fing an, ihr beim Beerenverlesen zu helfen, aber das meiste futterte er.
»Schluß jetzt! Du Lümmel! Die sollen nach Breiland, dann kann ich neuen Kettfaden zum Weben kaufen.«
Ein Schatten flog über Simons Gesicht.
»Das ist nicht gut, daß du dich so abrackerst, damit wir zurechtkommen.«
»Unsinn! Sollst nur du dich abrackern? Warum soll ich's nicht auch? Als wir gute Tage hatten, da hab' ich Geld zurückgelegt. Du hast nie

gewußt, wieviel. Du warst ja auch nicht so genau mit so was. Ich hatte alles, was ich brauchte. Nu ist die Futterkrippe leer. Ich muß die Halme zusammenkehren, damit wir satt werden. Das sollte nur...«
Sie kam nicht weiter. Simon schlang die langen, starken Arme um sie. Drückte sie an sich, während sein Mund ihr Gesicht suchte.
Er trank sie wie ein durstiger Mann. Würde den Durst nie löschen. Würde nie genug haben.

Am nächsten Morgen lagen der Abfall und die Beeren noch auf dem Küchentisch. Simon stand zeitig auf, brachte alles in Ordnung, machte Feuer, holte Brennmaterial, kochte Kaffee und war Rakels Laufbursche. Er schämte sich nicht. Er war so froh, daß er etwas tun mußte. Hätte es aber kaum getan, wenn ganz Vaeret hätte sehen können, wie er aus der Küche raus- und wieder reinflitzte und die Haushaltshilfe für seine eigene Frau war.
Dann trug er das Tablett in den Dachstock hinauf und servierte Rakel das Frühstück im Bett, obwohl es mitten in der Woche war.
»Ich hab' mir was überlegt«, sagte Rakel mit dem Mund voller Brot und Käse. »Ich werd' mich mit Tora zusammentun. Wir werden mit Schweinen anfangen.«
Simon war erstaunt, überrascht. Rakel als Schweinezüchter! Er lachte schallend.
Dann sah er ihr Gesicht in dem großen Kommodenspiegel und schloß schnell den Mund.
»Ich ruf' heut an. Ich bestell' und bezahl' zwei kleine Schweine.«
»Quatsch!« sagte sie überlegen. »Jetzt ist nicht die Zeit dafür. Ich sag's dir rechtzeitig. Und ich will vier haben. Außerdem hab' ich selbst genug Geld!«

33

Der Herbst war ebenso klar und kalt, wie der Sommer naß und unfreundlich gewesen war. Der Vogelbeerbaum vor dem Tausendheim klatschte seine roten Büschel gegen die Südwand, wenn der Südwestwind in Böen daherkam, ohne Nebel und fremd, als ob er nicht von dieser Welt wäre.
Die Kartoffelernte schien besser zu werden als der Fischfang. So mußte man eben auf dem Land ernten und sehen, wie weit es reichte.

Tora half Rakel beim Kartoffelausmachen. Sie bekomme einen halben Sack für jeden langen, anstrengenden Tag, sagte Rakel ganz geschäftsmäßig. Außerdem einen Eimer Setzkartoffeln für die eigene Ernte im nächsten Jahr.

Während der Mittagspause saß Tora auf der Torfkiste in der Küche von Bekkejordet und las, während Rakel ihren steifen Rücken auf das Sofa gelegt hatte und ein kleines Nickerchen machte.

»Was lieste denn da?« fragte Rakel und gähnte.

»Viktoria«, kam es verträumt.

»Viktoria? Was ist das für 'n Buch?«

»Weißte das nicht, wo du doch erwachsen bist?« fragte Tora verwundert und sah auf.

Sie schlug das Buch über dem rechten Zeigefinger zusammen.

Rakel lächelte.

»Nein, ich bin nicht viel zum Lesen gekommen – Bücher und so was.«

»Das solltest du aber, Tante«, meinte Tora eifrig. »Du hast ja keine Ahnung. Das Buch ist so traurig und so schön...«

»Wie kann was traurig und schön zugleich sein?«

Rakel rappelte sich mühsam hoch, und während sie versuchte den Rücken zu strecken, schnitt sie eine Grimasse. Dann hinkte sie zum Herd und klatschte drei Schaufeln Kohle in den schwarzen Rachen.

»Ja«, meinte Tora ernst. »Es ist schön. Es hilft ihnen nichts, daß sie sich lieben. Er ist nur der Sohn von einem Müller, und sie ist reich. Die andern wollen, daß sie deswegen Feinde sind. Es ist gerade so, als ob sie...«

Tora hielt plötzlich inne. Ihr Gesicht wurde feuerrot, und sie wußte sich nicht zu helfen.

Rakel sah sie verwundert quer durch den ganzen Raum an.

»Genau wie dein Vater und deine Mutter?«

»Ja«, flüsterte Tora.

Die tiefstehende Herbstsonne kroch zum Fenster herein, und die Katze rollte sich in ihrem Schein schnurrend auf dem Flickenteppich zusammen. Sie leckte sich schläfrig mit geschlossenen Augen.

»Denkste viel an deinen Vater, Tora?«

Rakel ging langsam zum Küchenfenster und steckte den Finger der Reihe nach in die Blumentöpfe. Dann holte sie eine Kanne mit Wasser.

Da sie keine Antwort bekam, setzte sie sich neben Tora auf die Torfkiste, die Kanne zerstreut zwischen den Händen, als ob sie vergessen hätte, was sie damit wollte.

Sie war so klein, die Rakel. Baumelte auf der hohen Kiste mit den Beinen wie ein kleines Mädchen.
»Hat deine Mutter dir nicht mehr von ihm erzählt?«
»Nein«, antwortete Tora zögernd. Wußte, daß die Tante böse auf die Mutter war, weil sie nicht über Vater sprechen wollte.
»*Er* ist immer da.«
»Das dürfte nichts ausmachen. Der Henrik weiß das alles ja. Er ist von keinem lebenden Wesen hinters Licht geführt worden. Er nahm deine Mutter, weil er sie haben wollte. Er brachte übrigens nur Unglück über sie. Und es ging schief...«
Rakel starrte aus dem Fenster über die leicht geneigten Äcker hinweg. Sie schien gar nicht mit Tora zu reden.
»Was meinste?« fragte Tora vorsichtig.
Sie empfand es wie einen Regen nach langer Trockenheit, daß ein erwachsener Mensch mit ihr über Dinge sprach, die sie sonst nur dachte.
»Du weißt doch von deiner kleinen Schwester, die gestorben ist?«
»Genau wie Elisifs Kind?«
»Ja.«
»Wo ist sie? Ich mein', wo ist sie begraben?«
»Oh, sie liegt hier auf 'm Friedhof. Biste nie dagewesen?«
»Nein.«
Die Katze erhob sich und rieb den langen Hals an Rakels Bein. Rakel nahm sie vom Boden auf und strich geistesabwesend über das glänzende Fell.
»So geht deine Mutter wohl allein dahin?«
Ein merkwürdig leerer Schmerz durchzuckte Tora.
Aber sie wußte, daß es so war. Die Mama hatte noch etwas, was sie nicht mit Tora teilen wollte. Ein kleines Grab. Und sie hatte die Erinnerung an einen Menschen, der Toras Vater hätte sein sollen und von dem sie nie sprach. Es war, als ob Tora draußenbleiben sollte. Plötzlich fühlte sie sich ganz allein.
»Manchmal ist es schwer, eine Frau zu sein«, fuhr Rakel fort. »Es kann sowohl hart sein, ein Kind zu bekommen, wie auch, keins zu bekommen. Aber vielleicht ist mir viel von dem erspart geblieben, was deine Mutter durchmachen mußte, grad weil ich keine Kinder hab'. Ich hab' nur eine Sehnsucht in mir. Die hört nie auf.«
Tora wagte kaum zu atmen. Es war so seltsam, so feierlich. Daß die Tante für ihre Gedanken Worte zu finden vermochte! Und daß sie sie zu einem jungen Mädchen sagte!
Und *das* – wo sie nicht einmal etwas von Viktoria wußte.

Die Mahlzeiten auf Bekkejordet waren ganz anders als zu Hause. Fröhlicher. Tante und Onkel lachten oft zwischen zwei Bissen.
Tora lachte nicht so oft mit ihnen. Sie saß nur mit offenem Mund da, leicht lächelnd, und fühlte sich froh bis in die Fußspitzen. Da war keiner, der Anstoß daran nahm, wenn sie trödelte oder es nicht schaffte, alles aufzuessen. Darüber wurde kein Wort verloren. Merkwürdig war das.
Auf diese Weise herrschte ein solcher Friede bei Tisch, daß man ein ganzes Pferd hätte essen mögen, nur um diesen Frieden zu bewahren. Sie vergaß beinahe, wie es war, wenn sie die schweren, schleppenden Schritte auf der Treppe hörte, während sie mit dem Essen im Mund dasaß. Vergaß, wie ganz unwahrscheinlich die Zunge hinten im Hals wachsen konnte, wenn *er* die Türklinke in die Hand nahm.
Der Onkel schlief nachmittags nie auf dem Sofa. Tora fragte ihn, warum. Da antwortete er, daß er das tun würde, wenn er ins Altersheim nach Breiland ginge. Dann hob er sie hoch bis oben an die Decke, das große Mädchen, so daß sie mit dem Kopf an die Kugellampe stieß, und er streichelte ihr beide Backen, damit sie nicht böse werden sollte, weil er so ungeschickt war. Als ob sie auf Onkel Simon böse werden könnte!

Tora hatte gemerkt, daß sie gleichsam erstarrte, als er sie anfaßte. Sie glaubte, es nicht auszuhalten.
Aber der Ekel kam nicht, wie sie erwartet hatte. Und Tora dachte, daß es mit Onkel Simons Händen anders sein müsse... Dann angelte er seine Mütze, die auf der Torfkiste lag, und sauste aus der Tür, den Qualm aus seiner Pfeife hinter sich herziehend.
Das Kartoffelausmachen sollte vier Tage dauern. Das hatte Rakel ausgerechnet. Sie wollten sich nicht übereilen, es sei keine Akkordarbeit, meinte sie.
»Wir wollen Zeit haben zum Essen und uns auch vorher saubermachen, und wir müssen ab und zu mal den Rücken strecken und ein bißchen miteinander reden. Das müssen wir uns gönnen.«

Als sie am dritten Tag auf dem Acker waren, kam der alte Jude. Er ließ sich auf einer Kartoffelkiste nieder und bot seine Waren an. Er war lange nicht mehr auf der Insel gewesen.
Rakel lachte und meinte, daß er sich die Mühe hätte sparen können, für sie den Koffer aufzumachen, denn hier draußen seien sie so drekkig, daß sie nicht einmal ein lumpiges Glanzbild in die Hand nehmen könnten.

Der magere, alte Mann saß trotzdem wie festgenagelt auf der Kiste. Der braune Mantel mit den enormen Aufschlägen und den großen Taschen umgab ihn wie eine Schale.
Es sah so aus, als ob jemand dort oben in dem dicken Loden ganz lokker einen Kopf angebracht hätte. Bei schlechtem Wetter stellte er die Aufschläge hoch, so daß sie ihm bis über die Ohren reichten und ein Schutz waren gegen das, was der Herr sandte, ob es sich nun um Regen oder Schnee handelte.
Er zog mit seinem Koffer von Hof zu Hof. Die Erwachsenen kannten ihn schon seit ihrer Kindheit. Er streifte umher, sobald es Frühling wurde. Gegen den Spätherbst war er wie im Meer verschwunden. Keiner wußte, wo er war.
Er war einer von den Letzten aus der alten Zeit. Wußte das meiste, war aber nicht so mitteilsam, daß es etwas ausmachte. Er drängte seine Ware niemandem auf, setzte sich nur hin und wartete. Wenn er hungrig war, blieb er geduldig sitzen, bis die Leute essen würden, falls er das Glück gehabt hatte, im richtigen Augenblick zur Küchentür hereinzukommen. Kauften sie etwas, viel oder wenig, so zog er es vor, gleich wieder zu gehen. Dann brauchten sie ihm keinen Stuhl und kein Essen anzubieten.

Alle kannten den alten Juden, aber nur wenige wußten seinen Namen. Er war sonderbarerweise unverwundbar. Man konnte ihn davonjagen oder quälen. Er saß einfach da. Oder er erhob sich und ging, als ob nichts wäre.
Einmal hatten ein paar Kinder von der Hauptschule seinen Koffer genommen und waren damit weggelaufen.
Aber der alte Jude, er hieß nicht anders, setzte sich geduldig auf einen Stein am Wegrand und wartete, bis der Spaß für die Plagegeister vorbei war, weil Gunn sie zum Unterricht hereinrief.
Dann ging er unendlich langsam zu dem Steinbruch, wo sie den Koffer versteckt hatten, suchte und fand ihn und zog weiter.
Tora sah ihn vom Fenster aus. Gunn saß auf dem Katheder und wußte von nichts. Das war gut für die Rücken der Sünder, die aufrecht in ihren Bänken saßen.
Tora hatte das sonderbare Gefühl, daß der alte Jude und sie verwandt waren. Sie war sich nicht ganz klar darüber, warum. Es hatte wohl damit zu tun, daß die Leute sich das Recht nahmen, auch den alten Juden einzuschüchtern und zu quälen. Er gehörte auch zu einem schlimmen Volk. Es rieche nach Jude, es rieche nach Geld und Geiz, konnten die Leute grinsend sagen, wenn er vorbeikam.

Es waren die Juden, die Jesus getötet hatten. Das sagte sogar Gunn. Es waren die Deutschen, die die Juden während des Krieges getötet hatten. Das erzählte Gunn auch.
Elisif meinte, das sei Gottes Strafgericht über die Juden, wenn Hitler sie überall gejagt und ihnen das Leben genommen habe. Tora bekam ganz feuchte Hände bei dem Gedanken, daß Gott so sein könnte. Aber sie hütete sich wohl, zu widersprechen. Niemand widersprach Elisif.
Die Deutschen hatten den Sohn von Paal Ingebriktsen getötet und außerdem das halbe Norwegen, sicher. Tora hatte viele grausame Geschichten gehört, von Nägeln, die herausgezogen wurden, und von Goldzähnen, die den Leuten aus dem Mund gebrochen wurden.
Für dies alles mußte es einen Schuldigen geben.
Einen, den die Leute fassen konnten.
Tora begriff, daß der alte Jude und sie zu denen gehörten, die nicht davonkamen.

»Ihr schuftet und kriegt Kartoffeln ins Haus, wie ich seh'.«
Der alte Jude saß auf der Kiste, die klauenähnlichen Finger lagen gespreizt auf seiner abgewetzten Hose. Er zog sie vor und zurück, weil er sich wohl wärmen wollte. Der Mantel stand offen und umflog ihn im Wind mit schweren, klatschenden Schlägen. Es sah aus, als ob der Mann ein Riesenvogel wäre, der verlernt hatte zu fliegen.
»Ja, das machen sie jetzt auf allen Höfen. Deshalb ist kein Geschäft zu machen. Die Leute sehen nicht, daß ich schöne Stickereien bekommen hab'. Weihnachtsmotive. Ich hab' Decken mit Weihnachtsmännern, die im Kreis gesetzt sind. Mäuse und Katzen und Tannenzweige...«
»Ja, mein Lieber. Aber du siehst wohl, was mit unsern Händen los ist. Ich bin so verdreckt, daß ich mich nicht mal schneuzen kann!«
Rakel warf Tora über den Haufen Kartoffelkraut einen lachenden Blick zu.
Aber Tora lächelte nicht zurück.
Sie konnte sich in den alten Mann hineinversetzen. Sie und er wurden gleichsam eins. Sie kroch in den Mantel, unter seine Haut, sie fühlte den ohnmächtigen Schmerz, sich bloßzustellen, sich zu demütigen, um Gnade zu bitten. Für die kleinste Kleinigkeit zu betteln. Allen Stolz wegzuwerfen und sich anzuklammern, an was und an wen auch immer.
Und es scheint nicht mehr länger Tag zu sein. Die Nacht fällt plötzlich über sie herein, da wo sie steht. Die Goldaugen werden zu Blutflecken in der schwarzen Erde. Sie springen auf und nieder und bedrohen sie.

Sie wehrt sich dagegen, indem sie hoch über Rakels Kopf hinwegschaut. Sie hat das Gefühl, in einer Schaukel zu sitzen, die sich allzu schnell bewegt. Auf und nieder, bis es ihr ganz übel wird. Sie hört seine Stimme. Sie kriecht in der Kammer herum. Fleht ihn an, hält sich mit beiden Händen am Bettpfosten fest.
Und die Goldaugen starren sie aus der schwarzen Erde an.
Es gibt keinen Kampf. Alles ist von Kräften entschieden, die stärker sind und im guten Recht.
Das Deutschenkind! Der alte Jude!

Tora gräbt in der feuchten Erde. Gräbt und gräbt, bis die Erde den Weg tief unter die Nägel findet. Ganz hinein, bis dort, wo sie an der Haut festsitzen. Noch weiter. Sie fühlt, daß es reißt. Etwas trennt sich. Es tut weh. Aber es ist ein greifbarer Schmerz. Es gibt immer etwas, was enthäutet und am Holzzaun angenagelt werden soll. Man muß sich daran gewöhnen, hindurchzukommen.
NEIN! Es kommt ein Schrei aus ihr heraus. Sie kann nichts dafür. Der Schrei gehört nicht auf den Acker, in die Wirklichkeit, nach Bekkejordet. Es ist ein heiserer, schändlicher Laut. Er ist nicht zu verstehen. Dennoch kommt er aus ihr heraus. Wie aus einem gewaltigen Trotz.
Sie nimmt ein großes Goldauge. Sieht genau auf die kleinen rosa Vertiefungen in der weißgelben Kartoffel. Dann erhebt sie sich, springt hoch, als ob es das Leben gelte. Streckt die rechte Hand mit der Kartoffel nach hinten, den Ellenbogen angewinkelt. Reckt sich auf die Zehen, findet das Gleichgewicht und konzentriert ihre ganze zitternde Spannung.
Dann läßt sie die Kartoffel fliegen. Höher und höher über die aufgerissenen schwarzen Erdfurchen.
Die schmutzige Hand hängt wieder leer herunter. Sie hat noch ein wenig von der zitternden Anspannung zurückbehalten. Dann ist es vorüber.
Die beiden Erwachsenen schauen erstaunt der Kartoffel nach, die irgendwo hinter dem Stall verschwindet. Dann wenden sie gleichzeitig den Kopf und sehen Tora an.
Heiße Röte breitet sich über Toras Gesicht und Hals aus. Sie hat eine große, gute Speisekartoffel weit hinein in den kleinen Wald geworfen!
Sie legt sich wieder gehorsam auf alle viere und rafft Kartoffeln, so schnell sie nur kann. Deshalb sieht sie auch nicht den Ausdruck in Rakels Gesicht. Er wechselt von ungläubigem Staunen zu Bewunderung, bis er sich schließlich in einem strahlenden Lächeln entlädt.

»Du, Tora! Du kannst aber gut werfen! So was hab' ich noch nicht gesehen. Du bist genau wie ich, als ich jung war. Ich mußte auch rennen, springen, werfen. Herrgott, wie lang ist das her! Nun machen wir eine Pause. Wie gehn rein und waschen uns den Dreck ab. Und dann backen wir uns Waffeln. – Hast du Lust auf Waffeln?«
Sie wandte sich zu dem Mann auf der Kartoffelkiste.
»Er sagt danke und Dank!« Der alte Mann war schnell auf den Beinen. Er trat von einem Fuß auf den anderen und hatte seinen Koffer fest in der Hand.

Und Tora lief, um die vollen Eimer zu leeren. Es polterte und hüpfte unten in der Kiste, als sie die Kartoffeln hineinkippte.
Die Erde fiel ab, und die kleinen roten Augen kamen zum Vorschein. Sie starrten sie an. Es gab Hunderte von ihnen. Tora deckte die Kiste mit einem Sack zu und ging schnell zum Haus.
Seltsam, daß die Tante den alten Juden einlud. Das tat fast niemand. Konnte die Tante ahnen, daß Tora sich ihm verwandt fühlte? Nein, das schlug sie sich aus dem Kopf.
Aber sie hätte sich das mit der Kartoffel sparen können. Nun lag sie irgendwo hinter dem Stall und hatte keinerlei Nutzen in der Welt.
Rakel mußte den Mann zwingen, sich den Mantel und die Schuhe auszuziehen. Sie setzte ihm eine Waschschüssel mit Wasser hin.
»Wasch dir die Hände!« sagte sie gebieterisch.
Tora sah den alten Mann an. Die Scham ließ sein Gesicht leer erscheinen, denn er hatte sehr schmutzige Hände.
Tora versteckte ihre erdigen Hände hinter dem Rücken, bis sie an der Reihe war.

Der alte Jude breitete die erwähnten Decken auf dem Küchentisch aus. Rakel ging hin und her, drehte und wendete sie alle, hielt sie vor sich in die Höhe und fragte Tora um Rat. Ab und zu war sie hinten beim Herd und goß neuen Teig in das Waffeleisen. Es zischte und duftete und breitete ein gutes Vergessen über das, was sich draußen auf dem Acker ereignet hatte.
»Haben wir Zeit zum Sticken, was glaubste, Tora?« fragte Rakel nachdenklich und hob die eine Augenbraue. Sie hielt ein Überhandtuch hoch und betrachtete es prüfend.
Das Motiv einer Hütte mit Birkenwald und massenweise Blumen. Tora nickte mit vollem Mund. Sie trank Kaffee dazu, sie auch. Sie sah auf die Farben, die Rakel an das Bild hielt, um zu entscheiden, welche am besten zusammenpaßten.

Der Mann lächelte nur mit den Augen. Ein dichtes Netz von Fältchen zog sich um seine Augen und verriet ihn. Aber der Mund war ausdruckslos. Er aß langsam und gründlich und schlürfte den Kaffee nicht aus der Untertasse, wie Tora das schon bei alten Leuten gesehen hatte. Alles, was er tat, geschah beinahe lautlos.
Es war, als ob er Angst hätte, daß jemand seine Anwesenheit bemerken könnte. Manchmal vergaß er sich und wischte mit dem Handrükken über den Bart. Um sich im nächsten Augenblick dessen bewußt zu werden, daß er in der Küche von besseren Leuten saß. Da zog er verlegen ein nicht ganz sauberes Taschentuch aus der Tiefe seiner Tasche. Mit einer würdigen Bewegung fuhr er langsam über die Stelle, für die er gerade eben den Handrücken benutzt hatte.
Das war ein ganz anderer alter Jude als der, den Tora in Vaeret gesehen hatte, wenn er sich mit seinem Koffer vorbeischleppte, einen ganzen Schwanz Kinder hinter sich und mit einem im Wind flatternden Mantel.
Dieses hier war gleichsam – ein Mensch.
Der Kuchenteller war leer. Tora begriff nicht, wie jemand so langsam essen konnte, jedenfalls wenn sie hinsah, aber gleichzeitig so viel in so kurzer Zeit.
Der Kauf des Küchensets wurde in bestem Einvernehmen abgeschlossen, und der alte Jude hatte es plötzlich eilig, wegzukommen. Er hatte noch viel vor. Er versuchte nicht, Rakel weitere Sachen zu verkaufen, zögerte nur, den Kofferdeckel zu schließen. Suchte wie zufällig unter den Kleiderstoffen und Bändern und ließ die verkrümmten Finger geistesabwesend über eine breite Spitze gleiten.
Als er gegangen war, hatte er einen seltsamen, würzigen Duft hinterlassen.
Tora sollte die Decke für den Küchenschrank sticken. Rakel sagte, daß sie heute nicht mehr in die Kartoffeln gingen. Jetzt sollte gestickt werden. Und sie machten das große Licht über dem Küchentisch an und nahmen die Arbeit in Angriff.
Am Anfang hatte Tora Schwierigkeiten mit den Fingern. Das Kartoffelbuddeln hatte die Gelenke steif und unbeholfen gemacht. Rakel führte die Nadel mit großem Geschick, und sie zeigte Tora die komplizierteren Stiche, so daß sie die Arbeit mit nach Hause nehmen konnte. Sie sollte 30 Kronen für die Decke bekommen, wenn sie fertig war. Das war unglaublich viel, und es war beinahe beschämend, das anzunehmen. Aber Rakel winkte ab und sagte, als Gegenleistung müsse es auch ordentlich auf der linken Seite aussehen, sonst müsse sie sämtliche Stiche noch mal aufmachen. Und nun müsse sie sich

eine Taschenlampe leihen und machen, daß sie nach Hause komme, bevor man sich um sie ängstige. Morgen um acht gehe es mit den Kartoffeln weiter.

Tora zögerte, sich für den Heimweg anzuziehen. Konnte die kleine Decke anscheinend nicht in das große Packpapier einwickeln. Die Decke glitt immer wieder heraus. Schließlich wand Rakel einen Bindfaden drum und händigte Tora das Päckchen lächelnd aus.
»Wenn ich doch hier schlafen könnte!«
Die Worte entfuhren Tora, ohne daß sie wußte, daß sie sie gedacht hatte. Rakel sah sie erstaunt an.
»Haste Angst vor der Dunkelheit, großes Mädchen?«
»Nein, das nicht grade...«
»Du kannst morgen hier schlafen«, entschied Rakel und zog Tora an dem einen Zopf. »Das paßt gut, denn Simon muß nach Bodö. Frag deine Mutter, ob du darfst, gelt?«
»Ja!«

Als Tora den dunklen Grusweg nach Hause trabte, empfand sie den morgigen Tag so, als ob sie ein kleines, weiches, warmes Tier im Schoß hätte. Sie schob den Abend und die Nacht weit von sich weg und ließ das Licht der Taschenlampe munter über den Straßengraben und über die Äcker fegen. Sie schien sie nicht zu brauchen, um den Weg besser sehen zu können. Obwohl der Himmel dunkel war und das Wäldchen mit seinen verkrüppelten Zweigen, die sich nach ihr ausstreckten, dicht am Weg stand.

34

Der Flur lag im Halbdunkel, weil auf ihrem Treppenabsatz die Birne kaputtgegangen war, aber sie sah es sofort, als sie die Treppe heraufkam. Mutters Schuhe und Mantel waren nicht da. *Seine* Schuhe und die Jacke lagen auf einem Haufen unter dem Kleiderhaken.
Tora zögerte an der Tür. Sie vermochte heute abend nicht, die Türklinke herunterzudrücken. Es kamen kratzende Laute von drinnen.

Sie drehte sich um und fand mit der freien Hand das Treppengeländer. Die Taschenlampe und das Päckchen preßte sie mit der anderen dicht an ihren Körper. Wie ein Dieb auf der Flucht.

Sie schloß die Haustür so vorsichtig, wie sie nur konnte, trotzdem wimmerte die Tür ein bißchen. Dann war sie wieder draußen in der scharfen Luft und ließ sich von der Dunkelheit verschlucken.

Heute abend wollte sie nicht durch das hindurch.

Eine gebeugte kleine Gestalt mit einem Päckchen unter dem Arm. Sie mied die Straße. Fand den Pfad hinauf über die Heide und die Moore. Die Erlenbüsche standen wie erschreckte Gespenster vor ihr.
Einmal setzte sie sich atemlos auf einen Stein und fühlte sich erlöst. Sie war Tora. Sie war unterwegs – nur fort.
Der Steinbruch! Dorthin wollte sie gehen. Dort konnte sie im Windschutz sitzen. Es mußte spät sein. Niemand durfte sie jetzt hier draußen sehen. Denn dann würde es die Mama erfahren und sich schämen, weil die Leute sagen würden, daß Ingrid nicht einmal mit ihrem einzigen Kind fertig wurde, das sich in der dunklen Nacht draußen herumtrieb. Und die Leute würden sich wundern. Tora hatte gelernt, daß man den Leuten keine Gelegenheit zu solchen Schlüssen geben sollte.
Denn aus ihrem Erstaunen machten sie ungemütliche und anklagende Wahrheiten. Je mehr sie sich wunderten, desto abscheulicher wurden die Wahrheiten.
Als sie fast bis zu dem Karrenweg gekommen war, der zu dem Steinbruch führte, tauchten plötzlich zwei Gestalten oben am Hang auf. Sie kamen ihr nicht bekannt vor.
Sie kauerte sich in den Straßengraben und spürte, wie das Wasser, das im Graben stand, von oben in ihre Stiefel hineinsickerte. Kalt und gnadenlos umschloß es ihre Beine, die Knöchel und zum Schluß die Zehen. Trotzdem harrte sie aus, bis die Männer vorbei waren. Der Steinbruch schien nicht mehr sicher zu sein. Sie stand ratlos da und wußte nicht, wohin sie gehen sollte. Wer jetzt einen Dachboden hätte!
Da fiel ihr ein, daß der neue Dachboden schon ein Dach und Wände mit geschützten Ecken hatte. Vielleicht fand sie dort ein Versteck. Wenn sie nur eine Weile dort sitzen konnte, bis sie sicher war, daß die Mutter ihre Arbeit beendet hatte. Sie konnte sie unten bei Dahl abholen. Sie würde es über sich ergehen lassen, daß die Mutter schimpfte, weil sie um diese Zeit draußen im Dunkeln war. Ja!
Sie schlich über den Weg und fand den Strand, so daß sie ungesehen nach Vaeret gelangen konnte. Es quatschte kalt und trostlos in den kurzen Stiefeln.

Sie hätte die Stickerei zu Hause lassen sollen, dann hätte sie jetzt beide Hände frei und könnte sie in den Taschen wärmen. So mußte sie sie abwechselnd wärmen. Das nützte wenig.

Der Wind war frisch. Die Zöpfe standen wie Reisigbesen nach hinten ab, und es war unmöglich, die Jacke vorn zusammenzuhalten. Die Kälte schlich sich über die Beine hinauf, und sie bereute es bitter, daß sie nicht ihre »Kartoffelhosen« anbehalten hatte, als sie nach Hause ging. Der Rock war kurz, und die Strümpfe waren dünn. Außerdem war etwas nicht in Ordnung mit dem einen Strumpfhalter, sie mußte öfter stehenbleiben, um den Strumpf wieder festzumachen.

Einmal gab sie nicht acht und wäre beinahe mit dem Kopf in den Steinen gelandet. Sie spürte, daß ein spitzer Stein durch den Strumpf in die Haut eingedrungen war. Sie setzte sich und fuhr mit der Hand über die verletzte Stelle. Es klebte warmes Blut an den Fingern. Der Strumpf war hin. Sie hatte das Päckchen und die Lampe verloren. Aber sie hatte genug Zeit zum Suchen, und es kam ihr nicht in den Sinn, daß sie beides nicht wiederfinden würde. Es war alles zusammen so seltsam fern. Sie hatte das Gefühl, daß sie ihr Leben lang hier am Strand in der Dunkelheit herumkriechen müßte.
Es glitzerte weiß in der Welle, wenn sie sich über den Steinen brach, dann floß sie am Strand hoch und zog sich wieder zurück. Kam und ging. Tora blieb sitzen, ohne sich zu rühren, bis sie kein Gefühl mehr in den Füßen hatte. Die Hände hatte sie zwischen die Oberschenkel gesteckt, so war es mit ihnen erträglich.
Als sie endlich den Kopf hob, sah sie die Lichter von Vaeret. Es war, als ob sie davon erwachte. Kam zitternd auf die Beine und tastete umher, bis sie die Lampe und das Päckchen fand.
Sie machte die Taschenlampe nicht an. Die Dunkelheit war gut. Da konnte einen keiner entdecken. Die Dunkelheit war immer ein Versteck für ein junges Mädchen. Nur durften keine Wände drum herum sein. Es mußte sein wie hier: grenzenlos. Trotzdem kam eine gewisse Angst vor der einsamen Dunkelheit über sie. Sie schien sich in einer toten Welt zu bewegen. Sie war die einzige. Allein mit sich selbst. Sie vergaß willentlich, warum sie hier ging. Sie hatte keinen Grund. Es war nur eine Form des Daseins. Wandern zwischen toten, kalten Steinen in einer Welt, in der nur der Wind, das Meer und sie lebten.

Sie schlich zwischen den Gerüsten durch, suchte in den dunkelsten Ecken im Schatten des Riesenbaus. So aus der Nähe war er sehr

furchterregend. Schließlich fand sie eine Leiter, die zu den Arbeitsgerüsten hinaufführte. Sie stieg hinauf, Sprosse für Sprosse, und setzte sich dann mit dem Rücken dicht an die Wand.
Bei jeder Bewegung, die sie machte, schrie es einsam und klagend in den nicht geschmierten Flaschenzügen. Die Wunde am Knie brannte nicht sehr schlimm. Es war auszuhalten.
Sie streifte die nassen Stiefel ab und goß das Wasser aus, zog den Rock um sich, so gut es ging, und versuchte, die Strickjackenärmel über die Handgelenke herunterzuziehen. Sie schwebte hoch über der Erde!

Langsam fing sie an, ihre Füße wieder zu spüren. Bewegte erstaunt die Zehen. Seltsam, seine eigenen Füße so schmerzhaft nah zu fühlen. Die Stiefel und das Päckchen klemmte sie in die Spalten zwischen den Brettern, so daß sie sie in der Dunkelheit nicht verlor. Einen Augenblick wurde es ihr schwindlig, als es ihr aufging, wie hoch sie sein mußte. Sicher genauso hoch wie in dem alten Dachboden.
Sie dachte sich ein Spiel aus, welches darauf hinauslief, daß alles gut werden würde, wenn sie nur die Stiefel bewachte.
Einmal dachte sie an den alten Juden. Es war, als ob sie seine Kälte zusätzlich zu der ihren fühlte.

Es mußte schon spät sein. Aber sie durfte nicht schlafen. Nicht weil sie Angst hatte herunterzufallen, sondern weil niemand sie hier oben finden durfte, wenn es hell wurde. Sie lehnte sich noch fester gegen die Wand und wrang die beiden Strümpfe aus. Das half. Natürlich tat es das!
Sie lehnte auch den Kopf an die Wand und spürte, wie das rauhe, ungehobelte Holz an ihrer Kopfhaut kratzte.

Wenn *er* doch verschwinden würde, dachte sie. Da würden alle Dinge verändert sein. *Er!* Wenn er sterben würde oder wenigstens abhauen! Ja. Der Gedanke wurde übermächtig. Und sie wurde gewahr, daß er salzig und schleimig schmeckte und schwer zu schlucken war.
»Lieber Gott! Glaubst du nicht, daß du den Henrik hier auf Erden entbehren kannst?« betete sie leise. Sie konnte kaum ihre eigene Stimme hören, und sie zwang sich, ihn mit Namen zu nennen, damit vielleicht mehr Kraft in dem Gebet wäre.
Nachdem sie die Worte ein paarmal wiederholt hatte, sah sie Tante Rakel vor sich. Roch ihre Waffeln und das Brot. Tora vergoldete sich die feuchtkalte, graue Nacht mit dem Gedanken an das Schönste, was ihr einfiel.

Zuletzt glaubte sie, daß sie in dem weißen Bett in der kleinen Dachstube auf Bekkejordet lag. Dort stand der Glasschrank mit dem altmodischen Kaffeeservice von der norwegischen Großmutter. Gleichzeitig sah sie, wie der Himmel sich mit einem herrlichen Rot überzog, genau dort, wo es bei der Insel mit dem Leuchtfeuer ins Meer hinausging. Es war wie ein Wunder. Der alte Jude kam mit einem ganzen Arm voll goldäugiger Kartoffeln und beklagte sich, daß das Glanzbild, welches er verkaufen wollte, in den Himmel hinaufgezogen worden war.

Und die Küchenschrankdecke hing an dem rostigen Wäschegestell im Tausendheimhof und war ebenso dreckig wie die »Kartoffelausrüstung«, die Tora angehabt hatte.

Tora stieg in die Höhe gleich einem Ballon.

Höher und höher. Das Atmen wurde so leicht. Das Kartoffelkraut wuchs schnell und dicht und kam ihr nach.

Sie war auf einmal ein Goldauge, das sie selbst geworfen hatte. Sie fühlte die Stärke ihres eigenen Wurfs. Er trug so schön. Sie schwebte leicht und mit großer Geschwindigkeit. Hoch über die Wolken trug er sie. Über die Häuser und die Menschen da unten. Keiner konnte sie erreichen. Keiner!

Da sah sie plötzlich, daß *er* zu Hause in der Toreinfahrt stand, die Tür zur Kammer enttäuscht in den Armen.

Sie fing an zu fallen. Fiel und fiel. Versuchte an dem Tor und an der Tür vorbeizusteuern, aber er kam näher und näher. Die Tür war auf einmal ganz nah, Tora konnte sehen, daß sie um die Türklinke herum abgegriffen war und in dem mittleren Feld verkratzt. Er war ohne Gesicht. Da wußte sie, daß nichts verändert war. Er hatte nur die ekelhaften Worte, die er hervorzustoßen pflegte. Und die harten Finger. Da gab es keinen Ausweg!

Einen Augenblick sah sie, daß Frits versteckt hinter dem Torpfosten stand und ihr etwas erzählen wollte. Aber sie konnte die Zeichen, die er machte, nicht deuten. Er hielt die Arme hoch, und die Finger bildeten viele ungleiche Muster. Sie schaffte es nicht, irgend etwas zu verstehen. Dann war er weg. Die Tür war so nah, so nah. Sie sah den groben, dunklen Haaransatz des Mannes.

Konnte den scharfen Geruch der Gefahr wahrnehmen und wappnete sich.

Mit einem Ruck setzte sie sich auf, so daß sie das Gefühl hatte, der steife Nacken wäre gebrochen. Es war der Geruch!

Es war hell. Himmlischer Vater, da hatte sie doch geschlafen! Die Sinne arbeiteten sich aus dem Schlaf heraus, der Körper folgte nur widerwillig nach. Da sah sie es: Es brannte unter dem Gerüst! Nein, unter der Kaidecke. Es roch bereits streng nach Rauch und Teer. Es zischte ein paarmal, bevor die frisch geteerten Pfosten, die den Speicher trugen, ernstlich zu brennen begannen.
Tora war schon auf der Leiter, ehe sie richtig wußte, wie. Schnell und geschmeidig, um die Wette mit der Angst, die es ihr schwermachte zu atmen.
Sie wußte nicht sicher, ob es ein Traum war oder ob sie wirklich hier kletterte. Aber als sie auf ihre Strümpfe sah und sich daran erinnerte, daß die Stiefel noch dort oben standen, war sie nicht mehr im Zweifel.
Tora war ratlos. Wer war am nächsten, um zu helfen? Denn Onkel Simons Kai mußte gerettet werden. Sie machte einige schnelle Schritte zu der Treppe hin, bei der die kleinen Boote lagen, um zu sehen, wie schlimm es war.
Da sah sie ihn!
Der Mann stand da unten bei den Kaipfosten!
Sie würde die Gestalt, wo auch immer, erkannt haben!

Die Tür! Sie war doch auf die Tür gefallen.
So war es kein Traum, wie sie zuerst geglaubt hatte.
Sie wollte es nicht, sie wurde trotzdem zu der Treppe hingezogen. Er kam ihr mit gesenktem Kopf entgegen, eine Kanne in der Hand. Es prasselte und knisterte da unten. Das Feuer kam hinter dem Mann her, als ob es etwas zu rächen hätte. Breitete sich immer rascher aus. Als *er* an den Fuß der Treppe kam, wandte er das Gesicht nach oben. Es war weiß gegen den flackernden roten Hintergrund. Die Flammen lebten und züngelten hinter ihm. Tora stand am Rande der Wirklichkeit. Am Rande eines Alptraums. Stand da in nassen Strümpfen und hatte die Stiefel hoch oben unter dem Himmel vergessen. Sie war vergeblich weggelaufen.

Da kam der Schrei.
Er gellte durch das Knistern und Meeresrauschen, war wie ein Schmerz, der aus ihr herausflog. Mittendurch schnitt er. Durch die Angst und alles.
Der Mann da unten blieb stehen und schwankte. Er hatte den Fuß noch nicht auf die unterste Treppenstufe gesetzt.
Tora sah zu ihrer Verwunderung, daß der Mann plötzlich ein Gesicht

hatte. Ein gejagtes und angstvolles Gesicht. Das Entsetzen in jeden Zug eingeritzt.

Und der Schrei fuhr aufs neue aus ihr heraus. Diesmal trug er viel weiter, weil sie sich darüber klar war, daß sie schrie. Der Mann schwankte noch einmal, dann fiel er. Schwer und mit flatternden Armen. Der Körper stieß gegen die Kaipfosten. Es klang, wie wenn das Kohlenauto zu Hause die Säcke auf die Zementtreppe kippte. Weich und hart zugleich.

Dann kam das Klatschen. Aber es wurde schnell übertönt von dem Knistern des riesigen Feuers und dem rhythmischen Klatschen an die Kaipfosten. Die Ölkanne flog landeinwärts auf die Steine und blieb liegen und wurde vom Wind hin- und hergestoßen. Als ob sie der ganzen Welt erzählen wollte, wo sie lag.

Das Feuer leuchtete und funkelte in dem unruhigen Wasser. Es wurde sozusagen lebendig. Es fraß sich nach oben und leckte rund um das trockene neue Holz. Breitete sich aus wie ein Riesenfächer. »Es wärmt«, dachte Tora erstaunt. Es war ein Freund. Es leuchtete für sie.

Seine Hand war goldfarben, als sie für einen Augenblick auftauchte. Dann kam auch der Kopf. Seine Mütze schwamm dort drüben bei Simons Ruderbooten.

Bei Tageslicht hatten die Boote blaue Dollbords, erinnerte sich Tora. Der ganze Hafen war jetzt goldfarben. Und seine Mütze schwamm ganz allein dort drüben. Vielleicht war sie ein bißchen froh. Wie Tora. Denn er konnte sich bestimmt nicht retten.

Froh!

Wenn er dort wäre, wo die Mütze war, könnte er ein Boot erreichen. Aber er war nicht dort! Er war zu weit weg. Und alles brannte. Er würde ertrinken und verbrennen. Ertrinken und verbrennen. In alle Ewigkeit. Amen!

»Komm mit dem Boot, zum Teu...!«

Der Ruf wurde abgewürgt, da der Mann Wasser schluckte und wieder versank. Es flimmerte rot vor Toras Augen. Sie hatte das Gefühl, als ob ein Deckel mit großer Kraft hochgedrückt worden wäre. Es rauschte so sonderbar, sie schien nicht sie selber zu sein. Sie stand abseits von allem. Jedesmal wenn der Mann unterging, wurde sie etwas freier. Schließlich vermochte sie es nicht mehr zurückzuhalten. Es wurde zu mächtig. Das Aufschluchzen kam wie die Vorwarnung zu

einem überschäumenden Gelächter. Es strömte aus ihrem Mund, ohne daß sie es wußte. Dann fing sie an zu zittern.
Der rechte Mundwinkel zog sich nach unten und entblößte die Zähne. Ein zitterndes, unschönes Grinsen stand in dem weißen Gesicht. Das Lachen war nicht aufzuhalten.
Sie konnte ihn nicht erreichen. Sie *sollte* ihn nicht erreichen. Das war so bestimmt.
Zum Schluß gab der Mann keinen Laut mehr von sich, als er nach oben kam.
Bald würde er für immer dort unten im Tang verschwinden. Die Krabben würden sich in ihn hineinschleichen, würden den großen Körper Bissen für Bissen verzehren. Würden ihn an Händen und Füßen binden und ihn in die Schande hinunterziehen. Würden ihn besitzen und wegwerfen. Aber wiederkommen. Immer! Die Kleider würden verrotten, so daß er nichts anderes mehr hatte, um sich dahinter zu verbergen, als das kalte, brausende Meer.
Tora würde nie wieder im Meer baden!
Er würde die ganze Zeit den Mund aufmachen und rufen und flehen dort unten. Aber das würde nichts nützen. Die Sterne würden nichts sehen und hören.
Alle hatten genug mit sich selbst zu tun. In der Kammer würde es still werden.
Am Ende würden Ebbe und Flut ihn hin- und herschaukeln und ihn mit in die Tiefe nehmen, wo nichts mehr eine Spur hinterließ. Und nur noch Strömungen waren.
»O Gott!«
Der Jubel kam aus ihrem Mund wie ein Geheul.

Es knisterte in dem Riesenfeuer.
Das Feuer begann auf die Kaidecke hinaufzuklettern. Leckte mit vielen bereitwilligen Zungen an den Planken. Rundum stand ein schöner goldener Schein, so empfand es Tora. Wie volles Sonnenlicht. Es roch nach Sommer und Teer. Aber das hier war noch besser, es war in Bewegung. Es tanzte!
Dann dachte sie daran, daß es ja Onkel Simons Kai war, der brannte. Jäh sah sie die Grenze zwischen Traum und Wirklichkeit. Sie hatte das Gefühl, daß ihr jemand ins Gesicht schlug. Mußte sie so böse sein, um die Wirklichkeit zu ertragen? Nein! Sie merkte, daß sie im Ruderboot stand. Arbeitete hastig mit toten Händen. Löste die Trosse. Als ob sie nie etwas anderes gemacht hätte. Stieß sich mit dem Ruder ab. Schnell. Es eilte!

Sie hielt ihn gut über Wasser, als die Männer kamen. An den Haaren. Er schwamm erstaunlich leicht, auf dem Rücken. Das Gesicht nach oben. Sie hatte das geschafft wie nichts. Obwohl er eine gewisse Kraft in sich hatte, sich auf den Bauch umzudrehen und das Gesicht nach unten zu halten, hatte sie es verhindern können. Sie hatte ihn an dem eiskalten Kinn gepackt und festgehalten. Die Augen waren weit offen. Dennoch sahen sie nichts. Da war sie ganz sicher. Sie glichen den Augen eines Fisches, den man schnell hochzieht und ausbluten läßt. Aber das war der Unterschied. Sein Körper war schlaff und ruhig.
Die Mütze schwamm immer noch dort drüben. Sie war bis zu dem Boot von Peder Larsa gekommen.
Sorglos wogte sie auf und ab und nahm Kurs mit dem Wind. Als ob sie daran dächte, zu fliegen. Aber dazu war sie zu naß und zu schwer geworden.

Metallklare Stimmen. Befehle. Stahlhart in dem dichten, grauen Morgen. Sie kamen von überallher. Durch den Rauch.
Der ganze Kai war verschwommen und in Rauch gehüllt. Aber der Teergeruch versuchte immer stärker eine versöhnliche Hülle über die Zerstörung zu legen. Die Rollen mit der Dachpappe zischten und brannten. Das Feuer schien sich eine Akkordarbeit vorgenommen zu haben. Es wütete blindlings und verzehrte alles in wilder Bosheit.
Das kleine Boot schaukelte. Tora fühlte einen keuchenden Atem an ihrem Gesicht und einen großen, warmen Körper dicht neben dem ihren. Große Hände übernahmen das, was sie festgehalten hatte. Ein Herz klopfte. War es Onkel Simons Herz oder ihr eigenes?
Der tote Körper wurde wie eine Riesenkrake über die Reling geworfen. Als ob nur Knorpel und Haut in der Kleiderhülle wären. Seine Haarbüschel! Erst als sie weg waren, fühlte Tora sie an den Händen. Wie verrottete Netze – am Strand vergessen und bei Wind und Wetter herumgetrieben.

Simon Bekkejordet überließ es den anderen, sich mit dem Löschen und mit Henriks leblosem Körper zu beschäftigen. Er trug das Mädchen zur Tobiashütte, wo sie in Sicherheit war.
»Seine Ölkanne liegt unten am Kai«, sagte sie fest.
Er verstand sofort, in ungläubigem Staunen, und fragte nichts. Aber er hielt sie dicht, dicht an sein wild pochendes Herz gedrückt. Und sie weinten beide.
Dann streifte er die Jacke ab und hüllte Tora darin ein, bevor er losstürzte, um eine Tonne zu holen.

Als die Männer mit Henrik Tostes Körper kamen, hatte Simon die Tür von der Tobiashütte aus den Angeln gehoben und auf die Tonne gelegt. Sie betteten den Körper auf die Tür, und Simon fuhr mit seiner Hand tief in Henriks Hals hinein.
Tora saß zusammengekauert auf einer Fischkiste und grübelte darüber nach, wie ein Herz es fertigbrachte, so fürchterlich zu schlagen. Sie fühlte es bis in die Ohren hinauf. Es war wie eine Maschine. Als die Männer ihn auf der Tür nach hinten wippten, sah sie sein Gesicht. Plötzlich wuchs es vor ihren Augen und kam auf sie zu. Machte sich los von dem toten Körper und kam!
»Lieber Gott, ich habe nur meine Strümpfe an, wie du weißt. Ich konnte nicht schneller machen! Nicht wahr?«
Sie hatte das Gefühl zu ersticken. Aber mit einemmal war es ihr, als ob sie wieder oben in der Luft wäre und auf dem Weg zu der Tür. Die Tür hatte er jetzt unter sich, aber das war egal. Sie hatte sich erlöst geglaubt, und nun fiel sie, und nichts wurde so, wie sie geglaubt hatte. Nichts wurde so, wie man glaubte, denn alles war vorherbestimmt. Er konnte sie erreichen, auch noch als Toter.
Sicher. So war es. Sie würde nie loskommen.
Sie machte eine Bewegung mit der Hand, wollte etwas sagen. Aber niemand beachtete das Mädchen auf der Kiste. Sie mühten sich damit ab, das Erbrochene und das Meerwasser aus dem Mann auf der Wippe herauszubekommen.
Daß der Onkel nicht begriff, daß es zu spät war! Der Mann war doch tot. Aber sie hatten ihn vor der Einsamkeit da unten gerettet. Das mußte genügen.
Endlich sahen die Männer, daß das eingefallene Kinn sich rührte. Henrik erbrach sich langsam und in gleichmäßigen Abständen. Simon drehte ihn blitzschnell zur Seite und führte die Hand noch einmal in den Rachen hinein, um den Prozeß in Gang zu halten. Die Männer stießen ihn sanft, aber bestimmt in den Magen, und das half zusätzlich.

Aller Augen waren auf das bläulichweiße Gesicht auf der Tür gerichtet.
Da kam Leben in die Augenlider, und er versuchte verwirrt, den Blick auf den zu heften, der ihm am nächsten stand. Das grelle Licht vom Kai wetteiferte mit dem flackernden Licht des Feuers. Der Mann blinzelte und sah aus wie ein Junge, der zu zeitig aus dem Schlaf gerissen wird. Ein wenig matt, ein wenig mürrisch.
Nun geschah etwas mit dem Mann, womit niemand gerechnet hatte.

Etwas kämpfte um sein Leben, ohne daß er es wußte. Er krümmte sich plötzlich zusammen und gab einen röchelnden Laut von sich, und dann erbrach er sich über der alten, vergammelten Tür.
Er schien niemals fertig zu werden. Er krümmte und wand sich wie eine Riesenkrabbe.
Tora sah das Ganze. Und ihr fiel ein, daß sie die Stiefel auf dem Gerüst vergessen hatte. Es war ihr gleichgültig. Sie hatte keine Kräfte, sie zu holen.
Sie hatte den Hügel genommen. Der Traum war weg. Sowohl das Gute wie das Schlimme im Traum.
Der Takt der Eimerkette klang herüber. Die Befehle waren verstummt. Alles ging nach Plan.
»Hiev-und-hiev-und-hiev!«
Plötzlich schnitt eine Stimme durch den Rauch. Sie gehörte einem, den Tora nicht kannte, die Stimme kam sozusagen aus dem Nichts:
»Es reicht, es reicht! Stellt das Wasser an, zum Teufel!«
Dann kam der große, befreiende Strahl aus dem Schlauch. Er fauchte und warf sich auf das mächtige Feuer. Wegen des Rauchs und des Dampfs zuckten die Männer am Kai einen Augenblick zurück. Tora hustete, ohne es zu merken.
Sie sah die Eimer von einer Hand zur anderen gleiten. Die Rücken beugten sich im Takt mit den Rufen. Ab und zu schlug ein Eimer gegen die Kaikante, so daß derjenige, der ihn entgegennehmen sollte, die ganze Ladung ins Gesicht bekam. Aber man hörte nicht viele Flüche. Denn alles lief so, wie es sollte, und das Feuer mußte aufgeben.
Taktfest und dröhnend stiegen die Männerstimmen wie ein einstimmiges Brausen nach oben. Es lag ein gewisser Triumph darin:
»Hiev-und-hiev-und-hiev!«
Und hoch über den Männern und den Wassereimern stand der einsame Strahl aus dem Schlauch und überrieselte die ganze Welt.
In dem Wasserstrahl schimmerten ab und zu blitzschnelle Regenbogen. Aber je mehr das Feuer sich verloren gab, desto mehr verschwanden die Farben im Rauch. Der Himmel und das Meer waren weit draußen miteinander vertäut. Da war keine Grenze mehr.

Es wurde Morgen. Der Wind habe Gott sei Dank auch diesmal vom Land gestanden, sagten die Leute.

35

Der Tag lag wie ein Leichentuch über den Mooren, als Nas-Eldar den Lastwagen von Dahl landeinwärts steuerte, den durchnäßten Körper von Henrik Toste, der in eine Plane gehüllt war, auf der Ladefläche. Auch Tora war auf die Ladefläche hinaufgehoben worden, denn der Sitz neben dem Fahrer war alt und kaputt. Alles, was Ingrid gehörte, saß nun da oben.

Hätte sich jemand auf das Seelenleben eines Kindes verstanden, dann hätte er grobe Bänkelsängerverse oder empfindsame Poesie über die brutale Zweiseitigkeit des Lebens schreiben können. Aber auf eine solche Idee kam keiner.

Tora hatte die Hände fest um die Knie geschlungen. Sie starrte auf die Straße, die sie hinter sich ließen, und fuhr rückwärts in den neuen Tag hinein.

Sie hatte etwas kraftlos dagegen protestiert, daß sie mit ihm zusammen auf dem Lastwagen sitzen sollte, aber keiner hatte davon Notiz genommen. Das Mädchen hatte von einem Paar Stiefel gesprochen.

»Ihr habt keine Stiefel, weder du noch er. Ihr braucht jetzt auch keine«, antwortete irgendeiner ungeduldig. Damit war der Fall erledigt.

Sie konnte noch so sehr zur Seite schielen, sie sah doch *sein* Bein, das aus der Plane herausguckte. Deshalb mußte sie auf dem Grusweg die Augen schließen. Das war nicht einfach, wenn es besonders schlimm schwankte.

Man hatte Ingrid Bescheid gesagt. Sie stand auf der Treppe, als sie kamen. Sie hatte die Arme über der Brust gekreuzt und hielt mit beiden Händen den Ausschnitt der Strickjacke fest. Für Tora sah es so aus, als ob man der Mutter beide Augen ausgestochen hätte.

Jetzt gab es nur noch die Uhr, die Mama und Tora.

Sie hatten ihn ins Bett gebracht, Leben in ihn hineingerieben und ihm einen starken Trank eingeflößt. Das letztere machte keine große Mühe.

Ingrid ging mit erloschenen Augen umher und bot Nas-Eldar Kaffee und Brot an. Aber er hatte keine Zeit. Wirklich nicht. Sie nickte nur stumm und vergaß nicht, ihm für die Fahrt zu danken, indem sie seine derbe Hand kräftig drückte.

Ingrid wußte, daß es sich nicht lohnte, den Dank zu vergessen. Der

Alte sah einen Augenblick zu Seite, dann öffnete er die Tür und war draußen im Gang. Seine Tritte gaben in dem schlafenden Haus ein hohles Echo.
Ingrids Augen waren für Tora nicht erreichbar. Es lagen so viele ungesagte Worte zwischen ihnen. So viele Fragen, die die Erwachsene nicht zu stellen vermochte. Nicht jetzt. Vielleicht später. Vielleicht schon morgen. Ingrid trocknete ihre feuchten Hände an der Schürze ab und strich das dunkle Haar hinter die Ohren.
»Iß, Tora! Dann kommst du auch ins Bett!«
Die Stimme war fremd. Tora hatte fast den Eindruck, daß sie die Mutter noch nie hatte sprechen hören. Aber sie konnte nichts dabei empfinden. Statt dessen aß sie drei Bissen, um die Mutter zufriedenzustellen. Aber sie merkte schnell, daß es eine unnötige Mühe war, denn Mutters Augen waren nach innen gewandt und nahmen Tora gar nicht wahr.

Der Engel über dem Bett sah so aus, als ob er die größte Lust hätte, zum Fenster hinauszufliegen und sich den Möwen anzuschließen. Die Gardinen waren nicht zugezogen. Der Wind hatte den Nebel vertrieben, und der Himmel lag seltsam neu und schimmernd in dem dunkelblauen Meer.
Ein Frachtboot tuckerte dort draußen.
Es war so merkwürdig, daß alles weiterging. Nichts war zu Ende.
Tora zog sich in dem grauen Licht aus. Die Pulloverärmel waren bis über die Ellenbogen naß. Von den kaputten Strümpfen hatte die Mutter nichts gemerkt. Einen Augenblick war sie ratlos, als sie sah, daß die Wunde am Knie wieder zu bluten begann, nachdem sie den Strumpf ausgezogen hatte. Sie konnte sich mit so einem Knie nicht in die Bettwäsche legen.
Sie holte ein Taschentuch aus der Kommode und probierte, ob es um das Knie reichte. Es wurde zu stramm, als sie es zusammenknotete. Einen Augenblick schien die Welt unterzugehen, weil es mit dem Taschentuch nicht klappte. Sie glaubte Sand hinter den Augenlidern zu haben.

Der Engel über dem Bett sah ständig so aus, als ob er auf und davon wollte. Da ging in Tora eine Steinlawine nieder. Scharfe Kanten lösten sich. Sie hatte wilde Kräfte in sich, die freikommen wollten. Sie riß einen sauberen Strumpf aus der Schublade und wickelte ihn um das blutige Knie. Das half ein bißchen, aber nicht genug.
Sie kletterte aufs Bett und nahm den Engel von der Wand, öffnete das

Fenster und schmiß ihn raus. Er flog quer über den verwilderten Garten und hinter den großen Vogelbeerbaum auf die andere Seite des Steinwalls. Es glänzte lustig in dem Glas, als das Bild den höchsten Punkt erreichte. Tora hatte das Gefühl, daß in ihrer rechten Schulter etwas kaputtgegangen war, weil sie das getan hatte. Noch immer saß eine murrende, zornige Kraft in ihr, die sie mit zusammengebissenen Zähnen festhielt.

Als sie im Bett lag, sah sie, daß da ein dunkles Viereck war, wo das Bild gehangen hatte. Nichts konnte man wegwischen. Keiner konnte seinen Weg gehen, ohne daß er Zeichen hinterließ. So war es eben.

Da plötzlich, als sie sich um die Arme faßte, die eine Gänsehaut hatten und noch feucht vom Seewasser waren, kam die Wärme von Onkel Simons Körper in sie hinein. Sie atmete den Teergeruch und den Rauch, als ob sie noch im Ruderboot stünde.

Onkel Simons Herz! Es hatte bis in ihres hinein geklopft. Er hatte soviel Wärme, der Onkel Simon!

»Mein armes, kleines Mädchen!«

Hatte er das nicht gesagt? Die Stimme kam gleichsam aus seiner Brust heraus. Die Worte drangen schwingend und zitternd aus seinem warmen Körper in ihren.

Merkwürdig.

Tora starrte auf das dunkle Viereck, das das Bild hinterlassen hatte, bis die Sonne hereinschien und behutsam über die rohe Holzwand strich. Die Astlöcher traten deutlich hervor. Traten gleichsam aus der Wand heraus und lebten. Sie hätte etwas in die Landschaft hineindichten können, dann wäre es ein guter Tag geworden, aber sie schaffte es nicht, ihre Gedanken zusammenzuhalten. Sie war wie ein altes, verlassenes Elsternnest. Keine Ordnung in irgend etwas. Trokkene Äste staken überall ohne Sinn heraus. Aber durch alles hindurch fühlte sie das Pochen von Onkel Simons Herz.

Sie holten ihn erst später am Tage. Der Polizist hatte noch einen Mann bei sich.

Es gab keine besondere Aufregung im Haus. Man wußte, daß es Henrik betraf.

Die Fenster, Türen und Treppenabsätze hatten Ohren und Augen.

Auch wenn es auf den Winter zuging, hatten irgendwelche Kräfte beschlossen, ein gestricktes Kleidungsstück, bei dem schon ein Faden

gezogen war, so weit aufzuziehen, bis es nicht mehr zu gebrauchen war. Doch man wollte lieber etwas auf dem Körper haben. Es war am sichersten, hinter etwas Handfestem zu stehen und das Ganze nur zu beobachten. Denn eines war klar: Ingrid würde eine Weile frieren. Man hatte ja wohl das Recht, in aller Vertraulichkeit zu flüstern und sich zu fragen, wie sie das schaffen werde.
Es war nun mal so, Menschen wie sie, die einmal eine große Sünde begangen hatten, konnten sich in bezug auf ihr Schicksal nicht sicher fühlen.

Tora stand auf und zog den zweiten Strumpf an, den Rock und die Bluse von gestern, spürte, daß die Kleider straff und schön saßen. Als ob sie früher niemals richtig gespürt hätte, wie es war, Kleider auf dem Körper zu haben.
Sie wußte, daß es heute nichts mit dem Kartoffellesen auf Bekkejordet werden würde. Sie konnte auch nicht fragen, ob sie heute nacht dort schlafen dürfe. Aber das bedeutete nichts mehr. Es war so fern. Denn Tora hatte die Männer gehört. Die Türen, die zuschlugen, und die Schritte, die sich entfernten. Sie konnte kaum an ihre wilde Freude glauben.

Sie ging in die Küche hinaus und zog die Strumpfhosen an, die vor dem Ofen lagen. Die Mutter hatte die nassen, dreckigen Fetzen von der Nacht entfernt und saubere Strumpfhosen hingelegt.
Es wurde Tora ganz warm, als sie das sah.
Ingrid stand am Küchenschrank mit dem Rücken zu ihr. Die Sonne flutete durch das Fenster herein wie eine große schimmernde Überraschung.
Als Ingrid sich umdrehte, versuchte Tora ein unsicheres Lächeln. Aber sie sah, daß die Mama für sie unerreichbar war.
Sie durfte jetzt nicht aufgeben, dachte Tora. Die Füße waren von selbst ins Boot gesprungen. Dagegen war nichts zu machen. Er war gerettet. Aber die Mama war verloren. Sie mußte nehmen, was kam. Tora hatte dem Onkel fast nichts gesagt, trotzdem war der Lehnsmann gekommen. Dafür konnte die Mama ihr keine Schuld geben. Das konnte sie nicht! Tora wollte es dem gebeugten Rücken zurufen. Aber es kam kein Ton heraus. Hatte sie doch etwas zu Onkel Simon gesagt, was die Muter jetzt wußte?
Ingrid hatte sich wieder dem Küchenschrank zugewandt. Die schmalen Schultern waren heruntergesunken. Es lag ein Schatten über der verängstigten Gestalt.

Tora sah es. Einen Augenblick fühlte sie den Schmerz der Mutter, als ob es ihr eigener wäre.

Dann sah sie zur Kammertür. Und es kam eine Sicherheit über sie, die alles andere wegfegte und sie stark machte, stark. Sie hatten ihn mitgenommen!
Sie ging die wenigen Schritte, deren es bedurfte, und stellte sich neben die Mutter. Berührte leicht ihren Blusenärmel und sagte: »Ich werd' den Fußboden heut aufwischen. Ich hab' ja frei. Sie sagen, es gibt dieses Jahr viel Tyttebeeren oben am Veten. Wollen wir nicht hingehen?« Die Mutter starrte einen Augenblick aus dem Fenster! Dann drehte sie sich zu Tora um.

In der Reihe Frauen & Literatur erscheint im Mai 1984:

Nancy Hayfield

Hausputz

160 Seiten. Band 8010

Noch nie ist ein Kühlschrank literarischer abgetaut worden. Nancy Hayfield schildert den Alltag einer amerikanischen Vorort-Ehefrau detailgetreu aus liebevoll-ironischer Distanz. Zunächst ist alles wie gewohnt: Der Mann macht aushäusig Karriere, die Frau hat zwei Kinder und ansonsten gerade noch mit den Nachbarn Kontakt. Diese Siedlungsidylle wird jäh gestört durch ein neues Paar, dessen »offene« Ehe unsere Protagonistin zunächst in Versuchung, dann in eine Identitäts- und Ehekrise führt. Am Ende ist ihr Leben nicht mehr, was es war, und trotzdem bleibt alles offen.